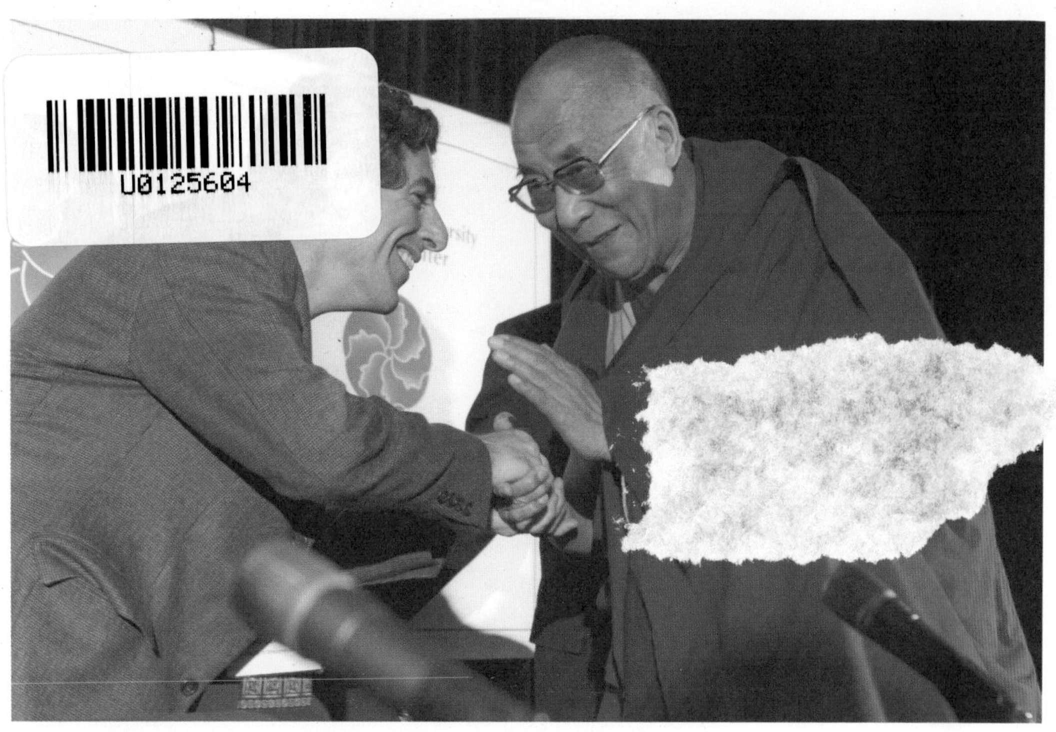

理察·戴衛森歡迎達賴喇嘛參加會議前的記者會

達賴喇嘛在講台上
致開幕詞

聽眾

喬・卡巴金向達賴喇嘛報告，阿姜・阿瑪洛、理察・戴衛森、馬修・李卡德正在聆聽

沃爾夫·辛格向達賴喇嘛報告

海倫·梅伯格對達賴喇嘛報告的尾聲

羅伯特・薩波斯基和達賴喇嘛

辛德・西格爾和達賴喇嘛

約翰・蒂斯岱向達賴喇嘛報告，圖典・金巴、亞倫・華勒斯、珍・喬任・貝絲正在聆聽

瑪格麗特・凱曼妮、珍・喬任・貝絲、瓊・哈力法斯

約翰‧謝里登完成他的報告

拉爾夫‧斯奈德曼在最後的議程向達賴喇嘛報告，班奈特‧夏皮羅、圖典‧金巴正在聆聽

湯瑪斯·基廷神父和
阿姜·阿瑪洛

莎朗·沙茲堡

以斯帖·史坦伯格

傑克·康菲爾德

亞當·恩格爾帶達賴喇嘛
下講台

會後的團體照：這種白色的披巾在西藏稱為祈福巾（kata），是達賴喇嘛表達感恩和祝福的傳統禮物

禪修的療癒力量

達賴喇嘛與西方科學大師的對話

喬・卡巴金（Jon Kabat-Zinn）、
理察・戴衛森（Richard J. Davidson）、
薩拉・豪斯曼（Zara Houshmand）等 ◎合著
石世明◎譯

晨星出版

【推薦序】

在纏與禪之間，學習成為完整的人

從一九八七年至今，「心靈與生命會議」在達賴喇嘛與西方頂尖科學家對話的推動下，不只促成西方科學界對人性觀、價值觀與世界觀的重新省視，透過系列嚴謹的實證研究，也為當代西方主流思想的發展寫下一段段的新歷史篇章。

本書記錄二〇〇五年第十三屆「心靈與生命會議」，更具有「禪修、療癒與科學」的歷史性意義。在這之前，禪修應用在身心療癒的英文科學研究論文，每年不超過二十篇；二〇〇五年後，以正念禪修在醫療與健康為主題的研究以幾何級數倍增，目前每年發表將近百篇。正念（Mindfulness）與禪修對身心靈的正向影響，也從純屬「東方神祕學」的哲思，蛻變為「已經嚴謹科學實證」正名的普遍有效身心療癒法。

貫串本次會議的核心主題是「正念療法」的臨床應用與研究，正念減壓法創建者喬・卡巴金博士（Jon Kabat-Zinn）與威斯康辛大學的理察・戴衛森教授（Richard Davidson）是本次會議的共同策劃者。本書中進行的四篇正念研究報告，呈現如何以正念練習為基礎，將禪修精神引入身心醫療的普遍架構中，以協助各種身心疾患者發展自己原本就具有的慈悲與智慧潛能來療癒身心病苦，這研究也擴展了醫療體系對疾病生起的原因與療癒方法的理解深度。

與正念療法直接有關的報告，首先是卡巴金博士提出的「正念禪修在醫療與精神病學領域的臨床應用」的兩個實驗：正念減壓在牛皮癬的治療與對情緒及免疫功能之影響的研究。其次，正念認知療法的兩位創建者：多倫多大學精神系的辛德・西格爾教授（Zindel Segal）與劍橋大學的約翰・蒂斯岱教授（John Teasdale），提出關於正念認知療法在預防憂鬱症復發的應用：透過正念禪修的培育，憂鬱症患者可以為復發的可能性作準備，學習改變自己與情緒想法之間的關係，成果是憂鬱症復發的風險減低一半。此外，海倫・梅伯格（Helen S. Mayberg）教授以正子攝影與功能磁振造影（FMRI）研究正念認知療法在憂鬱症的治療應用中腦功能的變化。大衛・謝普醫師（David Sheps）談及正念減壓在心血管疾病治療的應用，這個當時尚在進行中的研究，也呈現正念療法在健康療癒的不同探索面向。

無論達賴喇嘛、基廷神父或卡巴金的對話，都強調「正念」的培育，其實即是發展真摯性（heartfulness）——對自己及對他人的慈悲心（compassion）。

如果身心疾病是生命失去平衡、糾纏在某種特定的受苦情境中，正念禪修的練習，可說是學習如何與完整的自己重新接觸，與自己、與世界建立親密關係的途徑；培育正念與真摯性，即是在纏與禪之間，學習成為完整之人的歷程。

南華大學生死學系副教授、台灣生死輔導學會理事　李燕蕙

【推薦序】

禪修於心理治療的臨床應用

心理學家喜歡以生理／心理／社會這三個角度來看人類的心理困擾，在我的學術與實務工作中，我也經常處理人們在這三方面的痛苦，如：在生理層面對於愛滋病（AIDS）患者的心理照護、在心理層面對於精神疾病患者的照護，以及在社會層面對於藥癮者的照護。

在這些照護的過程，以及我自己的生命經驗中，深刻體會到佛學中所提到的「兩支箭」的比喻。生活中的困境會對我們射出第一支箭，讓我們感到疼痛，而會遠離危險；但，我們經常也會對自己射出第二支箭，讓我們感到「痛苦」（suffering）。在心理治療中，我們都在努力減少讓個案對自己射出第二支箭的機會，並且試圖安撫第一支箭的「痛」。

以分離為例，當一個人與你分離／分手時，你會因為分離本身這支箭而讓你心痛（第一支箭）；但很快地，你又對自己射出第二支箭——「因為我不夠好，所以他離開我」（一種自我批評的想法）。最後，就不斷地被這第二支箭產生的無止境的痛苦所折磨。

本書《禪修的療癒力量》，將教導你一些禪修的概念與策略，讓你發現生活中的「痛」、「痛苦」的本質以及解脫之道，讓你可以學習一些自我療癒的方法。你會學習忍受第一支箭自然的痛，以及放下第二支箭，減少自己產生的痛苦。

信安醫院心理科主任　黎士鳴

禪修的療癒力量
Contents

禪修的療癒力量
Contents

第五部　整合與反思：迎向全人類的喜樂生活

【前言】

眾流交會：科學與佛教冥想激盪的火花

在這個時代所開展的各種知識論，或者說理解事物的方法，正在以令人驚嘆的方式彼此交會。不久之前，蓋瑞・施德奈（Gary Snyder，一位詩人、短文作家、自然主義者）就曾以冰河來比喻此現象，不同冰河緩慢地流動，然後堅定不移地融合在一起，而它們滑動的軌跡，也顯示著它們來自不同的源頭：一條是我們立足在從牛頓和笛卡兒傳統以降所緩慢推動的冰河；復活的大地女神蓋亞冰河，則是從過去的異教徒傳統而來；而另一條冰河的支脈，來自於另一處——嚴謹的佛教冥想視野，強調慈悲和對宇宙空性的頓悟。

如我們所知，從二十幾年前開始，地球上的冰河確實是以很快的速度，朝向消失的軌道前進。但冰河的比喻注定是不夠精確的，因為在這個地球上，人類改變的速度是前所未見的，而我們才剛開始對這個狀況有所覺醒。或許在這個歷史的時間點，用河流的快速流動匯聚來比喻不同知識論和文化的交會比較恰當，而非緩慢的冰河推移。**交會**這個比喻應該是流動且波濤洶湧的，因為目前各種傳統、學科、觀點和科技正以不可預測的方式彼此碰撞，而時間將會證明一切；從這些事物被發掘的速度來看，這個時間不會太長。

如同施耐德的思考，我們在此所指的交會，就是科學和修行傳統的交會，特別是修行傳統。這兩者的確是採用不一樣的知識論，用不同的方法來探究、解釋，最後形塑人類的經驗，以及我們跟這個大世界的關係。現代科學和修行傳統，從來沒有像現在一樣，彼此緊密地相互影響，這本書和歷年來的「心靈與生命會議」（Mind and Life Dialogue）見證了這個現象，也記錄我們這個時代正在發生的科學與冥想的融合。兩者都是古老而可敬的傳統。

以科學的方面來說，截至目前科學所指的真實，一直都是外在導向：關注的是自然的性質、尋求構成真實的要素、支配現象的法則；著重在瞭解被觀察的對象，而非觀察者本身。為達此目的，各種方法和工具被發展出來，並透過不斷修正，來探討物質和能量的性質。這個模式顯現在基本粒子的研究，在我們已知的世界中最複雜的物質組合，以及我們生活中的種種覺知；這些覺知神祕地出現在我們複雜的生活系統中，在作為高等生物的人的世界裡，並且塑造我們的社會和文化。

在修行傳統這方面，直到現在修行對生命的探問和研究，都是以內在導向為主，探究的是心靈領域。但近來在一些學術上的討論中，內在經驗被鄙視為主觀，而非客觀。至於現在，內在經驗再度被視為一種必要而有效的人類經驗和知的方法。我們要感謝法蘭西斯科・瓦瑞拉（Francisco Varela）大量地進行測量研究，才讓第一人稱經驗這個較為平衡的觀點出現。然而，目前為止的科學，實際上並沒有對我們內在經驗的性質做出解釋，若要從第一人稱觀點有系統地探討內在經驗，使其在知識論上成為有效的參數，這一點我們應該要持保留的態度；但內在經驗卻能夠對心靈或是人類經驗研究，產生深遠的貢獻（尤其使用第三人稱的研究方法），這些經驗包括：受苦的兩難、貪婪、攻擊、妄想和無知——也就是蘇格拉底指出的，從未受檢視的生活中而來的暴力和危險。有別於所謂的具有智性的人（Homo sapiens sapiens），這樣的心靈不認識它自己。在修行傳統中，這是非常活躍和相關的領域，被稱之為「實驗室領域」（laboratory domain）。

當然，將科學視為外在導向，而將修行視為內在導向，這只是一個探索式的個人觀點，也太過以偏概全。在科學中，許多領域也關注心理現象本質的研究，修行傳統並不區別內在和外在，而是認為兩者皆屬於更為深度、不可二元劃分的整體的不同面向。最終任何內省過程的實現，都表現在一個人如何活出他的生命。然而，至少在科學的部分，它有著以外在導向為主的思考傾向和研究模式，而修行傳統則以內在的探究為主。「心靈與生命會議」要促使這些被劃分出來的類別，可被打破和受到檢視，在這些大傳統的分界面，讓各種研究和理解的努力獲得支持。

簡史

本書所闡述的科學與修行傳統的交會，是由一群在兩個領域中都擁有豐富經驗並備受尊敬的專家們，在「科學與禪修的臨床運用」這個會議中的對話所交織而成。這兩個領域透過交集而產生的廣度，在十或十五年前是無法想像的。能有這樣的成果，源自於二〇〇五年在麻省理工學院（MIT）一場同樣令人想像不到的公開會議。從一九八七年開始，「心靈與生命學會」（Mind and Life Institute）即舉辦一連串的會議，而且參與其中的達賴喇嘛對科學與佛教交會的這個主題，有著持續的興趣和熱忱。

眾所皆知的是，達賴喇嘛對科學及科學的潛能有著終身的興趣，它能夠協助我們更深入瞭解自然現象、解釋事物的本質，以及伴隨而來的種種限制。因此，達賴喇嘛在他一生中，無論是在公開或私人的場合，常和科學家們有許多對話。一開始，「心靈與生命會議」通常在達賴喇嘛位於印度達蘭薩拉（Dharamsala）的住處，以私人會議的方式進行。這些會議像是對於達賴喇嘛的個人指導，協助他瞭解他所特別感興趣的各種科學領域，這些內容是僧侶在教育過程中，所沒有辦法接觸到的。尤其他是在兩歲的時候，就被認證為前一世的達賴喇嘛轉世，也因此被封為藏傳佛教的領袖，同時也成為西藏人民的領袖。然而，在早期的「心靈與生命會議」中，從達賴喇嘛對於眾多科學概念和實驗的理解，很快就顯示出他是一個天生的科學家。他的問題令人折服，他預料下一個可能的實驗，他的理解總是遠遠地超越目前的科學解釋。此外，顯而易見地，這位謙遜的僧侶，很快地就對來教他的科學家們產生深遠的影響。

因此，「心靈與生命會議」就變成了在科學、倫理和道德領域，以及在面對人性最深刻的問題時，所產生的一個持續不斷的交互探索。這些議題包括：心的性質、宇宙的性質、實象的性質，以及如何將悲苦的情緒轉化為正向心理狀態的療癒潛能，讓人心能夠朝向健康、和諧、幸福和內在與外在的平靜。歷年來，這個對話也納入心理學家、神經科學家、醫生、哲學家、物理學家、分子生物學家、教育學家，以及不同佛教支派及其他靈性傳統的修道者。逐漸地，在達賴喇嘛的努力耕耘下，愈來愈多的藏傳佛教僧侶也來參加這個會議。這讓當代科學的世界觀，有機會和修行的僧侶團體接觸。每一次會議結束之後，我們都出版一本書，記錄描述該次會議的內容和它的獨到之處；介紹在真實的對話中，開放的心靈所激起的火花與力量，也提出該次會議對當代社會一些根本問題的探討所能產生的深刻意義。（「心靈與生命學會」出版的書籍，請見本書的最前頁或 www.mindandlife.org/publications）。

在二〇〇〇年會議所出版的《有害的情緒》（Destructive Emotions）一書中，達賴喇嘛對參與者強調：我們要找到創新的方法，來說明禪修練習如何能更有效地調節困難情緒，讓世俗大眾更容易接觸到禪修。因為禪修練習的本質，根植於人類心靈的普同面向，禪修所帶來的潛在益處，當然也就不限於佛教徒。尤其是在我們這個時代，憂鬱、焦慮、創傷後壓力症候群很盛行，到處充斥著高度的壓力和暴力，禪修練習所能夠帶來的潛在利益，就顯得更為重要而迫切。

大概在同樣的時間，達賴喇嘛敦促「心靈與生命學會」的領導人員，除了舉辦在達蘭薩拉舉行五天較為傳統形式的私人會議之外，也要籌劃為期較短的公共論壇，使得更多的學生、科學家和學者能夠參加。這麼一來，就有更多的人，能夠透過直接參與到集體交互討論的能量場域；從對話中出現的主題中，大家能受到鼓舞，進而發展新的研究或將禪修應用到社會。

第一屆的公共論壇，也就是第十一屆的「心靈與生命會議」，於二〇〇三年九月十三、十四日在麻省理工學院舉行，由該校的麥戈文腦科學研究所（McGovern Institute for Brain Research）共同主辦。這次會議名為「探究心靈：佛教與生物行為科學之間的交流」，主要與會者包括：神經科學家、心理學家和相關學者。這個會議記錄在《達賴喇嘛在麻省理工學院》（The Dalai Lama at MIT），由安・哈靈頓（Anne Harrington）和亞瑟・札炯克（Arthur Zajonc）所編輯。實際上，此會議在麻省理工學院舉行的這件事情本身就具有歷史意義。從這個會議開始，我們將眾多方法匯集在一起來探究心靈與世界的關係。參與者在這場會議中的對話和反思的深度，在一年之後給了有興趣的讀者許多豐富而持久的訊息，也讓大家在態度上有了新的觀點。此外，從會議中的報告者企圖想要瞭解和聯繫起不同的文化和世界觀，但在努力過程中遇到種種的限制，甚至於挫敗，也都能讓讀者獲得新的領悟。

二〇〇五年會議的脈絡：第十三屆「心靈與生命會議」

在麻省理工學院的會議，主要重點聚焦在幾個特定學門的基本研究問題，例如：注意力和認知控制、情緒和心像，以及這些活動如何受到大腦的調節與表達。在這個會議之後，我們決定下一個公共論壇，也就是在二〇〇五年的「心靈與生命」第十三屆會議；並且認為這場會議應該要強調在西方醫療和心理學、臨床和基礎科學中運用禪修的驚人發展。「心靈與生命學會」的董事會（他們也是本書的編者）做這個決定的原因，部分來自於在麻省理工會議中許多聽眾的問題，他們關切如何將禪修練習實際運用到他們的生活之中，以及與健康相關的議題。遺憾的是，二〇〇三年那年的主題與禪修運用並沒有密切的關係，當時的報告者無法回應這些問題。然而，聽眾們的發問，的確指出了大眾想要將禪修練習運用到醫療和個人生活的興趣，這一點引起我們的注意和回應。

這本書記錄了第二次同樣具有歷史性意義的會議，也就是「心靈與生命學會」的第十三屆會議，達賴喇嘛和科學家們關於「禪修的科學與臨床運用」的對話。本書命名為：《禪修的療癒力量》，其意義在於說明人具有自我療癒的本質，透過有系統的心理訓練，人的潛能可以在不同層面，盡量地保持動態平衡，這樣的平衡即是一般所指的健康；包括：認知、情緒、內在、身體、關係上的，以及超越以上層面的平衡。許多支持這個潛能的證據，都呈現在這個會議中。

圖一顯示，從一九七〇年到二〇一〇年之間的醫療和科學文獻中，有關禪修的論文數目不斷增加。事實上，這個曲線以及單獨探討正念的文獻曲線，似乎在交接點之後就以指數倍率上升。對禪修研究的獎助金額，也以相似的速率增加。這個現象在二〇〇五年「心靈與生命」的第十三屆會議時，就已經發生了。這個令人振奮的速度所顯示的是，現代科學正與來自於修行傳統的禪修實踐產生交會，在當時這個傳統主要來自於佛教。（最近，二〇一〇年十一月在印度新德里所舉辦的第二十二屆「心靈與生命會議」，將對話延伸到瑜珈和其他傳統的禪修實踐。）

禪修研究在最近幾十年快速增加，所顯露的是具有廣泛的個別性、協同合

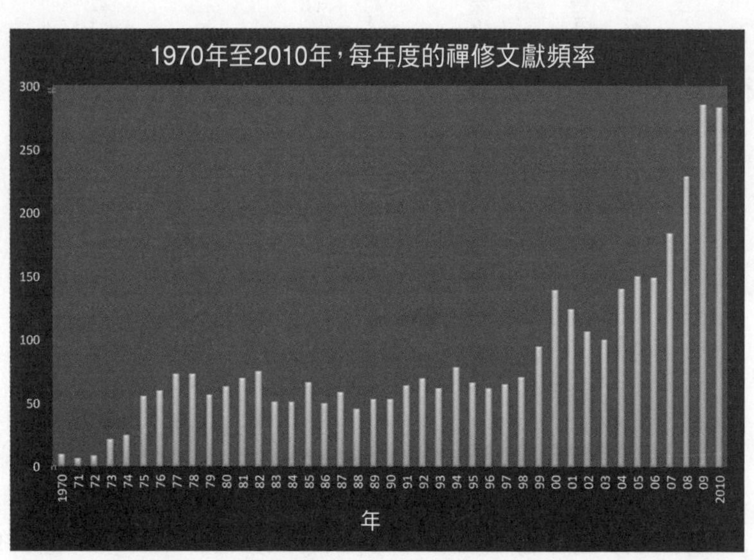

圖一：在2011年2月5日，在ISI知識網（ISI Web of Knowledge）資料庫中，將禪修（meditation）這個字，放入摘要和關鍵字欄位，所搜尋到的結果。這個搜尋僅止於摘要是用英文寫成的出版品。本圖由大衛・布雷克（David S. Black）製作，南加州大學（Keck School of Medicine of USC）凱克醫學院「預防研究學會」。

作和具有企圖的研究，透過各種不同角度的互補，來探討我們的心靈、身體和大腦，三者如何相互影響健康／疾病、安適／痛苦、快樂／焦慮，以及我們的基本人性內涵。它的前景和重要性，似乎在於檢驗、瞭解作為一個有意識和憐憫心的人，我們能夠持續發展的潛能。也就是作為一個人，能夠朝向我們內在最深處和最好的部分去成長的能力。這或許能讓我們及時避免一些當前、或即將來臨的災難。

拉丁文的「人」（Homo sapiens sapiens）的字面上意義所指的是，這個物種它有知的能力，也有覺察自己所知的能力。這個物種的名字本身，就抓住了我們對於覺察和後設認知的核心能力。或許，現在是我們該活出作為這個物種所具有的潛在能力的時候了。然而，禪修需透過覺察、注意力和不斷練習而改進，它本身也能夠透過不同智慧傳統和方法的交會，包括科學和修行的傳統，而被提升。

二〇〇三年麻省理工學院的會議，在奎斯吉禮堂（Kresge Auditorium）舉行，那裡可以容納一千二百人。由於有廣大聽眾對禪修的臨床運用感到興趣，我們覺得在一個大的集會所舉辦第二次的公眾論壇是很重要的。讓這些具有高度參與動機的聽眾來參與這個會議，藉由他們的出席和深度聆聽，彼此產生自發性的對話。或許任何會議最重要、最有創意的功能，就是提供一個非正式和非結構的機會，讓聽眾們相互溝通。在溝通中，持續不斷的創意得以產生，下一個想法和合作機會，也因此受到醞釀和催化。

原本，我們希望國家衛生研究院（National Institute of Health，國衛院）能夠共同主辦這個會議，這麼一來會議就能在國衛院的貝塞斯達（Bethesda）園區舉辦。尤其國衛院已經在二〇〇四年三月舉辦為期一天的「正念禪修與健康」討論會；這個會議有很多人參與，也激起一股熱潮。然而，這個計劃因為種種原因的考量而未能達成。而後這個會議，就在二〇〇五年十一月八日至十日，於華盛頓哥倫比亞特區（Washington D.C.）能夠容納三千人的憲法禮堂（Constitution Hall）舉行，由約翰霍普金斯大學（Johns Hopkins University）醫學院和喬治城大學（Georgetown University）醫學中心共同主辦。

事實上，麻省理工學院和後來的約翰霍普金斯、喬治城大學，都在這樣的對話場合中，公開支持達賴喇嘛——這位世界知名的宗教領袖的才能。這樣的表態本身是罕見的，也代表著科學與宗教，像不同的河流正在彼此交會。在麻省理工學院的會議中，艾瑞克・蘭德（Eric Lander）認為，或許麻省理工學院和麥戈文大腦研究學會，兩者在科學界的名聲已經夠安穩，這使得他們冒著被批評的危險，從事這樣的跨文化對話。顯然地，這個世界的確正在改變和成長；為了要認清人的全部潛能，我們得承認，我們必須從多重角度來瞭解作為人的這個物種。同樣地，在憲法禮堂所舉辦的二〇〇五年「心靈與生命會議」之前，達賴喇嘛在神經科學協會的年會中，進行了一場主題演講，這個會議恰巧和華盛頓哥倫比亞特區的會議在同一個星期。總共有超過二千五百位的神經科學家出席這個演說。這對科學會議來說，也是史無前例的一件大事。

報告者

這次會議的報告人、小組討論人和不同場次主持人的徵選，是依據他們在科學、醫療和禪修傳統的專業及領導地位，也考慮到他們個人在不同學科和認識論底下所受的專業訓練廣度和經驗。理察・戴衛森（Richard Davidson）和喬・卡巴金（Jon Kabat-Zinn）是這次會議的共同策劃者，在「心靈與生命學會」的董事和成員建議下，他們兩人主導參與人員的選擇。

修行領域的參與者

在修行領域這方面，達賴喇嘛是這個會議重要的催生者，也是所有場次重要的參與者，只有在第三場和第四場之間的討論，是由他的翻譯者圖典・金巴（Thupten Jinpa）博士和亞倫・華勒斯（Alan Wallace）博士代為參加。在第二天的序幕，亞倫進行了一個午餐談話，為聽眾介紹一個寬廣的脈絡，來瞭解修行觀點中的禪修意涵。金巴曾經出家多年，之後他回到世俗生活，成為一位丈夫、父親以及將藏傳佛教經文翻譯成現代語言的倡導者。離開僧侶生活之後，他在劍橋大學獲得宗教研究的博士學位。亞倫・華勒斯也曾經出家多年，如同許許多多的藏傳佛教老師一樣，他也是達賴喇嘛的學生。他受過物理和哲學的訓練，在科學、佛教和禪修方面，有豐富的作品。

湯瑪斯・基廷（Thomas Keating）神父是發展歸心禱告（centering prayer）現代運動的先驅，他為我們提供了他的經驗以及基督教修道院西妥會（Cistercian order）的觀點；阿姜・阿瑪洛（Ajahn Amaro）代表上部座泰國森林寺院傳統（Theravada Thai forest monastic tradition）；馬修・李卡德（Matthieu Richard）以及達賴喇嘛和他的翻譯者，代表的是西藏佛教寺院傳統。有趣的是，這兩人過去都有西方科學的訓練基礎，阿瑪洛在倫敦大學（University of London）獲得心理和生理學的學士學位；李卡德在巴斯德研究院（Pasteur Institute）獲得細胞遺傳的博士學位，老師是諾貝爾獎得主弗朗索瓦・雅各布（François Jacob）。

另一位從修行傳統而來的與會者是莎朗・沙茲堡（Sharon Salzberg），他代表的是西方的內觀（vipassana）傳統，他也會引導我們做慈心禪（loving kindness）；珍・喬任・貝絲（Jan Chozen Bays）醫師，同時也是一位禪宗導師和專長於受虐兒童與藥物成癮的小兒科醫師；瓊・哈力法斯（Joan Halifax）博士，也是位禪宗導師，同時具有醫療人類學和心理學的背景；傑克・康菲爾德（Jack Kornfield）博士，以前曾是泰國森林傳統的一位僧侶，也是位內觀老師和心理學家。

從這個簡要的介紹，我們看到這些修行團體的背景和禪修訓練，是如此豐富並具有不同面向。我們可以說，透過與會者獨特的生命軌跡和對禪修的投入，每位與會者都呈現著眾多支流在他身上匯流的樣貌，這也是本次會議想要具體表達的意義。每個人都準備好要投入對不同議題的探問和對話，在各自的主題上呈現他們的觀點，同時納入科學家所提供的證據和論點。

科學領域的參與者

在科學領域受邀的報告者和討論人，協助我們探討最近的基礎科學研究，這些研究提供一個架構，讓我們瞭解禪修能夠產生不同效果的可能生理機制。我們也期待這些參與者，協助我們檢視將禪修運用在身體或是精神疾病的臨床研究結果。

來自史丹佛大學的羅伯特・薩波斯基（Robert Sapolsky）博士，報告在神經和基因表現層面，有關壓力和疾病的開創性研究。沃爾夫・辛格（Wolf Singer）醫生來自法蘭克福（Frankfurt）的馬克斯・普朗克大腦研究學會（Max Planck Institute for Brain Research），說明概念分散於大腦皮質的歷程、腦內γ波的同步現象和它們與禪修練習及心靈狀態之間的關係。辛德・西格爾（Zindel Segal）博士，來自多倫多大學的藥癮與心理健康中心（Centre for Addiction and Mental Health），他也是正念認知治療（mindfulness-based cognitive therapy）的創始人之一，報告主題為對重度憂鬱症患者的復發預防。海倫・梅伯格（Helen Mayberg）醫生來自艾默瑞大學醫學系（Emory University School of Medicine）從事神經影像工作，他說明在重度憂鬱症中扮演重要角色的神經傳導路徑；也報告在各種治療取向中，使用深度大腦刺激的方式，從藥物和認知行為治療來引導個別迴路的調節。約翰・謝里登（John

Sheridan）博士來自俄亥俄州立大學（Ohio State University），專長於壓力的效果在下視丘—腦垂體—腎上腺軸（Hypothalamic-pituitary-adrenal axis）的探討，以及腦、身體、行為和免疫系統之間的交互作用。瑪格麗特・凱曼妮（Margaret Kemeny）博士來自加州舊金山大學（University of California San Francisco），報告的是在社會心理因素、免疫系統以及健康與疾病之間，可能的連結關係。國衛院的以斯帖・史坦伯格（Esther Sternberg）醫生的專長在於神經免疫調節機制、身心互動與壓力、疾病和健康的關係。

其他從科學界來的參與人還包括約翰・蒂斯岱（John Teasdale）博士，他是研究情緒表達在大腦和中央神經系統之訊息路徑的專家，也是憂鬱症正念認知療法的創始人之一；另外兩位是辛德・西格爾和馬克・威廉斯（Mark Williams）。在這個會議進行時，蒂斯岱已經從劍橋大學（Cambridge University）和MRC認知與大腦科學中心（MRC Cognition and Brain Sciences Unit）退休，他正在接受內觀傳統（vipassana tradition）的禪修老師訓練。加入我們的還有來自艾默瑞大學醫學系的大衛・謝普（David Sheps）醫師，他是研究心血管疾病中的心因性壓力導致缺血症的專家，同時也是《身心醫學期刊》（Psychosomatic Medicine）的首席編輯。班奈特・夏皮羅（Bennett Shapiro）醫生，他曾是默克實驗室（Merck Research Laboratories）的副總裁，也是「心靈與生命學會」董事。拉爾夫・斯奈德曼（Ralph Snyderman）醫師是杜克大學（Duke University）醫學院的榮譽校長，受過風濕病治療的專業訓練，也是倡導健康照護改革和整合醫療的領導人物。

其他科學界的代表是這個會議的共同召集人，也是本書的編者——喬・卡巴金博士，他是麻州大學醫學院（University of Massachusetts Medical School）正念減壓（mindfulness-based stress reduction）的發展人。威斯康新大學（University of Wisconsin）的理察・戴衛森博士，是情感神經科學和修行神經科學這個新領域的創始人。以上兩位也都是「心靈與生命學會」的董事。

科學的發展狀態：二〇〇五至二〇一一年

本書的最後一章將會摘要這幾年來，禪修在科學和臨床運用，令人感到振奮的新發展。在二〇〇五年時，這還是個新興的領域。六年之後，我們可以說情況還是差不多。然而，更多的工作被實踐在一般的禪修領域；而以正念為基礎的介入方法，特別在研究上被認可，也被一些年輕的臨床醫師和基礎研究者，放入他們職業生涯的軌道之中。禪修領域的研究有相當大的進展（如圖一所示），二〇一〇年論文發表的數量約是五年前的兩倍。因此，二〇〇五年的會議不僅介紹了當時這個領域的狀態，同時也為推動這個領域的進展，立下承諾。

這個會議之後，一份名為《正念》（Mindfulness）的專業期刊在二〇一〇年出版；另外一個網站提供完整的有關正念的研究論文目錄，也包含了每月的布告欄列出的新文章（Mindfulness Research Monthly：http://mindfulexperience.org/newsletter.php）。此外，幾個優秀的期刊，不是用特殊主題的方式，就是用特別的段落，來刊登有關正念的論文；例如：二〇一〇年的《情緒》（Emotion）、二〇〇九年的《臨床心理學期刊》（Journal of Clinical Psychology）和二〇〇九年的《認知心理治療期刊》（Journal of Cognitive Psychotherapy），很有可能其他刊物也將要陸續刊登相關的主題。我們將這個現象比喻為不同河流共流匯聚後的成果。值得注意的是，有一個稱為《當代佛教》（Contemporary Buddhism）的期刊，這個期刊曾出版以正念為主題的特刊，其中的文章並非是科學性的研究，而是要給當代社會有佛教背景的學者有對話的機會。這個期刊的主編邀請牛津大學的馬克・威廉斯和麻州大學醫學院喬・卡巴金作為特邀編輯，這個特刊於二〇一一年七月出版，它明顯地鼓勵佛教學者、臨床醫師和科學家，在正念相關的主題上，產生跨學科的對話。在其他相關主題方面，有人強調有關正念的定義；有人強調以正念為基礎的介入方法，應該要忠於早期的佛教文本以及後來佛教的派別，也就是在佛陀圓寂一千年之後，從印度和東南亞傳到中國、西藏、韓國和日本的這些派別；這些橫跨不同學科之間，難能可貴的學術對話，的確表明了不同河流的匯聚已經發生，這樣的現象有著多方向的性質。

舒適的環境

在華盛頓哥倫比亞特區所舉辦的「心靈與生命」第十三屆會議，我們的意圖是去模擬一個舞台，這個舞台可以容納大量的觀眾，並提供一個舒適和友善的環境，就如同達賴喇嘛在他的庭院所舉辦的私人會議一般。達賴喇嘛的居所位於印度達蘭薩拉的麥克羅干吉（McLeod Ganj），這個地方座落於一個可愛的山丘小城，背倚著高聳入天、終年積雪的喜馬拉雅山。

雖說是私人會議，但除了報告人之外，這個會議總是會邀請一些觀察員。有些人是修行人，包括在一個稱之為僧侶科學計劃的修行人；其他與會者包括報告者的家人、贊助者、「心靈與生命學會」的職員、達賴喇嘛的私人來賓以及偶爾會出現的記者。

這個會議的布置始終如一。達賴喇嘛通常都盤坐在中間的大椅子上，該時段的主持人、報告人和討論人在他的左右，圍坐在一個比較低的桌子。在他左邊的是兩位翻譯員，當他有需要詢問某個專有詞彙或是某個論點的進行，而需要將議程暫停時，他們三人就會湊在一起討論。達賴喇嘛有時候講英文，有時候講西藏語，有時候先講其中一種，然後再換到另一種。他的英文非常好，如果報告者可以避免專家很容易就脫口而出的專業術語，他可以瞭解相當複雜的科學論證。他經常會打斷報告人，然後問一個問題，或跟翻譯員討論。當達賴喇嘛說西藏語時，圖典・金巴就將其翻譯為英文（在本書中，翻譯講稿所呈現的是達賴喇嘛自己的話，而非圖典・金巴的角色；除非在討論時，他是用自己的角色說話）。

對報告者和觀眾來說，如果不懂西藏語，這樣的對話像是一場有趣的共舞。這時候，與其讓自己不停地忙於思考，不如讓自己就停在那個當下。停在當下本身就是一種禪修，因為就在下一個片刻，他們的對話可能就會繼續進行，或者轉向報告者需要澄清的一個重點，這樣達賴喇嘛和其他人才可以瞭解報告者要建議或要展演出來的內容。

報告人在敘述的時候，就坐在達賴喇嘛右手邊的椅子。如此一來，報告人就可以直接跟達賴喇嘛說話，這像是一種親近的交談，而不是一場正式的演講。在達賴喇嘛和報告人之間的眼神交會或笑聲，經常讓對話變得生動。這個溫馨的環境，讓存在於問題中的美意與深刻的洞見，很快地就讓在場的參與者和觀察員得以融入。

我們希望在憲法禮堂的講台上，在三千人面前，用同樣的布置，模擬一種在達賴喇嘛住所的客廳那種感覺，讓親近和溫暖的氣氛再現。本書中的一些照片，傳遞了那種溫馨的感受。講台兩旁的大螢幕，讓坐在禮堂後面的觀眾，也能夠看見講者，我們希望即使在這樣大的會議中，每一個參與者都感受到自己是對話中重要的部分。

為達此目標，在一些場合中，共同主辦人戴衛森和卡巴金會邀請觀眾，不管在那一刻他們是否清楚地感受到，都請他們談談他們的參與對這個會議的重要意義。觀眾們的出現、他們的深度傾聽和問題，以及最重要的——他們之所以來到這裡，那背後獨一無二的動機；主辦人鼓勵他們對自己的直覺或假設，進行更深入的探索。這或許能夠在他們各自感興趣的領域或專業，開啟禪修研究和臨床運用的可能性。與會的聽眾是經由網路申請並篩選而來，這個過程優先考慮臨床醫師、研究人員、學者或是在生物和神經科學領域的學生，包括醫學生和研究生。這些理想的聽眾將會對這個嶄新、快速發展的領域，產生最大的影響。

會議開始進行

亞當・恩格爾（Adam Engle）是和法蘭西斯科・瓦瑞拉共同建立「心靈與生命學會」的創辦人，也是「心靈與生命學會」的總裁和執行長，他在會議的開幕致歡迎詞。

亞當・恩格爾：

達賴喇嘛、湯瑪斯神父、德吉奧亞（DeGioia）校長、米勒（Miller）院長，各位傑出的科學家、臨床工作者以及兄弟姊妹們：十八年前達賴喇嘛、法蘭西斯科・瓦瑞拉和我開始一個實驗，想看看我們能否創造一個方法，讓科學家、哲學家和佛教修行者可以聚在一起，共同對實相的性質，產生更完整的理解，以讓我們能探究心靈、提升人類的福祉。從一九八七年開始，「心靈與生命會議」涵蓋了許多議題，從物理到宇宙觀，到神經可塑性；從情緒療癒到利他主義，以至倫理學；這些議題讓科學家和修行人可以分享他們的發現、豐富彼此的瞭解。

今天我們從這樣的旅程中，又向前邁出一步。我謹代表達賴喇嘛、「心靈與生命學會」的董事們，歡迎大家來參與第十三屆「心靈與生命會議」——「禪修的科學與臨床運用」。

這個主題的構想是，我們認定「心靈與生命學會」的工作不再只限制於對話和瞭解；

更重要的是，我們要將對禪修的瞭解，轉化為計劃、介入方案和工具，將禪修變成人們生活中實質的利益。因此，我們開始詢問實務上的問題：我們如何滋養和保持健康的心靈？我們如何在生活和社會中實行，讓情緒更為平衡？以及我們如何在生命更早的時候，就學習到這些自我管理的技術？

目前，本學會有四個部門在運作，所有部門都一起努力，來提升對禪修的科學瞭解，促進個人和文化的安適感。「心靈與生命學會」和達賴喇嘛一起設定具有科學性的議題，藉此探討哪一個科學領域，最能夠和修行人合作，這樣的合作如何能夠最有效地產生互補的作用。本學會的出版品，向更廣大的科學社群以及有興趣的大眾，介紹我們在「心靈與生命會議」所呈現的內容。「心靈與生命暑期研究學會」，是一個每年為期一周的研討會，研究人員、科學家、修行者和哲學的實務工作者，大家齊聚一堂，探討如何從「心靈與生命會議」和學會的研究提案中，進一步形成研究假設。我們的「心靈與生命」研究獎助計劃，提供種子研究經費，來探討這些研究假設。

在這短短兩天半的相聚時間當中，我們開始要探討如何更有技巧地使用禪修技術，以及將其他形式的心靈訓練，運用在臨床工作之中，以增進人們的健康與安適。我們最深的期許是，聽眾和參與者們能受到鼓舞，在各自的生活和工作中，去探索、擴大你們的領域。

我要感謝喬治城大學醫學中心、約翰霍普斯醫學院共同舉辦這個會議，也感謝他們在整合醫療研究的領導。也感謝各位報告人和討論人，他們的智慧、仁慈和領悟，也謝謝他們投入時間準備，讓這個會議對我們更有幫助。我也要感謝我們長期的支持者和贊助者，他們提供財力支援，這個會議才能舉辦。最重要的是，我要感謝在座的每一個人的參與，你們對這個主題的興趣和開放的態度，將陪同我們一起走這段旅程。

亞當接著介紹愛德華・米勒（Edward Miller）醫生（約翰霍普金斯醫學院院長）和約翰・德吉奧亞（喬治城大學校長），並請他們致歡迎詞。兩個人都指出，他們的機構對整合醫療這個新領域的投入；也談到在發展對病人的新治療取向時，科學證據在提供實證基礎中所扮演的角色，包括以正念為基礎此一日益盛行的治療取向。德吉奧亞校長接著介紹達賴喇嘛。

約翰・德吉奧亞：

這是我莫大的榮幸，在這個早上來介紹「心靈與生命學會」的榮譽主席，和不斷帶給我們啟示的達賴喇嘛。我們很難想像，有誰比我們即將要看到的這位紳士，有更加傳奇的一生。他出生於西藏山中一個不起眼的農場。在這個遙遠的國度，特有的佛教樣貌被發展出來，人們相信佛陀轉世為達賴喇嘛，為了得以教化世人，並作為西藏在靈性和世俗的領導人。

在一九三三年第十三世的達賴喇嘛圓寂之後，一群聖者就開始祕密地尋找下一世的達賴喇嘛。那個時候，他們來到一個育有兩歲男孩的農家。經過一連串測試，聖者確認這個男孩就是十四世達賴喇嘛。如同他幾百年來的歷代繼任者，這個男孩和他的家人被帶到首都，那裡的人們熱烈地歡迎他的到來。在六歲時，這個男孩登基成為西藏人的精神領袖，並取名為丹增・嘉措（Tenzin Gyatso）。他住在布達拉宮，對一位好奇的男孩來說，這裡數以千計的房間，給了他無止盡的想像。

當西藏被中國軍隊入侵之後，達賴喇嘛在十六歲時，比預計早兩年的時間，承擔起對西藏的掌控。他花了九年的時間，努力協商和平解決方案；但是在一九五九年，狀況持續惡化，使得達賴喇嘛不得不在印度尋求政治庇護。從此之後，他領導西藏流亡政府以及超過十二萬的西藏同胞，過著流亡的生活。他建立學校和傳承中心，使得西藏文化得以延續，同時沿著民主的方向改革西藏流亡政府。

數十年來，達賴喇嘛到世界各地尋求支持，以非暴力方式，解決西藏的狀況。他倡言人權和世界和平，也為精湛的佛教哲學發聲。在一九八九年，他榮獲諾貝爾和平獎，以表彰他為祖國努力的殊榮。

他的一生如此非凡，但是在今天我們看到這個卓越的人的另外一面。達賴喇嘛早期的教育涉獵許多領域，但是他並沒有接觸數學、物理、生物或其他科學。然而他是一個好奇的小孩，總是對布達拉宮中的幾種機械感到著迷。在他遊走各地時，他的興趣變得廣闊，包括科學的各個層面和用科學的方式來探究問題。他把握機會認識一些當今最傑出的科學家，討論科學思維的進展，並探索信仰與科學之間的關係。他在新書《單一原子的世界：科學與靈性的交會》（The Universe in a Single Atom: The Convergence of Science and Spirituality）中提到他的許多領悟。

今天達賴喇嘛站在科學與靈性對話的最前線，他相信這樣的對話，有著巨大的潛力，協助人們面對前所未有的全球性挑戰。請讓我們一起來歡迎達賴喇嘛。

之後為期三天的報告和對話開始展開。我們希望作為讀者的你開始探索這些報告時，這個會議對你來說是栩栩如生的。我們希望，無論如何，從報告和講話的蛛絲馬跡中，你彷彿被帶到會議廳，從報告者、討論人以及達賴喇嘛之間的對話，你能夠感受那股流動的能量。

在達賴喇嘛從講台上起身，開始他的講話之前，亞當・恩格爾放上一張我們最親愛的朋友、同事——法蘭西斯科・瓦瑞拉（一九四六至二〇〇一年）的照片。法蘭西斯科從一開始就引導著「心靈與生命學會」的科學眼光，他也是給我們許多靈感的重要人物。這些年來，他也和達賴喇嘛非常親近。他在五十五歲英年早逝，可以說是「心靈與生命」這個社群的重大失落。這樣的失落感是所有認識這位卓越、博學、兼具慈悲與智慧的人，都能感受到的。法蘭西斯科是一位深入、虔誠的佛教徒，也是當今幾位西藏最偉大的喇嘛的學生。我們都因為他在「心靈與生命學會」中不斷進步的洞察力而被提升，同樣地，他留在世上的研究和著作，將成為不朽的印記。我們也將這個會議當作是對他的永恆懷念。

第一部

以禪修為基礎的臨床介入方法：

冥想的科學、訓練與實踐

引言

第一部分的討論為後續的會議進行了鋪陳。一開始，在達賴喇嘛懇切的引言中，提到他對科學的興趣與敬意，以及對大腦研究的興趣。之後理察·戴衛森和喬·卡巴金分別致歡迎詞。第一個報告討論佛教之於苦痛、從受苦中解脫以及人類心智的普遍性質。第二、第三個報告討論的是與醫療相關的臨床與研究計劃，這些計劃探究禪修對有慢性健康問題者的神經活動和各種生理功能的影響。第一場的主持人是馬修·李卡德。

達賴喇嘛：

我非常高興有這個機會參與第十三屆的「心靈與生命會議」，在此表達我對所有與會者及討論者最誠摯的謝意。我對幾位即將參與討論的科學家已經很熟悉。當然，也有幾位科學家和禪修者是第一次與會。因此，我想利用這機會，表達我對所有初次見面的朋友的感謝之意。

對「心靈與生命會議」來說，代表基督教靈修傳統的湯瑪斯·基廷神父能與會，是我們的殊榮。能夠讓這個重要的心靈傳統，在這個會議中呈現，特別讓我感到欣喜。事實上，我在幾次的「心靈與生命會議」中，已經表達過這樣的一個希望，因為修行並非只存在佛教的傳統中，而是廣泛地存在世界上不同的心靈傳統之中。如果其他的心靈傳統可以在「心靈與生命會議」中呈現，這會是非常有幫助的。

當我聽到亞當提到法蘭西斯科‧瓦瑞拉的名字時，我看著他的照片、想像他的臉，尤其是他那碩大、閃亮的前額和那慧黠的眼睛。雖然他已經不與我們同在，但他的作品、他的洞見依舊鮮活。我認為這是很重要的。有時候某種神聖的工作，完全依靠在一個人身上，只要這個人還在，這個工作就活絡著。但是當這個人離世，他原先所做的工作就消失殆盡，我認為這是很不幸的。因此，我現在很高興，某種神聖的工作由我們的朋友起頭，這樣的工作不僅繼續存在，而且逐漸擴大。我由衷感激盡心盡力、讓這個神聖工作延續的每一個人。

在佛教，尤其是在梵語傳統（Sanskrit tradition）中，探究事物和不斷實驗扮演著重要的角色。許多的問題來自我們的無知，消除無知的唯一對策是知識。知識意謂著對真實的清晰瞭解，這樣的瞭解需要透過探究和實驗。在古代，那爛陀（Nalanda）大師主要透過邏輯和思考來進行探究，在某些情況則透過禪修。在現代，有另外一種方法來協助我們發現真實，那就是實驗。我認為科學家和佛教徒兩者的探究，事實上就是要去**發現真實**。

更進一步說，在佛教有一個傳統，如果我們發現事情與經文相衝突時，我們有自由可以拒絕接受經文。這給我們一種探討的自由，而不會被局限在經文的內容。有一些經文對宇宙觀的描述，其實是相形見絀的。當我在對佛教徒開示的時候，我經常告訴他們，我們不能夠接受這些說法。

在我對科學最早產生興趣的時候，我望向太空，看到很多的東西。我很好奇，這些東西是怎麼來的。在我們的頭上有很多的頭髮，下面則是頭蓋骨。不像其他身體部位，這裡有某種特別的保護。為什麼呢？我們經常相信，靈魂或是自我是在心臟的中心。現在，靈魂的所在看起來，如果我們可以將其指認出來的話，它似乎在頭裡面，而非心臟。

有關心理學和知識論的佛教文本，清楚地區分兩種品質不同的經驗領域，一個是感官層次——我們五官的經驗。另一個就是佛教徒所指的——經驗的心理層面：思想、情緒……等等。感官經驗的主要位置，或者說是物理偏見，被認為在感覺器官本身。但從現代的神經科學來看，可以很清楚地知道，感官經驗主要的組織原則，被發現是在大腦而非在感覺器官之上。

佛教徒非常有興趣向科學學習。我認為這樣的態度是很有幫助的，於是在四年前，我們就開始向幾位在印度的佛學院學生介紹科學研究。有系統地將科學教育，安排在佛學院的教程裡面。

至於在這裡的參與，我沒有什麼貢獻。我總是充滿渴望地向這些偉大、有經驗的科學家們學習。雖有語言障礙，我的記憶力也不好，有時候我好像從這節課學到東西，到了下節課，頭腦裡什麼也沒留下。這就是個問題。但不管如何，應該還是有些蹤跡留在我腦子裡。

理察・戴衛森：

喬・卡巴金和我是這個會議科學領域的協調人，我們很高興地歡迎大家的參與。我想利用這個機會強調，關於這個對話和科學家與修行者之間可能的交流，讓我感到非常興奮。在往後兩天半的時間，你會反覆聽到這樣的想法和修行傳統所教給我們的正向品質，例如快樂和慈悲，它們不是固定的特性，我們不會永遠固定在現有的狀況底下。相反地，許多特色是可以被轉化的。用現代的科學概念來說明這個想法的重點，就是神經可塑性，意思是大腦可以經由經驗或訓練而獲得改變。這個重點提供科學家朝向一個嶄新而整合的方向前進。

我們也聽過，轉化心靈和大腦，可能會轉化身體的某些部分，這樣的轉化對我們的健康有潛在的正向效果。

現在，我們已經進入這令人興奮的兩天半的時間，或者說不只是興奮而已；我想這是一個歷史性的時刻，我們希望，也深信，這個對話會將一種新的科學往前推進。

喬・卡巴金：

在達賴喇嘛明確的慈示之下，我們企圖舉辦一個比以往能力所及還要大型的對話會議。這樣的會議能接觸的人數，大過以往私人會議後，藉由出版書籍所能觸及到的讀者人數。參與會議的人，有的人從基礎科學的觀點出發，有的從臨床運用，有的從自己生命中運用禪修的觀點出發。今天大家用有深度、有意義的方式，在這裡齊聚一堂。這個聚會將會擴散出一波波的漣漪。我們邀請你真摯地參與這個會議，這是一個集體的探索行動；在此，你，作為聽眾，扮演著極為重要的角色。

你參與這個會議的其中一種方法，就是透過深度的傾聽，讓你的期待逐漸獲得滿足。如果你特別感興趣的領域，沒有在這個會議中獲得足夠深度的討論，你很可能會失望。然而，有一個比你期待的主題更大的東西正在發生，其中之一就是不執著（non-attachment）。就某種程度來說，我們所有的人，光是我們在這裡，就是共同參與一個禪修的過程。你也可以藉由對報告者或討論者提問，來參與這個對話；而我們會用集體的方式，盡全力回應你。當然就此意義來說，達賴喇嘛會是回應的第一選擇。

讓我再用一個深深的鞠躬，歡迎你的參與。我認為會出現在這個會議的人，身上一定帶有某種神祕的元素。我不知道這個會議最後的結果會是什麼，但在某種意義上，眼前在發生的是，一個修行的團體正在顯露它自身——佛陀將之稱為僧團（sangha），而這個團體的成員們，有機會在此相互看見，並經驗到對方。對各位來說，這個會議最重要的部分，可能發生在兩堂課之間的休息、與其他人對話，或結交新的朋友。這些可能性讓各位可以對事物的本質，做更深入的探問。所以，歡迎每個人，歡迎所有人的蒞臨。

馬修．李卡德：

今天早上，我們要來思考禪修的性質，瞭解運用以正念為基礎的禪修促進健康的原則；以及和神經科學家的合作中，禪修是如何被研究的。

我們問自己的第一個問題是，我們何苦要禪修呢？如果我們這麼做，是根據什麼，又如何做？禪修的本質是一種精神訓練，在我們長期的生活中，它是一個具有轉化能力的工具。我們知道精神健康，不只是沒有精神疾病。我們真的有用最好的方式，來過我們的生活嗎？我們稱之為「正常」狀態的生活，真的是最好的嗎？從自己的經驗可知，我們參與、解釋這個世界的方式，經常被我們對事物的覺察所扭曲。因為我們的覺察和外在事物本身，兩者並不完全對應。經常，我們發現自己在精神的毒素中受折磨；例如：仇恨、強迫、迷戀的慾望、傲慢、喋喋不休的忌妒心。這絕對不是我們過生活，或是與他人發生關係的最好方法。我們知道，我們能夠經驗到真誠、利益他人的愛。但是不是因為我們常常沒有辦法做到，所以負面的心靈狀態，就成為我們跟他人發生關係最常用的方式？因此，心靈轉化的長期理想，即意謂著為了我們自己的福祉和他人的福祉，我們要變成一個更好的人，而這兩者是緊密關連的。

這就是禪修的意義。禪修並不是為了要有美好的一天，於是就坐在芒果樹下，讓自己進入極樂狀態，雖然禪修對這樣的目標可能有幫助。如果從東方的角度來看禪修這個字，它真正的意思是**培養**（cultivation），培養一種新的品質、新的存在方式。它也意謂著**熟悉**（familiarization）——熟悉用一種新的方法來看這個世界。比方說：對永恆，不要緊緊抓著不放；相反地，採用相互依存的動態流動，來看待事物的變化。禪修意謂著，去熟悉一種品質，而這種品質是我們有能力做到的；例如：無條件的慈悲、對他人產生開放心理，以及內在的平靜。也可以說是，去熟悉我們的心及它的運作方式。各式各樣的想法，經常不停地充塞在我們心中，讓我們幾乎沒有辦法知道，現在正在發生什麼事。在這些想法螢幕的後面，存在什麼東西？我們是否能培養某種基本的正念，並對我們的存在狀態開放？

所有這些內在的探索，都可以被稱之為禪修。一開始，佛教的方法帶有治療的目標——將我們自己和他人，從受苦中解脫出來。顯然地，這並不是一個嗜好，好像為了過比較好的生活，才培養這樣的習慣。而是，內在的轉化本身，就決定了我們每一刻的生命品質。

那麼，我們又會問，為什麼修行又需要跟科學合作？我們對這兩者能有什麼期待？從此之中，我們又能夠對人性做何期待？

對已經走在心理轉化歷程的人來說，好處是很明顯的（如果我們的修行，進行得不錯的話）。這會為我們建立一個心願，分享對我們來說是珍貴的事物，這些事物豐富我們的生命，也豐富他人的生命。

與科學合作，激勵我們如實地認識事物。我們知道某種禪修狀態的經驗，但這些經驗在大腦留下什麼痕跡呢？不同的禪修狀態，和已經被研究過的認知與情緒狀態，又有什麼關連呢？長期的心靈訓練，會產生什麼樣的效果呢？比方說，學一樣樂器，可以改變你的大腦。可以彈鋼琴當然很棒，但是如果你不會彈，也不是什麼缺陷。但是，慈悲、專注、警醒、正念和內在平靜，這些都是我們生命品質的基本要素，如果我們沒有辦法發揮這些品質，這會是件令人難過的事。

這個會議希望能夠增進且深化我們對心靈訓練的知識；並瞭解到這樣的訓練，從短期或長期來看，如何影響大腦、身體、自我和世界及他人的關係。心靈的訓練最終如何對人類做出貢獻？這的確是我們共同的目標。我們能夠從培養情緒的平衡，來改進教育嗎？就如同達賴喇嘛所言，沒有內在的平靜，我們無法擁有外在的平靜。如果沒有卸下內在武裝，我們也無法卸下外在武裝。如果我們希望擁有一個和諧的社會，我們必須要從我們自己開始，從我們的內在開始。這就是禪修的意義所在，這也是我們今天早上即將會聽到的。首先，阿姜・阿瑪洛要說明禪修、心靈訓練和佛教方法的主要原則。

阿姜・阿瑪洛

佛教如何透過禪修練習使我們進一步瞭解疼痛與苦惱、自身療癒的潛能、如何解除這樣的受苦，以及人類身心的潛在本質

在佛教思想與修行的脈絡中，區分痛苦和受苦極為重要。這個報告提出佛教對於受苦的觀點、受苦的終極原因、從受苦解脫的可能性及有系統的做法。這個報告也觸及佛教徒所說的——人類心靈普遍的品質，透過禪修培養出來的覺知，我們得以接觸這樣的品質。

我常被邀請對佛法的重要主題做介紹，特別是關於這個普遍、幾乎是人類共有的**受苦**（suffering）經驗——我們將其稱為苦（dukkha）或不如意（dissatisfaction），以及受苦跟禪修的關係。

在開始之前，我要先強調，佛法所提供的概念，傳統上這些概念的精神是要讓我們對事物產生反省和深思；而不是把它當作教條，死守不放。如同達賴喇嘛所鼓勵我們的，佛法邀請我們去傾聽與接納、去深思和反省。對我們有用的部分，就將其採用和保留；如果我們

覺得錯誤，或不符合我們的經驗，就將它放在一旁；對於我們不太確定的部分，就將它放在「待觀察」的架子上。

就像是醫生、藥師或醫療研究人員的存在，來自於我們並沒有完全的健康。同樣地，心理治療師、靈性教誨、宗教的存在也是如此；因為即使當外界的狀態很理想，我們也並沒有十足的快樂。而我們面對挑戰時會經驗到的狀態就更不用說。舉例來說，前幾天我從英國飛過來，今天早上兩點十五分我就醒過來，當時覺得愉快且清醒。我住在凱悅飯店，那裡有噴水池、美麗茂盛的室內植物、富麗堂皇的空間，但我的心卻進入另一個狀態，想著：「喔，親愛的，現在是凌晨兩點十五分，我還沒有休息夠！我今天要在會議上報告！」然而，當時我事實上是處在極端舒服的狀態。在森林中的寺院，我住的小木屋裡頭，沒有電、也沒有室內廁所。照理說，飯店是個理想的環境，但我的心卻陷入擔憂、焦慮和苦惱。這就是我們所說的苦或是不如意——心失去平衡，有了情緒壓力。

在世界的宗教中，佛陀的教導多少是比較不尋常的，因為它並不以任何的形上學為中心。就本質上來說，佛陀是一位實用主義者，他將主要的焦點放在不如意或是受苦的經驗，也就是經文上所說的苦，這就是他的焦點。雖然，他也是個理論家，擁有很好的能力，瞭解世界運作的方式，但他將教誨聚焦在務實的事情上。這比較偏向醫生想瞭解身體和心理的關係，而不像是一位研究者。佛陀所注重的教法，能協助我們在每天的生活中，務實地處理事情，而非只在知識層面做探討。

有一次，佛陀做了一個相當有名的比喻：他和一群跟隨他的僧侶走到森林，他蹲下撿起一把樹葉，然後問：「我手裡面的葉子比較多，還是樹林裡的樹葉比較多？」旁邊的僧侶說：「你手中的樹葉當然是少數，樹林裡樹葉非常非常的多。」佛陀說：「同樣地，我所知道的一切，就好比樹林裡的樹葉那麼多；但是我所教你的，就只像我手上的樹葉。為什麼我只教你們這些？因為我教你的東西，會帶給你快樂，帶給你真正的平靜，並將你從不如意之中解脫出來。」其他的東西，或許也是真實的，但對於療癒你的心靈或心理問題，並沒有立即幫助。

佛陀又用受傷的士兵來做比喻：一個士兵在戰場被一支帶有毒的箭射到，外科醫生趕來，要將箭拔出，但這個士兵說：「喔，不，先不要把箭拔出來，除非你找到射這支箭的那個人的名字。我還得知道這個人來自哪一個村莊。此外，我還要知道這個人的父母和兩邊的祖父母的名字。我要知道這支箭是用什麼木頭做成的，還要知道這支箭的頭是什麼形狀，它如何連接到這把矛上面，我還得要知道羽毛是用哪種鳥的毛做成的，是鵝毛、孔雀毛、雞毛還是鴨毛？」佛陀一直推演下去，直到我們明白——在外科醫生回答完這位士兵的問題之前，他必定會先死去。佛陀說，重點就是把箭拔出來，敷藥。這就是佛教傳統所強調的，要注重的是造成不如意的最主要因素，也就是苦的品質。

歷年來，佛陀所獲得的一個稱號，叫做「大醫王」。其中一個原因是，佛陀最主要的領悟和他所教導的架構，所謂的四聖諦（Four Norbal Truth），被放到印度傳統醫療診斷的概念當中。診斷的形式從症狀的性質開始，這種特別的心理和靈性疾病，它的症狀就是對於苦以及不如意的經驗，這就是第一聖諦。診斷的第二要素，就是導致症狀的原因；佛陀將其描述為以自我中心而生的種種慾望、貪婪、憎恨和妄念，也就是馬修所指的毒素，負面而讓人苦惱的情緒、習性；這些會讓心靈出錯、毒害內心的東西，就是第二聖諦。第三個要素是疾病的預防，好消息是這些問題可以被治療，不如意的經驗會結束，我們可以從它解脫出來，這就是第三聖諦。第四個要素是第四聖諦，意即治療的方法——佛陀所標示出的就是治療這個傷口的方法。有些人將其稱之為八正道（Eightfold Path），也可以被摘要成三個基本要素：第一，有責任的行為或是德行，依道德或倫理過生活；第二，內心的沉著、禪修和心靈訓練；第三，根據現實，發展具有洞察力的見解或智慧。這三個要素是對心理、靈性問題的根本治療方法。我應該要強調，佛陀並沒有要壟斷真理的意思。有一個人曾經問他：「你是唯一瞭解道理的人，其他的心靈教導都是不正確的，其他的方法也都是錯誤的，是這樣子嗎？」他回答：「不，絕非如此。」這跟教義如何被說出來無關，也和它所使用的語言或符號無關，重要的是它是否呈現以下三個主要的品質：**倫理的行為、心理的安定和智慧**。任何的靈性方法若能包含這三個要素，那麼它將會導致解脫、平靜、內在和諧與生活安適的可能與實現。如果教義沒有包含這些要素，它就無法達到安適、平靜與解脫。

我很高興湯瑪斯神父也將在這個會議上，報告基督教的修行傳統。這和達賴喇嘛無私的精神符合，顯示佛教傳統並非是一種獨占真理、具有排他性的知識。相反地，佛教歡迎任何可以使用的方法，不管我們將其稱為宗教、心理治療或是其他的名稱；只要這個方法能將快樂的品質帶入我們的生活，讓我們和他人活得平靜而充實。

不如意、苦這個主題，會一直穿插在我們這次會議的討論中。不如意和苦的經驗有兩個面向，佛陀說明得很清楚。首先，身體和情緒的痛苦是無可避免的；作為人，痛苦存在我們的生命之中，是身體和心靈與生俱來的。我們稱它為自然的受苦，或者就僅是痛楚本身。佛陀的教誨主要放在第二種受苦，我們將它稱為外來的受苦——心靈對負面經驗所加上去的苦。當我們感到身體疼痛，或是遇到某種困難而產生憂心、抗拒、憎恨和焦慮，這些都是我們隨著身體疼痛，所創造出來的第二種受苦。

佛陀用一個被弓箭射到的比喻來說明（順帶提到，佛陀以前是貴族中的戰士，所以在他的教導裡面，經常提到和軍事相關的東西）。佛陀說，當你經驗到身體的疼痛時，就好比被一支箭射到；當你抵抗它或是憎恨它，這就好像在身體疼痛上面，再射上第二支箭。

如果你不夠聰明，我們最常用來處理疼痛的方法，就是讓心靈忙於一些享樂的事情，讓自己盲目地追求快樂，然而這卻造成我們更大的壓力和混亂。

另一個重點是，我們不只從負面和痛苦的經驗中，製造出問題，外來的受苦不只是用來回應身體和情感上的疼痛。比方說，失去我們所愛的人，送出去的學術論文被我們期待的期刊所拒絕。哀傷來自於這樣的經驗，但是即使從愉快的經驗中，我們還是可能受苦。我們擁有非常漂亮和令人喜愛的東西，擁有我們非常想要的東西，就像是一篇論文在很棒的期刊上被刊登出來。但是，五年、十年或二十年過去了，憂鬱也就開始了：「唉，在八〇年代，我是一個了不起的人；但從那之後，我又做了什麼？」曾經是讓人欣喜的事，例如曾是個明星這樣的過往經驗，在二十年後，卻成為戳著傷口的刀子。因為我們的不智，讓過去愉快的經驗，埋下了不如意的種子。

痛，也就是第一種受苦或是不如意，它是不可避免的。但從佛陀的教誨和他自己的經驗告訴我們，第二種苦是可以完全拔除的。為了我們自己，我們要把第二種苦找出來，這就是第三聖諦所帶來的好消息——外加上去的苦會結束。即使我們有疼痛經驗，不管是身體或是情緒上的疼痛，像是頭痛或是巨大的失落經驗，我們的心能夠完全平靜地與痛共處。心絕對可以安然無事，不與苦糾纏、不抵抗、也不憎恨。沒有苦或不如意，因抵抗而升起。佛教靈性和心理訓練的基本要義就在於此。這個會議中，許多場報告都涉及這個主題。

讓我們將馬修剛談的東西做些延伸。禪修將我們天生就具有的能力，做更細緻的提煉。有時候「禪修」這個字，可以被填入各種我們從電視上、流行雜誌和新聞或是閒談中所得到的各種印象。但是從傳統的佛教觀點，禪修並不企圖獲得任何特殊的經驗，或是看見神奇的影像，或得到某種特異能力。禪修比較像和心靈所具有的天生能力一起工作：例如集中注意力的能力、能夠探索並且反覆思考經驗本身的能力。這兩種能力對我們而言是很自然的，而禪修進一步將其發展，就如同培養一粒種子，給它適當的環境來發芽和成長。這就是禪修的本質和目的。

舉例來說，最常見的禪修方法之一，就是利用簡單、自然的對象，例如我們呼吸的韻律，因為它時時刻刻都在發生；它會讓人平靜，也很容易可以感覺到。藉著坐下來、閉上眼睛，將注意力放在呼吸，隨著時間和專注，呼吸本身變成我們所說的禪修對象。心被訓練用來專注在簡單、平淡的刺激之上。當注意力的品質有所進展，我們的心就更容易停留在當下時刻，與呼吸對象在一起。當注意力愈能停留在當下，我們就愈能打破心被過去的舊習慣四處拉扯的狀態；心經常會創造出一些未來的劇本，或是改寫過去，迷失在散亂的思緒中，或屈從於無止盡的思考。我們大多數的人，都有心靜不下來的經驗。好像沒有東西可以讓心靜下來。它就是不斷地轉、轉，再轉，再轉。在禪修中能夠聚焦的能力，大半都跟學習如何思考有關。也就是我們要學習，當我們選擇去想的時候，要如何想；當我們選擇不想的時候，如何不要去想。

第二種能力，是我們能夠去探究事物，這種能力支撐出一種知的品質。我們學習去看，心是如何運作的——它習慣的反應是逃離痛苦、追求享樂，面對中性的刺激，感到無聊、惱怒和不安。藉由認出這些習慣，從專注的能力中，全然瞭解這樣的習慣，我們學到如何不要再被拉入這個舊習慣的循環。

我心裡想到的一個比喻，就是使用相機。拿起相機、握住它，就如同一種負責任的行為和德行。就好像明智地拾起、把握住你的生命。聚焦就好像是專注力的發展，取出你所要的景象大小，這是一種智慧。實際上，照出一張照片所帶來的樂趣，來自於捕捉到一張很棒的影像。能捕捉到當下那一刻，就會流露出一種愉悅的品質。「喔！照到了！」這就好像當我們用不同的方法，用讓情緒更為平衡的方法，來看這個世界時，領悟和轉化就會發生。

我要強調一個對禪修常見的誤解。我們經常把放鬆，想成是將注意力渙散，像是一個懶人的樣子，你就倚靠著背，然後想：「我將要放鬆。」它就好像是小睡一會的代名詞，或即將進入半意識狀態。我們也喜歡刺激，像是受到激勵、對事物感興趣或是興奮，如同坐雲霄飛車或是看恐怖片那樣的感覺。在這次會議中，有幾場報告的相關研究，就說明短期壓力和我們喜愛的刺激兩者之間的關係。

佛教禪修的其中一個特色，也許讓人感到意外，那就是放鬆和振奮，兩者並不相互排斥。當心靈真正警醒，能夠使用清楚、穩定的聚焦，將注意力全然專注在當下；無論我們是否專注在呼吸，我們在當下能夠完全的平靜，同時充滿能量。兩者並不相互排斥。你也許認為：「喔不！那並非是我所經驗的。」沒關係，對我們每個人來說，我們個人的經驗都是真理最後的仲裁者。但在這裡我先提供一個建議，如果可以的話，請先擱置你的不相信。也許這是可能的，為你自己做個嘗試。

在佛教傳統，存有的自在品質和對生命本質的瞭解，是心理健康不可或缺的標準，用一般的話來說就是解脫或者啟蒙。在佛教傳統，除非你已經完全受到啟蒙，否則你就尚未達到完全的清明。類似的狀況就像是：強迫性地逃離痛苦、追逐享樂，對於中性的東西感到無聊等等這些應付策略；你或許會認為是正常的行為，或理智的表現。但在佛教心理學中，這樣的狀態被認為不是完全清醒的心靈狀態。就這方面來說，比較佛教心理學和西方心理學對這一點的看法，將會是件有趣的事。

我想強調的最後一點是身體與心理這兩者之間的關係，特別是心靈如何連結到身體的疼痛，而疼痛如何在心靈和身體產生效果。以坐禪為例，在我住的那個寺院，一般的禪修練習，我們要坐上四十五分鐘。當你用盤腿的姿勢坐著，四十五分鐘完全不動，你很容易感受到膝蓋癢，或是全身各處疼痛。當疼痛的感覺開始從身體升起時，你一開始的反應模式會是：「我要試著專注在我的呼吸上，但膝蓋的痛愈來愈痛，我希望痛會消失。喔，親愛的，我的膝蓋骨要裂開了嗎？那膝蓋就需要開刀。喔，我的天呀！他們必須要用擔架把我從這裡送出去。」你的身體開始緊張起來，因為疼痛所升起的一股厭惡、恐懼和焦慮的感覺，就如同環繞在一塊肉旁邊的一群蒼蠅，揮之不去。

如果你願意認可正在發生的事，也就是聚集在生理疼痛周遭，是你對它的負面感受，這就是外加上去的受苦；那麼運用我所說的原則，你會發現至少有兩種不同的方式，可以處理這個狀況。首先，在態度上，你先放輕鬆；比方說，承認這只是在你膝蓋的疼痛感，你今天應該不會需要手術。這只是幾分鐘前所升起的不舒服，此刻它絕對不會威脅到你的生命。你應該還可以再跟這個痛相處五分鐘，不會有任何的危險性。不需要感到沮喪，不必緊張。放輕鬆，不要在意它，讓你的心態變溫和。

其次，放鬆你的身體；你注意到，當你盲目地對疼痛的感覺反應，你的膝蓋、髖關節和你的背都會緊張起來。從肉體上放鬆你的身體，和你對這個不舒服感的看法，會產生兩個效果。第一，實際上主觀的疼痛程度消失了。如果主觀疼痛程度，在最高十分裡頭，有六分。那麼，放鬆身體會讓疼痛程度降到三分。即使疼痛程度還有三分，放鬆你對疼痛的看法，事實上這是最重要的一點，這樣你就不會把疼痛當作是一個問題。這會讓你達到全然地平靜和自在，即使疼痛還是存在。

這只是我的建議。在佛教禪修中，這的確是常見的經驗，我自己也經驗過。最重要的因素就在於，我們承認一個人在身體上經驗到疼痛；但同時也能夠在心裡面，感受到全然的平靜。最有用的一點就是，我們將這樣的認識，運用在情緒上的痛苦。

比方說，當你的論文沒有被接受時，你感到悲傷；或是作為一個醫生，你盡力診治一位病人後，你對他的離去感到哀傷；或者是其他可能的狀況。即使在那樣的情緒痛苦下，還是有可能保持全然的自在。有方法能與不舒服的經驗共處，知道這些經驗，讓它們在那兒，這樣我們就能讓自己更能跟各種不同的生命樣態和諧共處。

馬修・李卡德：

謝謝阿姜・阿瑪洛幫我們介紹一些基本的架構，這整個會議中，我們都會討論到這個架構。在這樣的基礎下，我們接著要來看看禪修和以它為基礎的正念，如何能幫助或影響我們的日常生活。許多年來，喬・卡巴金已經嘗試將更多的正念帶入我們的生活，幫助那些在身體或心理上承受痛苦的人。他的報告將告訴我們，如何將以正念為基礎的禪修方法，運用到臨床工作中。

正念禪修在醫療與精神病學領域的臨床應用：以正念減壓為例

喬・卡巴金

一九七九年之後，正念減壓已經廣泛地在主流醫學和精神病學中，被接受、使用和研究。這個報告要談的就是正念減壓這個方法，讓正念，也就是佛教禪修的基本核心，能夠以世俗的形式，被西方社會的病人接觸，同時又能夠保有佛法的精神。我的報告從兩個臨床試驗的結果而來，一個是牛皮癬的皮膚清潔速度；另一個是在大腦皮質區的情緒處理，及伴隨而來在免疫功能的效果。目前和未來的研究計劃，亦被納入考量。

法王，今天早上我要和您談的是我的同事和我，在麻州大學醫學院從事多年的工作。我的同事今天也在聽眾裡頭，還有許多的同事在其他地方，從事這樣的工作。

正念減壓（Mindfulness Based Stres Reduction）的核心精神是一個實驗，目的在於看看我們是否能夠汲取佛教禪修練習的精要，並根據我們目前對它的瞭解，讓不是傳統的佛教徒卻被受苦折磨的人，能夠接觸到這個方法。如同您經常指出的，受苦是一個普世現象。我們的心基本上都是一樣的，我們的身體基本上也相同。如果有某種方法可以詮釋佛法，而不失它的內涵，同時又能夠讓不特別對佛教或禪修感興趣的一般人，能夠接觸到、聽聞到佛法，並將它實踐出來，這個方法就具有潛在的益處。這是對我們這個實驗的一個挑戰。

有人在記者會問法王：「我知道有很多人禪修，但是我做不到。您有發現很多人無法禪修嗎？」我們特別為這群認為自己無法禪修的人，發展正念減壓計劃。那只是另外一個想法或意見。經常人們對於什麼是禪修，充滿怪異的想法。

我將要描述所謂的以**正念**（mindfulness）為基礎的減壓是什麼意思，以及它背後的道理和動機；我們如何瞭解並使用「正念」這個字，這個方法如何開展，正念又如何被整合到當今的醫療。我將會簡短描述，一個有關心靈在身體產生效果的研究。雖然在我的報告當中，我不會提到這一點，但我想邀請聽眾們來討論，如果要用一個具有完整性的方法，來詮釋佛法，什麼樣的特質和標準是需要的。

阿姜・阿瑪洛講到四聖諦的架構，基本上它是一個醫療的形式：診斷苦、苦因或病理學，以及苦的預後和治療。我發現在醫療和禪修之間有許多相似處。在英文發音上，這兩個字聽起來很像；事實上，如同您的老朋友大衛・波恩（David Bohm）在他的書——《全體與涉及秩序》（Wholeness and Implicate Order）中所指出的，「禪修」和「醫療」來自同樣的印歐語字根，這個字的意思是「測量」，用柏拉圖的意思來說，每樣東西都有他恰當的內部測量。醫學就是在恰當的內部測量變得混亂時，去恢復這樣的平衡。而禪修就是對所有現象的內部測量，產生恰當而直接的覺察。

如同在佛教裡的發願，例如菩薩願就是要拯救眾生。在醫療領域，醫生也必須要發一個正式的願，叫做希波克拉底誓言（Hippocratic Oath），誓言將個人的利害和利益放在最後，將病人的利害和利益，放在第一位。希波克拉底誓言的核心原則是「首先，不傷害」，不傷害是一種具有深度的倫理姿態，它必須要有某程度的無私。因此，醫療和禪修有很多的共通之處。

顯然地，醫院是受苦者的庇護所。因為這樣，有時候我們會把醫院看作是「吸納苦的磁鐵」。有什麼地方比這裡更適合來發展和提供一個通用的法門，拔除受苦，同時還能研究這個方法的臨床效用呢？

我們將我們所發展的方法稱為減低壓力，因為每個人都會說：「壓力——我知道，我能瞭解它，我需要減少壓力。」有意思的是，有些將巴利文轉譯為英文的佛教學者，現在開始使用「壓力」而不是「受苦」這個字，作為苦的翻譯。

壓力可以是急性或是慢性。醫療能夠將急性壓力處理得非常好，不管是在醫院的急診室或是精神科的急性病房，但是這並非減壓門診的目標。減壓門診是為了有長期慢性問題的病人所設計，他們的問題無法從醫療獲得完全的改善。事實上，很多人或多或少都陷入醫療系統的裂縫當中。不論是在醫療狀況或是健康問題，總是沒有辦法獲得全然的滿意，這樣的經驗混雜著他們的受苦經驗。減壓門診為有慢性醫療問題和慢性疾病的人，在他們生命中關鍵的時間點上，提供了庇護的地方。

當人們感到壓力很大，他們經常說：「這樣的經驗真是要我的命。」現在科學證明事實上的確是這樣。某些受苦已經被證明，會增加染色體終端（telomere）變短的速率。染色體終端是在染色體末端重複的DNA次單元。它們被包含在細胞的區隔裡，它們退化的速度和我們生理年齡相關。因此，減低壓力變成一種潛在的重要方法，來協助人們在生活中重新建立平衡和安適；不管醫生能夠為病人做什麼，這都是一項互補。

既然我們把這個方法叫做——以正念為基礎的減壓，那麼我們就要問什麼是正念。在阿姜・阿瑪洛細緻的報告之後，我應該可以不用解釋太多。如你所知，正念經常被說是佛教禪修的核心；而如同法王所指出的，在東亞的語言中，包括西藏語，心靈（mind）這個字，跟心（heart）這個字是一樣的。在正念減壓課程，我們試著強調「正念」（mindfulness）這個字，就等同於「真摯性」（heartfulness）。我們對正念的操作型定義就是：「透過有目的性地將注意力放在當下，而培養出時時刻刻，沒有價值判斷的覺察」。仁慈及對自己的慈悲（self-compassion），是參與者非常個人的部分。

我要簡短地描述正念減壓課程。但我不需要講得太細，因為它已經廣泛地被描述。我們要試著做的是，創造一個環境，人們在此可以放慢他們的生活，或甚至是停止。人們能夠熟悉將自己的身體靜下來，觀察一下身體和心靈正在做什麼，並且和當下這個時刻，培養出一種親近感。多數時候，人們會驚訝地發現，當他們試著開始將注意力放在當下，他們似乎從來沒有活在當下的經驗。我們大部分的時候是活在未來，對未來擔心或謀劃；或是活在過去，記得曾經發生過的事情，甚至扭曲它們舊有的樣貌。在西方社會，停止的這個動作，它本身像是個激進的行動。我相信就光是停止做事，將一個人的覺知領域開放，最終它就是一個具有自我慈悲和智慧的激進行動。有時候就只是停下來，人們第一次發現，他有這個能力產生覺察和覺醒。

在一九七九年和二〇〇五年之間，超過一萬六千名有醫療問題的病人，在麻州大學醫學中心的減壓門診完成正念減壓課程。這個門診採用八週的課程，病人每週到醫院，和大約二十五到三十人一起上一次課。在第六週，有一個全天的靜默禪修。我們使用錄音帶來引導病人做不同的禪修。這是一個定義明確、參與式的課程，其中包含許多仔細引導的禪修練習。引導的意思是，讓參與者瞭解到，他們被要求的內容，它的意涵為何；例如：時時刻刻、沒有價值判斷的覺察，以及在正式練習和在每天的生活中，所做的覺察體現。

另外，我經常在想，法王您有沒有學過騎腳踏車？

達賴喇嘛：

有。

喬・卡巴金：

我這樣問是因為，有時候當我們教小孩子騎腳踏車時，這對他們來說並不容易。但是一旦他們學會了，他一輩子都會。小孩子一開始會用輔助輪子，然後輔助輪慢慢被提高，當小孩子知道怎麼騎之後，就可以將它們撤掉。引導式的冥想就像你所使用的輔助輪一樣，協助你一直到自己可以培養正念和專注。回到腳踏車的比喻，你可以不斷訓練自己，讓你成為環法冠軍的選手，也可以像一般人一樣，輕鬆地騎著腳踏車，就看你的動機是什麼。

就像阿姜・阿瑪洛所說，禪修訓練經常將注意力放在我們的呼吸，將其當作注意力的對象，以作為開始。然而，在正念減壓課程，我們經常從吃開始，把吃當作是有技巧的工具，即便是人們沒料想到吃東西也可以是禪修訓練的一部分。這樣做讓禪修變得更為普遍化，有時候也會讓人驚喜。如同吃、呼吸是非常貼近人們的生活經驗；但是對很多人來說，吃也伴隨一些重要的情緒議題。我們都有吃的經驗，但是通常我們都吃得漫不經心。在正念減壓課程，我們從非常、非常正念地吃一顆葡萄乾開始。也許會花上十分鐘，從聞它開始，仔細端詳著它，用手去觸摸它，然後去嘗它，感受到唾液流到嘴巴裡，用這種方法培養對一種我們熟悉之物的覺察，但通常我們不感覺到和這樣的東西很親近。人們通常會說，在體驗到用正念吃葡萄乾之前，我好像沒有真正地吃過一顆葡萄乾。這個經驗如同一把發現的鑰匙——如果我們專注，世界就會打開來。吃一顆葡萄乾能開啟一個新的經驗面向。

在使用葡萄乾練習禪修之後，我們繼續將同樣品質的注意力，運用在其他每分每秒的經驗；例如：呼吸、身體感受、聽聲音，各種眼、耳、鼻、舌、身的經驗，之後再擴及到整個思考和情緒領域。因此，我們培養對空間覺察的一種親近感，這個覺察可以把握住所有注意力的對象，進而將覺察帶入我們每天的生活之中。如此一來，真正的禪修練習，變成你如何過你的生活，而不是你如何坐在你的禪修墊子上面。我們真正要談的是覺察本身，也就是我們給予注意和覺察的各種對象是重要的；但最重要的是給予注意本身及覺察本身，也就是正念。

和成員間的對話和詢問，在每堂課中扮演重要的角色。我們一起談論我們的生活，特別是禪修練習在每一週如何進展。有時候，我們也會在教室裡朗誦一首詩，來幫助成員們點燃心中的熱情，或引發某種情緒品質或感覺；我後來從圖典・金巴那裡學到，這就是「將心浸潤」的過程。一首好詩經常能夠直接觸及你的心，能用語言表達出難以形容的事物。正念減壓課程也運用一些正式的禪修練習，讓成員可以在家練習，例如：躺著做身體掃描、坐禪、正念哈達瑜珈（hatha）和行禪。

正念減壓課程在態度和倫理上，有著堅實的基礎。我們並沒有上倫理或是道德方面的課，但是我們盡最大的力量，具體實踐這些品質。我們的意圖是在教室裡創造出一個像容器般的空間，在這樣的空間中，他人的美、完整和作為一個人的尊嚴受到認可。在這空間中，有著仁慈和慈悲。即便每個人都有著他的困難和受苦，我們感恩自己還活著。在這空間中我們培養對世界的興趣、好奇和無所求。美國人一向很努力追求事物，總想到達另一個境界。但學習禪修並不是要你去追求某種境界，來超越你目前的狀態；因此，禪修是無所求。它需要的是耐性和保持不評價，願意抱持初學者的心，用新鮮的感覺看待事物。

這些就是我們在課程裡所教的東西，以及我們在教室和心裡所創造出的環境。阿姜・阿瑪洛剛剛提到一個很生動的例子，關於經驗到膝蓋疼痛。有很多有慢性疼痛的病人被轉介到我們的門診。當你邀請人們將注意力放在他們的疼痛，大多數人不會說：「太棒了，我以前怎麼沒有想到」，他們會說：「我不要把注意力放在疼痛上面，請你將疼痛拿走」，或說：「我要離開我的疼痛，逃離它，或讓我自己分心不要注意它」。而我們說：「沒錯，但這在過去行得通嗎？不妨就做個實驗，你可以將一根指頭放到水裡嗎？你可以就只是去感受一下，你所謂疼痛裡的一些感覺元素，就只是一下下？」經常人們會發現，自己對疼痛感的想法，糾結成一團：「我恨透這樣的感覺，它讓我受不了，到底這樣的痛要繼續多久？我的整個生活都毀了。」人們的陳述，都只不過是他們的想法，但人們認為這些想法對他們是真實的，這是他們當下的狀態。

因此，人們對痛有著整體的情緒元素：生氣、挫折、急躁、不喜歡身體、覺得被背叛。當你覺察到你持有這些情緒，但是不像過去一樣評價它們，第二支箭就被拔出來了，同時也讓你不會對自己射出更多支箭。你學著在面對不舒服的時候，處之泰然。當你聽到你自己說：「這讓我受不了」，你反過來問自己：「此刻，它真的讓我受不了嗎？」答案可能會是：「不會，但是下一刻會怎麼樣？」但是請記得，正念的方法告訴我們，我們試著處在這個時刻；我們在下一刻，處理下一刻的事情。如此一來，我們學會正念地回應（response）任何有壓力的處境；而不是用一個習慣、無心或是自動的方式，去反應（react）。如何回應身體的不舒服，這只是其中的一個例子。

如此練習一陣子之後，從你的身體、你的心靈和你的生活中，實際上感受到自由和平靜的時刻就會出現。如果我們將正念的方法變得有趣，同時創造出一個足夠安全的空間，聲稱自己對禪修不在行的人，也會體驗這樣的感受。從不斷練習和對不同面向的直接經驗當中，他們體驗到這些可能。就像阿姜・阿瑪洛所指出的，這個方法對心理受苦也同樣可行。你會開始察覺，要去留心自己的想法、情緒和衝動，甚至去關照自己覺察的本質，就如同覺察感覺一樣，是很有價值的。在這個發現的過程中，一個新的存有和認識事物的面向被打開；你用不同的方式生活，這個方式讓生活有更多的平衡，較少的自我導向。你開始發現到，生活中不是充斥著「我」（me）：我的疼痛、我的憤怒、我的挫折。這個「我的」其實是多餘的。誰真正在疼痛？在正念減壓課程，人們不知不覺地就經驗到，不要再頑固地認同他們的內心狀態或是身體狀態。這就是一種開放、自由的存在樣態。這裡有一個例子，有一位卡車司機，他帶著長期的疼痛來到門診。他說：「沒有，痛並沒有消失，它仍然在那裡，但是當我開始覺得痛愈來愈厲害，我就坐到一旁，用十分鐘、十五分鐘或二十分鐘靜坐，這樣做似乎有用。如果我可以坐上十五或三十分鐘，甚至更久，之後我就可以起來，可以有三、四、五、六個小時，甚至更久的時間，不感受到疼痛，這端看天氣而定。」

這個訓練對於任何一種疼痛具有潛在效果，不管是身體、情緒或是醫療狀態的痛，都有賴於實際經驗的參與。對於疼痛，通常我們會退縮，我們不要成為疼痛經驗的一部分。但是在正念的訓練中，我們則要去接觸疼痛。我們轉向我們最不想要的經驗，而不是逃離它。這麼說好了，在實際上或比喻上，我們回到感官，假設疼痛是經驗的一部分；當我們面對它，我們和這個經驗的關係就改變了。

現在我們就來到這個問題，到底正念練習實際上是不是會影響和疼痛有關的生理或是病理呢？我們所做的一個研究顯示，長期有慢性疼痛，且症狀沒有減緩的病人，在八週的訓練課程之後，他們身體的症狀減輕。八週正念減壓課程的訓練效果，可持續一年之久。在其它的追蹤研究中發現，效果持續可達四年。當然，這就是我們所期待的：透過正念減壓訓練，對禪修練習短暫的接觸，能夠轉化為帶有更多智慧和自我慈悲的行動。你可以說這樣

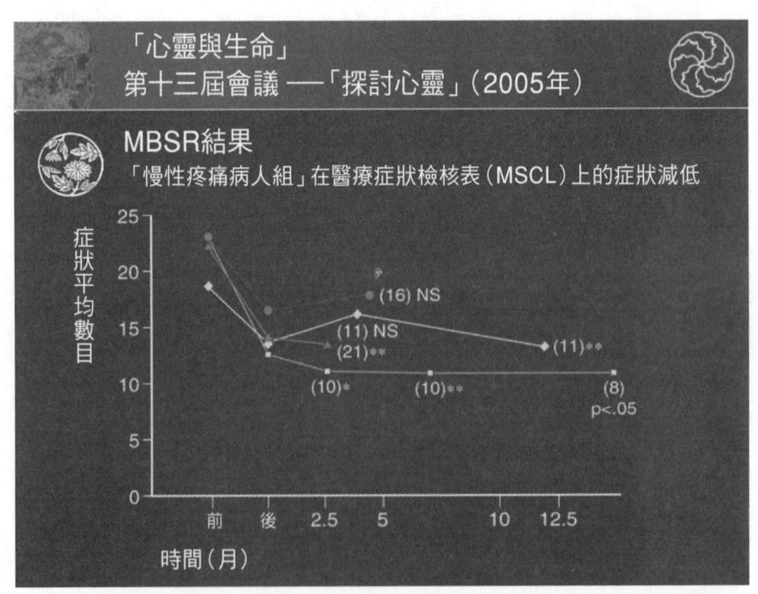

圖二：在進行正念減壓（MBSR）之前和之後的平均症狀數目，追蹤時間長達四年。MSCL為醫療症狀檢核表；NS代表不顯著；P代表隨機的機率；*代表機率等於0.01；**代表機率等於0.003。

的行動是帶著愛，即使在往後的生命中依舊要面對疼痛和受苦，你仍然能繼續練習禪修，並從中獲益。當禪修練習深植到一個人的生活中，他們有時候會說：「一開始，我想是我練習禪修；但現在我感受到的是，禪修在我身上發生。」

我要回應馬修和阿瑪洛，禪修不只是一個放鬆技術，其實它一點都不是技術，它是一種存在的方式和看待事情的方式，它的基礎是對自我本性的一種深刻探問，從自我專注的小小禪修經驗中，提供了一個解放的潛能。在參加這個課程數週之後，人們通常會說：「一分鐘！這不是減低壓力，這是我的整個生命！」這真是個充滿啟示的時刻。

大約從一九九〇年開始，正念減壓課程一開始是慢慢地，但後來就快速地擴展到美國、加拿大和世界其他地方。目前有一大群分布在世界各處的專業人員，在醫院、診所和相關的地方，推展這個課程。很多以正念為基礎的介入模式，仿照正念減壓課程，如雨後春筍般地冒出來。比方說，你將會聽到辛德・西格爾和約翰・蒂斯岱報告他們所發展的以正念為基礎的認知治療（Mindfulness-based cognitive therapy，MBCT）。

跟正念減壓相關的另一個工作，是由在約翰霍普金斯大學和喬治城大學醫學中心的同事，正深入發展的一個新領域，稱之為整合醫療。這個取向教導醫學生和工作人員身／心醫療的原則，也對病人提供整合醫療照顧。目前有二十九家醫學院加入整合醫學學術研究健康中心聯合會（Consortium of Academic Health Centers for Integrative Medicine），其中多位代表在今天也會跟大家報告。我想正念是他們任務中的一個核心要素。整合醫療在醫療中是一個新學科，它將以正念為基礎的介入方式，帶進主流醫學。同時，在二十一世紀，它具有說服力的實證基礎，也恢復醫療的希波克拉底精神，並實現以病人利益為優先的承諾。在重建健康照護與醫療方面，這是一個非常正向的發展，也就是將「照護」（care），放回到「健康照護」這個系統。

在我報告的最後幾分鐘，我要談談兩個研究。理察・戴衛森將會報告第二個我們一起合作的研究。這是正念減壓課程的一個小型的隨機試驗，我們在我們共同工作的地方進行這個研究，探討當人們處於工作壓力或是生活壓力下，大腦和免疫系統在情緒調節時，如何改變。你將會看到，我們得到一些令人興奮、前景看好的結果。

我現在要報告的這個研究，要探討的是禪修是否會影響牛皮癬病人的療癒過程。這是一種皮膚病，在皮膚生長的表層，細胞的增生無法控制。牛皮癬的範圍可以擴及整個身體，壓力會讓它變得更糟。在高度情緒壓力下，它會爆發出來；而當你壓力退去時，它就會消失。陽光中的紫外線對這種病有幫助，因此在北方的氣候下，紫外線照光治療即是治療的方法。病人裸體站在一個光屋中，因此他們的皮膚就可暴露在紫外線下，但他們的頭和眼睛都被遮起來。病人一週來照三次，持續四個月之久。漸漸地，他們的皮膚就變乾淨了。

這不太像是在海邊曬太陽，而比較像是在烤箱裡面被烤。這個研究一開始的想法是，既然這些病人得要裸身站在那裡，在一個很焦慮的狀態，暴露在紫外線的照射中。當他們正在接受治療的時候，也許引導他們做些正念禪修會有幫助。也許他們可以因此而比較能處之

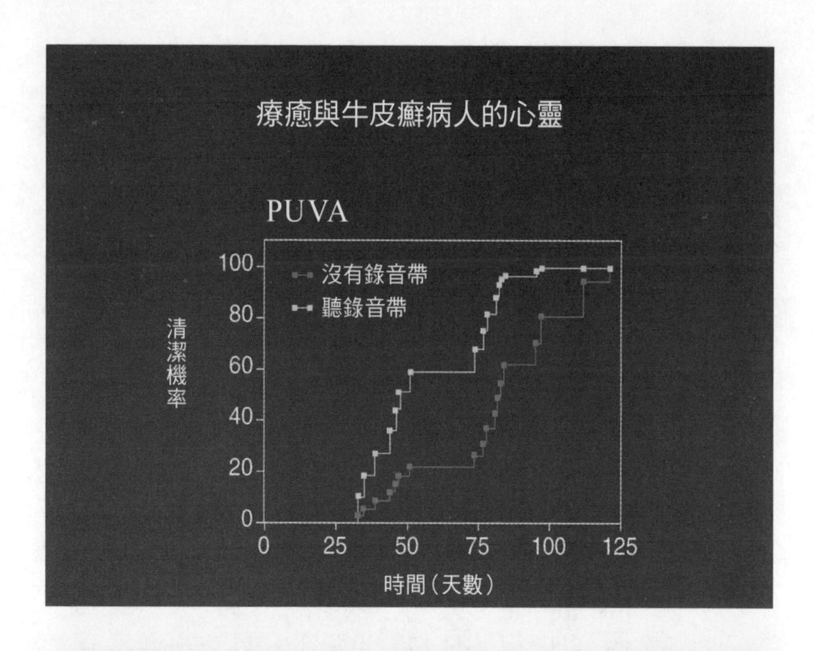

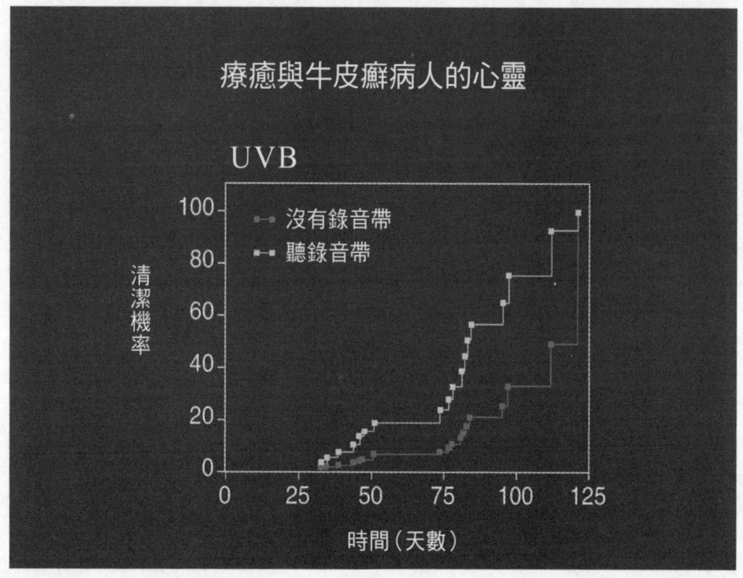

圖三：皮膚清潔的估計機率作為引導冥想狀態（聽錄音帶）和控制組（沒有錄音帶）受試者的時間函數，PUVA為用紫外線A光（UVA）的光化學療法（photochemotherapy）；UVB為B波長區域的光療法（phototherapy）。

泰然，並減少焦慮，也降低治療做到一半就離開的頻率。之後，我們發現到，也許我們可以用實驗設計來詢問一個更深入的問題：在紫外線的效果之外，心靈本身是否能夠影響療癒程度？為了朝此目標前進，當病人接受引導進行禪修時，我們也將紫外線減緩表皮細胞成長這件事視覺化。

這個研究我們做了兩次，因為我們並不相信第一次的結果。病人並沒有每一次都在光屋裡面待很久——從幾分鐘，到後面或許有延伸到十五分鐘。我們發現有冥想的人，比起沒有冥想的人，復原的速度較快。在其它的條件都相同的情況下，統計分析顯示有冥想的人，他們的復原速率是有照光但沒有冥想的人的四倍。

這個研究的意涵是，在心靈層面所發生的事情，強烈地影響在皮膚層面的療癒過程。這樣的作用，必定得從控制細胞複製的基因表達層面而來。這樣的影響，可能從神經系統、內分泌系統、免疫系統、發炎反應，或是以上綜合而來，目前我們尚不清楚這個機制。牛皮癬不是皮膚癌，但是和皮膚癌有一些共同的基因。因此，這個研究對癌症治療也有一些有趣的意涵。這也可以說是個關於成本效益的研究，因為較快的皮膚清潔速度，意謂著較少的治療及成本支出。這也是一個整合醫學的例子，因為禪修的介入方式，已經被整合到醫療症狀治療之中。

總的來說，像正念減壓課程這樣以正念為基礎的介入方式，它們嘗試將以佛教禪修練習的核心精神和原則，引入醫療和精神醫學的普遍架構之中，就好像佛法是可遍及各處的一樣。這樣的做法也擴大了醫療、或是心理學模式對人的疾病的瞭解範圍，並且用更多的慈悲與智慧，來協助受苦於慢性疼痛和壓力處境的人。

在醫療中，希波克拉底誓言所表達的是醫生和病人之間的一種神聖的關係。但是，如果醫生很忙、充滿壓力，以至於沒有辦法真正的面對和傾聽病人，那麼神聖的關係就不可能發生。因此，我們現在也訓練醫學生，讓他們能用更正念和真誠的心，來和病人互動。

我們都同意，心靈與身體聯繫的科學，目前還在很幼稚的階段。然而，歷年來許多充滿希望的研究結果，已經被報告出來。這些結果開始去影響在科學和醫療領域工作的人，並擴展了他們的興趣。在接下來的報告中，你會聽到更多這方面的消息，也會討論可能的聯繫路徑和產生行動的機制。

最後，我要說的是，我所報告的工作是由一群在麻州大學的人所完成的，他們也繼續從事這個工作，這群人如同一個僧團，數十年來致力於實踐這樣的「法」。薩基・桑托瑞利（Saki Santorelli）醫師目前領導正念減壓門診中心，就如同其他在本中心教學的同事、或曾經在這裡做過教學的同事一樣，他今天也在聽眾之中。

我非常歡迎科學家、臨床工作者以及有著不同傳承的禪修者，共同來參與會議。這樣一來，我們就可以探問更深入的問題，例如——什麼能夠幫助正在受苦的人，不論是在醫院、在學校、在政府或政策層面，或在監獄之中。人之所以被稱之為人，就在於我們今天在此討論的種種議題，有無限的潛力能夠被轉為真實。

馬修・李卡德：

阿姜・阿瑪洛和喬・卡巴金在報告中已經講得很清楚，禪修可以用各種不同的方法，被整合到我們每天的生活當中。禪修是一種務實、基本的練習，而不是有些人認為的，只是充滿異國風味。我們已經看到禪修可以提升我們經驗的品質，但是在長期的禪修練習和大腦的改變，兩者之間有何相關性？不同形式的禪修，例如：單點注意（one-pointed attention）、同理關懷（generating compassion）；它們置身在覺知的開放存有當中，有什麼不同？這些效果如何反應在大腦持久地改變當中？我們能夠研究的又是什麼？這些問題在理察・戴衛森接下來的報告中，會為我們解釋。

心靈—大腦—身體的交互作用與禪修

理察・戴衛森

許多周邊生理系統存在於神經網絡和內分泌的連結之內，神經和內分泌調節大腦對周邊生理功能的影響。在多數的系統中，從身體到大腦的連結是相互回饋的。這種解剖學上和功能上的安排，使得心靈能對身體產生影響，反之亦然。禪修是心靈訓練的一種形式，它包含了神經活動的自主改變，經由這些機制，進而對身體周邊的生理產生效果。這個報告從最近以及正在進行的研究中，提供一些例子；從禪修所導致的神經、免疫和內分泌的改變，來說明禪修可以提升心理和身體健康的可能機制。

法王，能夠再次與您見面真是太棒了。我們真的很感恩你能夠花時間跟我們在一起；更重要的是，我們要感恩您的鼓舞，讓我們從事這樣的工作。

我今天的報告有三個重點。首先，人們天生的快樂幸福感程度不同，也就是他們感到幸福的特質，有不同的水平；而其他的德行特徵，例如慈悲，也不一樣。其次，人們調節情緒的能力，在調整人與人之間的差異扮演重要的角色，例如：人們的幸福感、恢復力、悲憫心都不一樣。第三點，這一點正位於我們目前傳統的交會點，也就是幸福和慈悲，被視為心靈訓練可以增進的一種成果。

多數人都不善於預測會讓他們幸福的事情。科學家發現人們在這一點是不一樣的，並將此稱為幸福「設定點」（set point）。個人的差異和他們大腦功能及周邊生理的不同形態有關。

然而，每個人都具有自動調節情緒的能力，證據顯示這樣的能力也是可以學習的。我強調心理訓練的重要性，其中也包括不只是將幸福和慈悲視為一種特質，也將它們視為可學習的技巧。如果它們是技巧，這意謂著心靈和大腦能夠受到轉變，進而能夠影響到身體。這也是今天我的主要評論內容。

在一開始，我要提醒大家，在這個國家，幸福感除了作為一個狀態或是特質，幸福也是每個人不可分割的權利。

達賴喇嘛：

不只是在美國。

理察・戴衛森：

事實上，我認為許多國家都將幸福的權利，看得比我們還要嚴肅。提醒大家，獨立宣言說道：「我們認為這些真理是不言而喻的，人人生而平等，造物者賦予人們若干不可分割的權利，其中包括：生命權、自由權和追求幸福的權利。」法王，我們深信，我們和您的互動也就是強調追求幸福的重要性；而事實上，我們的文化並不認真嚴肅地看待這件事。我們認為科學研究是有幫助的，因為研究顯示這類的技巧，是可以學習的。

我要談的第一個議題是，幸福和安適的可塑性為何？社會和經濟的狀態是否會修正我們的幸福水平？這些問題的答案，就幸福感來說，又意謂著什麼？

有一個研究對數以千計的人做調查。我們檢視其中的一個題目：婚姻是否帶給你幸福？資料顯示，當人們結婚時，幸福升高了；但很明顯地，幾年之後，幸福感回到原來的基準線。五年之後，人們的分數比一開始還要低。

長久以來，我都有幸福的婚姻，所以這結果並不適用於每個人。

下一個問題是，失去配偶是否會產生不幸福。在守寡之時，我們看到幸福感急遽降低；但是很明顯地，它終究會到一個設定的點。這些都是實際的資料，我並沒有編造它們。

第三個問題，也是我們的文化所特別著迷的問題：金錢是否可以買到幸福。我們可以看一下過去十五年來美國的國內生產總值，以及多少百分比的人，報告他們是非常幸福的。國內生產總值增加時，顯示經濟很繁榮，但是報告自己感到很幸福的百分比卻是持平，甚至有點往下降。不管你用什麼樣的指標來代表幸福，他們都顯示同樣的效應。

這些發現告訴我們什麼？幸福是否能被增強？或是我們都會卡在設定的點？內在的大腦機制是什麼，機制如何影響身體？是否可透過心理訓練來改變大腦，並因此讓心靈和身體獲得好的影響？

多數科學家接受這個觀念：情緒是受到分散的神經迴路所統理。不同的大腦區塊一同作用，包括大腦皮層以及下皮層。在演化的過程中，大腦皮層是最發達的區域。從歷史的觀點來看，皮層一直被視為在知覺和思考方面扮演大部分的角色。現代的研究清楚地指明，它在情緒上也扮演極為重要的角色。下皮質區，例如杏仁核（amygdala）和腹側紋狀體（ventral striatum）也扮演重要角色，它們和皮質區相連，特別是前額葉皮質（prefrontal cortex）。這些情緒的迴路和身體有著雙向溝通，包括：自主神經系統、內分泌系統和免疫系統。這意謂著，當我們改變大腦，我們不可避免地也會影響身體。同樣地，當身體改變，它也會回過頭來影響大腦。

法王，二〇〇四年我們一起參與在達蘭薩拉所舉辦的「心靈與生命會議」，會中提到神經可塑性，談到大腦如何改變以回應經驗和訓練。有相當的證據顯示，音樂訓練能夠很實質地影響到大腦。學習新的動作技巧，例如雜耍，也可以影響大腦。麥可•敏尼（Michael Meaney）在達蘭薩拉的會議報告中告訴我們，一個媽媽對子女的行為，如何戲劇性地影響大腦。我們也知道神經再生（neurogenesis），也就是大腦中新細胞的成長，會因壓力而受損，而運動可以提升神經再生。從我們實驗室而來的新證據顯示，情緒調節訓練也可能影響到大腦的功能活動。

在一個研究中，我們讓受試者看一張嬰兒照片，這個嬰兒的臉上有腫瘤，我們要求受試者為嬰兒許願，讓他痊癒、免於受苦。結果發現，當人們採用此態度時，這個態度改變了大腦。腦中稱之為杏仁核的部分，是偵測威脅，特別是偵測負向情緒的重要部位。當人們轉化負面情緒，使其變得正向，並表達出慈悲時，杏仁核就獲得調節。

人們在如何能夠妥善地調節情緒這部分的能力有所不同。較能夠調適負面情緒的人，杏仁核就比較不會被活化，而較多活化的一個區域，稱之為腹內側前額葉皮質（ventromedial prefrontal cortex），它與情緒調節和做決定較為有關。

我們也發現人們如何調節負向情緒與內分泌系統之間的連結關係。皮質醇（cortisol）是一種賀爾蒙，對壓力反應扮演重要角色。如果我們看看皮質醇在常態下每日變化的平均曲線，我們可以看到早上皮質醇的水平比較高；一天下來，曲線下降；到了晚上睡覺前，會降到最低點。

達賴喇嘛：

什麼原因讓皮質醇水平通常在早上比較高，晚上下降？

理察・戴衛森：

這是一個好問題，這和身體溫度調節以及我們身體的一些特質有關。我們在早上會從事一些具有活力的事情，而皮質醇的升高能促進這些事情。

從不同的人身上，我們可以看到每個人每日的皮質醇變化的形態，有很大的變異性。

有些人在一天要結束的時候，皮質醇降低的量比較少。如果皮質醇水平在晚上沒有降下來的話，就會產生問題。晚上皮質醇降得愈多，跟較佳的健康狀態看起來是相關的。

我們發現，較善於調節情緒的人，特別是能轉化負面情緒者，會有比較好的皮質醇變化的剖面圖；在一天結束時，皮質醇下降率較快。尤其是在調節負面情緒時，腹內側前額葉皮質活化比較多的人，在一天的最後，皮質醇的水平較低。

一個非常普遍的假設認為，有些禪修方法可以強化腦中皮質醇的調節迴路，進而調整了下皮質情緒的動態反應。在我們跟一群長期進行佛教禪修的修行者的工作中，我們發現禪修與大腦中顯著增加的活化電位訊號有關，這些訊號以快速振盪頻率顯示，也就是γ波，特別是在前額葉皮質，這個地方對情緒調節很重要。這個發現和「禪修不只是簡單放鬆」這樣的想法一致。我們也發現，長期禪修者，他們的前額葉和其他大腦區域之間的同時性增加。同時性這個想法首先由沃爾夫・辛格提出來，他今天下午也會報告，這個想法也在法蘭西斯科・瓦瑞拉的研究中獲得支持。

在長期禪修者身上，γ波頻率增加的幅度，遠大於控制組的受試者。控制組的受試者最近學會同樣的禪修方法，在我們實驗之前，他們才練習一個星期。

在慈悲禪修（compassion meditation）當中，修行者報告他們感受到清明或明晰的時刻，和從他們腦中所測到的γ波強度，兩者之間有非常顯著的相關性。我們要求修行者，每一次當他們主觀感受到內在的清明有變化時，就按下按鈕，以表示清明的強度。作為一位科學家，有一件事情頗讓我吃驚：未經受訓的人不太善於報告他們的心靈品質，然而和我們一起工作的長期修行者，卻有較多的能力，更精確地報告他們的主觀經驗。在長期修行者身上，他們的口頭報告和大腦訊號之間的關連，實際上更為強烈，因為他們的經驗報告是更為精練的。和清明感受相關的大腦訊號，特別集中在前額葉。

在實驗室中，我們採用一個簡單的方法，就是讓修行者在短暫的一段時間中禪修，然後再將禪修交替到一個中性狀態；這樣一來，我們就可以對比大腦在這兩種不同狀態底下的改變。截至目前，我們已經分析了十一位長期修行者和十二位年齡相當的控制組，控制組皆是禪修的新手。參與控制組的人，他們對禪修感興趣，然後被教導做同樣的慈悲練習。以下是馬修對我敘述受試者所做的禪修：「因為實驗的緣故，我們嘗試要做的，就是去營造一個狀態；在此狀態中，愛和慈悲貫穿整個心靈，沒有其他的考慮、推理或是推論思考。有時這個方法被稱之為純粹慈悲，或是沒有參照對象的慈悲（在這種狀況下，不專注在特別的物件上，以升起愛或慈悲感）或遍及各處的慈悲。」

當他們做這樣的禪修時，我們用功能核磁共振影像來看大腦反應，我們明顯發現到，比起中性狀態，在做慈悲禪修時，大腦的許多區域都更為活化。

我們發現，慈悲禪修改變大腦對令人苦惱的聲音的反應。當我們呈現一個女人尖叫幾秒鐘的聲音時，修行者的腦島（insula）區域有明顯的活化。腦島是大腦皮質區的一部分，是用來和身體溝通，也提供身體狀態的消息給大腦的其他部位。不同的內臟器官將訊息投射到大腦。腦島也與同理心有關。另一個大腦區域，內側前額葉皮質（medial prefrontal cortex），則被認為和自我相關的訊息有關連。當人們想到他自己的時候，這個部分就被活化。舉例而言，如果你說一個形容詞，然後問人們，這個形容詞描述的是不是你，這個區域就會變得非常活化。當人們正產生慈悲的時候，這是一個非常無私的狀態，和自我相關連這個區域就被關閉。

最後一個我要談的問題是，大腦的不同反應，是否來自於訓練的結果。懷疑的人會說，也許只有長期的修行人才能夠做到。在科學研究，我們總是要去滿足懷疑的人。對這個問題的一個回答是，這和練習的長短有關。如果一個人練習越久，這些效果就會顯著。

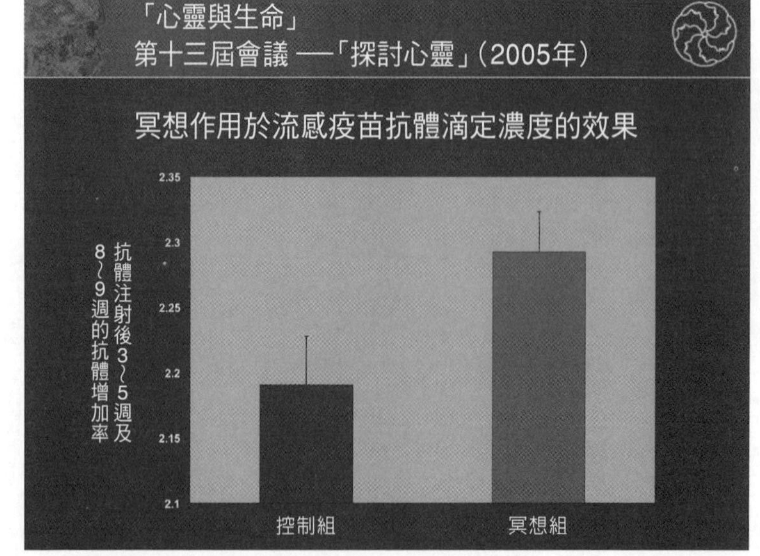

圖四：抗體滴定濃度對完成MSBR課程成員和控制組（等待名單）的流感疫苗反應。

第二個發現是來自於和喬・卡巴金一起做的隨機控制研究，他之前曾提到，我們的研究問題是：正念減壓課程裡所提供的短期訓練，是否能夠產生有利的影響。我們從接受禪修這組和在接受訓練前要等待兩個月的控制組，這兩邊隨機選取受試者。

測試結果顯示，接受禪修這組，大腦左邊前額葉的活動有增加；而控制組，則是右邊前額葉的活動增加。

我們也讓整組的人接受流感疫苗，然後看看他們對疫苗反應的抗體數目，這麼一來我們就可以瞭解他們免疫系統的反應功能。比起控制組，禪修組對疫苗反應所產生的抗體數目增加更多。

總結來說，外在因素對我們幸福感的影響有限。人們的情緒、性情不一樣，雖然每個人的情感表達是相對穩定的，但我們相信這是可以被改變的。和正向情緒相關的大腦功能反應，也能夠促進身體健康的內分泌和免疫系統的效應。最後，禪修在大腦的效果是顯而易見的，禪修也代表少數純粹心理訓練的方法，能夠被驗證顯示對大腦功能有健全的影響。

我想要引用愛因斯坦（Albert Einstein）的話來結束這個報告：「人類是我們稱之為『宇宙』這個整體的一部分，人在空間和時間上有其限制。人經驗到他自己、他的想法、感覺，這些就好像是與整體分離的一部分，但這是人類意識中的一種視覺錯覺。這樣的錯覺對我們來說，就好像牢籠一樣，將我們限制在我們的慾望以及對幾個少數親近我們的人的情感上面。藉著擴展我們擁抱萬物眾生的悲憫之心，沉浸在自然之美，我們能夠從這樣的牢籠中解脫出來。沒有一個人可以完全做到這樣，但追求這個理想本身，就會帶來部分的解脫和內在的安全感。」

我希望對法蘭西斯科表達深摯的感恩之意，還有安童・拉茲（Antoine Lutz），他現在也在觀眾席當中。安童你應該站到這裡來，因為你對這些研究工作真是貢獻良多。此外，我也要感謝許多我實驗室的成員對這個研究的貢獻。

佛教與科學的對話1

除了法王、報告者、翻譯者和主持人、討論人，這部分還加入湯瑪斯・基廷神父和莎朗・沙茲堡。

馬修・李卡德：

今天早上所提出的不同觀點告訴我們，禪修不是一個簡單的興趣，或是我們用來消耗時間的方式。相對於拼命地想要控制外在狀態，禪修協助我們與內在狀態的幸福感做連結，也對我們的身心安適，真正產生深刻的影響。

我想請法王來評述一下今天早上的內容，接著請喬從幾個問題開始這個部分的對話。

喬・卡巴金：

法王，請教您的第一個問題是：在西藏的醫療傳統，是否有特定的禪修練習，用來對應特定的醫療問題或是心理痛苦？

達賴喇嘛：

我不知道，我的醫生從來沒有教我任何禪修。當然，在某些情況下，醫生會針對忍耐力的訓練做一些教導。

喬・卡巴金：

第二個問題是，是否純粹的覺察經驗本身，即是生理和心理的療癒？

達賴喇嘛：

這個問題有點複雜。當你經驗到佛教語言所描述的一種心的無所求狀態，或是純粹的覺察，在那樣的狀態下，你的注意力從正常狀態中，可能會和你經驗到的情緒或身體的痛苦脫離開來。在那種覺察狀態下，心念是分散的，因此在那樣的時刻，可能會有一種療癒作用，或是經驗到自由。但問題是，當你離開那樣的狀態後，痛苦會不會回來？也許會。那麼，這只是一種轉換的形式，或這個狀態的作用像是鎮定劑。

另一方面，如果你真的將注意力聚焦在痛苦或是受苦本身，這可能會有不同效果。比方說，如果你的方法是以承認存在的受苦為基礎，同時你也認識到這種痛苦的經驗本身是短暫的，或是會改變的，這種認識可能會造成更為正向的效果。如同幾位報告人所提到類似的狀況，一個人認同痛苦的程度，以及因苦而生的執著，會讓痛苦的強度變得不同。比方說，慈悲的其中一個特徵就是，它讓你的心立即向更廣闊的領域擴展。慈悲本身的效果，就是釋放以自我中心為焦點的執著。

如同李奇所引述，愛因斯坦說的話的確是真實的，如果我們找到某種方法，能夠跳脫自我中心的牢籠，而朝向更廣泛普及的人性，那麼這真的會對我們造成衝擊。

喬・卡巴金：

謝謝法王。我的第三個問題是，我們是否能夠在佛法和普世法兩者之間做一個有效的區分？或者，對於培養覺察、慈悲和智慧，它們根本上是相同的。

達賴喇嘛：

這些重要的正向情緒或是品質，適用在所有的靈性傳統。藉由科學家的幫助，我們正嘗試去提倡普世的靈性價值。我們在這裡所做的其中一部分，就是找到能夠增強靈性價值的方法，這些價值是數千年來偉大靈性傳統的教導，也是共同的人類價值。

馬修・李卡德：

看起來在這個時間點，很適合邀請基廷神父從另一個偉大的靜觀傳統（contemplative tradition），來跟我們分享一些想法。你如何看待對靜觀的追求，特別是關於它能增進無私的愛和無條件的慈悲。因為這些不是我們的第二天性，而是我們的真實本性。

基廷神父：

在今天早上的討論裡頭，我似乎聽到三個不同的主題。首先，「心靈與生命學會」正在創造某種尚未發生過的東西，那就是在科學社群，至少部分的科學社群，和宗教之間的一種真誠並且嚴肅的對話。這個學會由達賴喇嘛所培育出來，因此我要謝謝您，法王，您率先開啟這樣的對話，這真是非常重要。我已經參與佛教徒和基督徒的對話多年，能夠將這樣的對話延伸至科學社群和許多頂尖的人物，這真是一種很棒的感覺。科學家將會發現，神祕主義者並不是那麼地愚笨。我肯定我們將會體會到，科學家們也同樣在靈性旅程之中，不管他們有沒有這樣的領悟。只要人被生下來，就已進入靈性的旅程。

第二點是卡巴金所敘述的禪修議題，這點很棒。佛教禪修強調心靈的清明——正念。這個方法很適合教導初學者，或將人們帶入靈性修練的經驗層面，如果靈性可以從信仰系統被抽取出來的話。我們在這裡所談論的，不只是宗教或是外在的練習，而是宗教的靈性，這和宗教不同。我想這是宗教的內在實踐，或者說是靈性，兩者皆影響健康，正如各位開始瞭解到，它們也在大腦產生效果。因此，我完全感到和我們佛教的兄弟姊妹同在。事實上，是和全世界所有的靈性傳統同在。我希望我們在這邊的討論，能將這些價值帶入一個同一的經驗，而這樣的經驗對全球化的過程，對世界和平的貢獻，都非常重要。舉例來說，新物理學認為某些事情比你在星期天的布道裡聽到的內容，還要更加神祕。我曾經聽過一位物理學家引用他人的話，說你無法有一個想法，而這個想法不「直接」影響到世界！也許這是一個小小的影響，但這個說法要表明的是，在萬物中的每一樣東西，都超乎想像地相互連結和依賴。這個想法在宗教和科學中，都有巨大的影響，包括我們如何看待彼此和這個世界的一切。

第三點是關於靜觀祈禱經驗的特徵，就好像我們今天聽到如何從大腦內的反應來看這件事。很有意思的是，我不知道靜觀禱告的人，會如何看待這樣的科學研究結果。先不讓各位對我們做，而是讓我們對你們做實驗，看看你們的發現是不是符合我們的經驗。換句話說，這是一個嚴肅看待的內在經驗、或是神祕經驗的開始。我想這樣的知識是超越推理或是分析的，而認真地看待大腦的直覺能力，在宗教圈裡，我們將此稱為人的靈魂（human soul）或是人的靈性（human spirit）。這個觀念將會對這部分的知識發展，產生巨大的貢獻。

在我看來，由於「心靈與生命學會」和法王的提倡，我們走到一個巨大躍升的邊緣，在此，人們要去瞭解他們自身，這也是善盡我們的職責，我們對天地萬物的服事。我們自身的健康和轉化，就是這個過程的開始。

馬修・李卡德：

莎朗你不只練習和教導內觀禪修（insight meditation）和正念禪修（mindfulness meditation），也做慈心禪（metta），培養慈愛（loving-kindness）和慈悲，這個方法藉由指認出我們自己對整體安適的渴望，而讓我們對他人更為開放。你認為這樣的練習，如何能夠被整合到今天所報告的內容？

莎朗・沙茲堡：

首先，當李奇說：大腦的一個部分似乎反應了自我感，這讓我感到震驚。我猜想，是不是硬體上存在這樣的地方，使得一個人一整天的時間都可被測量，來看看大腦的這個部分，有多常被激發？我想結果可能會很驚人。

回到阿姜・阿瑪洛所說的第一件事，我們在這裡所報告的概念和想法並非教條。這些想法不應該被我們盲目地相信，而是將其放入實踐裡頭，從我們的經驗來確認它們是否屬實。我總是覺得，要用驚人的眼光來看待人的潛能——我們能明白，如果願意向我們自己探尋，在任何情況下，我們都不會困頓。我認為這是一個強而有力的論點。

阿姜・阿瑪洛也談到不同種類的受苦：自然的受苦或是疼痛；以及人為所加諸的，也就是外來的受苦。我想有時候第一種受苦是讓人不知所措的，它甚至讓人覺得非常可惡。這個時候所需要的，就是極盡可能地回到平衡點，或是產生療癒的感受。對大部分的人來說，區分痛苦和我們對痛苦的解釋是非常重要的。就某方面來說，瞭解兩者之間的差別，不只是靈性生活的根本要素，也是失落與絕望、考驗和無望、不幸的狀況和悲痛，前後兩者的不同，在這裡有一個巨大的差別會形成。我看到修行的方法，像是正念或是慈心禪在這裡所扮演的角色，因為我們能做的很多，不只是為我們自己，同時也能夠為他人。人們通常認為禪修會導致消極，禪修不是自以為是，就是隨遇而安。如果我們能多強調人為加上去的受苦，我們就會有更多的能量，來看待直接的痛苦經驗或境遇，並試著去找到一個方法，來和受苦形成新的關係，這樣做是為我們，也是為他人。

從看著李奇所展示的那張嬰兒臉上有腫瘤的照片，我產生一個疑問，這是張難以令人正視的照片，我猜想是不是我們對待受苦，或被訓練來看受苦的方法，影響到我們如何看待他人的受苦。從常識或是邏輯來說，這是有道理的。如果我們習慣於恐懼、否定、厭惡或是譴責，而不是慈悲，那麼負面心態，就成了我們看待他人受苦的方法。我不知道是否有研究，探討這樣的相關性。

理察・戴衛森：

這是一個有趣的問題。有一些證據指出，受試者的人格影響他解釋或是回應這類情緒照片的方法。但是研究並沒有特別針對你問的問題，也就是探討人們自己的慈悲心態，如何影響到他們對這類照片的回應，或與他人互動。

馬修・李卡德：

研究顯示有兩種形態的利他主義，一種是以自己為中心：當面對他人的受苦時，我們感到苦惱，沒有辦法忍受，因此我們就要做些事情，來減低自己的苦惱。真正的利他主義並不是這樣。它是一種對他人深度的關心，這種關心確實能顯現在大腦跟自我相關的區域，減低此區域的活化反應。

亞倫・華勒斯：

李奇，我跟莎朗一樣關注到你說的，你提到大腦和自我有關連的區塊，當慈悲升起的時候，這個區塊的反應就減少。為了我自己，我想要讓這個部分被更清楚地瞭解。當你說「自我」的時候，你所指的是哪一個部位？我想提出三個可能性。首先，在笛卡兒的模式中，自我從身體和心靈中被區分出來，它是一個不動的移動者，支配並調節身體與心靈。在佛教，這樣的說法是完全錯誤的。我們是不是找到了笛卡兒式的自我，在神經層面的表現？

第二個可能性是我們大家都有的自我認同感。當我對著你講話的時候，你感覺到；當你現在對我反應時，我也有感覺到。當某人叫我的名字時，我說：「是，我可以為你做什麼嗎？」一個人自我認同的感受的確存在，這是在神經層面上所關連到的自我嗎？

第三個可能是佛教徒所稱的自我珍惜（self-cherishing）、自我中心（self-centeredness）或是俗話說的自私：「我的福祉是最重要的，所以當心囉，我得要為我自己！」這個說法又和先前兩種說法不同。你發現神經層面的相關，所指的是哪一種自我？

理察・戴衛森：

沒有一個有關連。當人們接受到一個形容詞，例如「愉快」，然後被問到哪一個形容詞是他們的性格，這是一個複雜的過程，而我們對於細節尚未真正瞭解。人們開始評估，他們性格的哪一個面向，反應在這個形容詞裡頭。實驗顯示，當人們被問到是否那個形容詞代表著他們的特色，大腦內側皮質區就會開始活化。如果你問是否這個形容詞代表了你的朋友約翰的特色，雖然這個刺激和工作是一樣的，但內側皮質並不反應。因此，當心靈，或至少是未受訓練的心靈，去想到自我的形象時，這個過程就會激發內側皮質的反應。

亞倫・華勒斯：所以這不是笛卡兒式的自我，也不是所謂的自私，而比較偏向你認為你是誰，你的自我認同感？

理察・戴衛森：是的，跟這個概念是比較相關。

基廷神父：我想要知道沉默在你的心理訓練研究，扮演什麼角色？當思考完全沉默的時候，大腦的反應是什麼樣子？

理察・戴衛森：我要請求馬修來回應這個問題，因為他是我們重要的協同研究者，也是研究受試者，他有的訓練是我們沒有的。

馬修・李卡德：

嗯，在什麼意義下的沉默？沉默是不是意謂著，沒有推論性的思考？當我們進行推理，對外在世界的解釋，對過去反覆思考，或是想像未來的時候，我們的心裡喋喋不休的狀況，就不斷出現。當然，若思考的連鎖反應是自動發生時，這個狀況就顯得曖昧不明。讓反覆思考和心理的建構沉靜下來，就是一個禪修狀態。不知道什麼緣故，我們在流動的思考和它的內容背後，發現我們對清明和穩定的覺察增強了。這樣的沉默絕對不會是遲鈍、想睡覺、蒙昧或是含糊。這種心的覺知狀態是生動活潑的，你可以將它稱之為心理建構的沉默，但它絕對不是覺知的沉默。這就是修行者會察覺到的狀態。

基廷神父：

從基督教禪修的觀點，我們通常將之稱為靜觀，在這個層面的討論，這兩個字可以交互使用，我們強調的是沉默的意向性（intentionality of silence）。意思是說，沉默是一種意圖，它對禪修的過程有顯著的影響，不管在此過程你經驗到的想法、感情或外在的聲音，或是其它的東西。讓自己習慣於不理會不斷變動的想法，會導致更深層的內在沉默和平靜。在這個層面中，我們似乎可以超越日常的心理覺察，進而接觸或經驗到更為深刻的人性。這通常被視為我們存有的靈性層次，或是在永恆哲學（perennial philosophy）中稱之為意識及其超越的直觀層次。你們在美國各地所開始的心理訓練，對減輕人們的受苦有很好的貢獻，藉由引入意向性這方面的概念，能夠使人們刻意放下負面思考和情感。

基督教禪修也強調真摯性。換言之，有一個刻意的、情感的靈性意志移動，以讓你朝向你想要達到的目的前進。聖十字若望（St. John of the Cross）將此看作是和上帝的關係——上帝意謂著終極的真實，不管你認為最終的真實是什麼。上帝在猶太基督教中，恰好是表達這種神祕的方法，它是與終極真實的一種關係。終極的真實構成人的健康，而我們存有的來源，也是支撐我們的一切。顯然，根據我們的內在本質來生活，就會產生健康。

聖十字若望說，人的健康主要由持續地活在終極真實的呈顯之中。那是一種「超級正念」（super-mindfulness），在此狀態中，我們不只對感官的對象產生正念，這只是一個具有預備性質的訓練，而是對更廣闊的真實產生正念，我們所有的感官經驗都由這個真實而來。另一個描述它的方法是對我們存有基礎的覺察，與終極真實相關的是終極的安全感、愛和自由。即使我們不知道，但這就是我們成為人的基礎。停止思考通常就足夠，它將主動滲入我們的日常活動，形成生命的背景，也就是在我們生活的三度空間中，加入第四維向度。如何將人帶入這個向度，這就是宗教的目的，這也是禪修的目的。

喬・卡巴金：

你所說的含意很深。注意力和意向性共同協力，促進我們對經驗的真實性產生覺醒，這樣的經驗你可以將它稱為存有的基礎，或存有的無基礎（groundlessness of being）。那麼，在感官領域和實際上沒有疆界的覺知領域之間，經驗的連續性並沒有中斷。這正是在李奇關於愛因斯坦的引言中，所要指出的內涵。在正念減壓課程中，我們的態度是，你所談論的沉默是屬於覺察領域本身。它時時刻刻都在，問題就在於，我們是否能夠透過有技巧地使用注意力和意向性調整自己，以培養我們和這潛在的、如雷巨響般的沉默的接觸能力。

馬修・李卡德：

我們已經看到禪修可以帶來的長期效果，甚至八週的課程能夠帶來一些改變，但我們顯然需要做更多的長期追蹤研究，歷時數個月或數年。我想亞倫可以稍微講一下有關我們所設計的一個長期追蹤研究計劃。

亞倫・華勒斯：

克里夫・沙隆（Cliff Saron）在聽眾裡面，他是我們稱之為「三摩地計劃」（Shamatha）的主要科學研究員。我最近才知道我被任命為這個計劃的主要修行研究員，這是一個新的頭銜。我們的目標是對三十二位住在僻靜中心、每天進行八到十個小時的禪修的人，進行一年的歷時性研究。他們修行的重點在於注意力訓練，培養更多清明、穩定的專注力，同時也做心的鍛鍊。我喜歡「真摯性」這個字。在這個訓練中，一個絕對重要的元素，就是要培養佛教徒所說的四無量心（divine abidings），意即慈、悲、喜、捨。

我們主要的目標是要發展一個一年的計劃，但我們一開始會比較謹慎，第一階段是三個月的研究計劃，採用科學研究的最高標準。我們在加州大學達維斯（Davis）分校有最棒的團隊，我們計劃在明年九月開始。

馬修・李卡德：

這真是令人非常振奮的期待。

基廷神父：

那絕對會是一個精彩的研究。同時，我想在我們眼前可以立即做到的一個計劃，就是如何把這些內容，引介到每天的日常生活當中，給受苦的人、或需要立即幫助的人，不管他們在哪裡。我想進一步澄清痛和受苦之間的區別，將會非常有用。我一直聽到這兩個字被交互使用，有一個定義我認為相當具有啟發性，就是：痛是生活中正常的一部分，在有限的世界中，這是一個必然會經驗到的狀況，而受苦是來自於你對痛的抵抗。耶穌在福音書中建議不要這樣，他說：「抵抗不邪惡」，意思是你將其視為邪惡。我們多半將受苦看作是件邪惡的壞事，就如同死亡一樣。因此，如果我們對痛的態度是如實地接納它，那麼，沒有用處的受苦，就會大大的減少。

第二部

禪修可能的生理基礎

引言

壓力如何影響到大腦和身體，大腦如何被認出而能夠呈現練習的結果，這些練習可以強化注意力和覺察，促進學習，有效應付壓力和改變；現代科學對這些問題的瞭解，在過去十年中開始急速發展。這個部分由理察・戴衛森主持，要展示關於這些主題的最新科學研究，同時提供一個基礎，以探究禪修在各種不同層面產生效應的可能機制和路徑。壓力生理基礎的說明和神經可塑性，提供一個具有說服性的架構來發展新的研究，以擴展和深化我們對禪修生理運作的瞭解。

理察・戴衛森：

法王，今天下午我們要思考的是禪修可能的生理基礎。我們有兩位報告人，他們是大腦和生理研究的世界級專家。沃爾夫・辛格的科學生涯皆致力於瞭解大腦的網狀組織，如何透過同時性（synchrony）產生更高的心理功能。這是他即將要演講的主題。

沃爾夫・辛格

大腦韻律的同時性：作為統一心理過程的一個可能機制

大腦是用高度分散的方式所組織起來的，缺乏一個會聚的中心，來對無數平行傳遞的資料，做前後連貫的解釋，這些資料同時在各個具有特定功能的區域產生。這會產生的問題是，各個次系統是如何整合在一起，使得它們個別的資料，可以產生單一化的知覺印象。一般認為，整合得以完成，至少部分是因為在β和γ波範圍，產生振動活動的同時性。β和γ頻率的大腦振動是快速的律動，跟注意力、知覺和學習有關。這個解釋跟在注意力聚焦和禪修狀態，所記錄下來的神經活動形態是一致的，因為注意力的過程可以結合功能、提高覺察力，讓分散式的心理歷程產生統一。

法王，能夠在您身旁，解釋我所認為的，描述禪修意識狀態特徵的其中一種神經基礎，這真是我莫大的榮幸。我將會談論在大腦中，同時性振動活動的角色，它和注意力及意識的關係，以及它在解釋病理的一些意涵，如精神分裂症。

證據顯示，禪修狀態跟大腦皮質中非常高頻範圍的同時性振動活動有關，也就是在四十赫茲左右，所謂的γ頻率。在某種狀態下，當大腦適當地被活化，產生神經群體放電及在四十赫茲範圍的振動形態。

大約十五年前，我的同事和我在法蘭克福（Frankfurt）發現這個現象，從此我們就一直追求這個想法：這樣的訊號，對於在大腦中各種分散活動的整合，是必要的。我們提出的問題是，是否有某種東西特別跟共振式的活動有關，後來發現的確是有；比起暫時性的、不協調的活動，同時性的活動對接受該活動的細胞，產生更強大的效果。因此，同時性反應就相當於選擇性反應，以對訊息進行下一步的處理。

只有共時性反應的神經細胞會相互增益，而讓彼此變得更有效果；因此，同時性反應也就相當於定義了同時被活化的細胞它們之間的關係。如此一來，就有可能讓分散在大腦各處的神經反應，建立它們之間的關係。原則上，神經活動之間的精確同時性，在訊號處理或學習的過程中，可作為具有相關連的記號。同時性也界定哪些細胞會互相協力，以共同傳遞他們的訊息。

為什麼在分散式的細胞反應之中，相互關連的訊號對大腦的功能是如此重要？我們的假設認為，在西方社會我們對於大腦如何組織起來，有著錯誤的直覺。我們採用笛卡兒的觀點，認為在大腦的某處，應該有一個訊息匯聚的中心，也就是所有的訊息一起跑到一個地方，然後對世界形成有條理的解釋。而這個中心也是做決策的地方，同時也是具有意向性的自我，應該存在的位置。

現代的大腦研究，對於人類大腦的組織有著完全不一樣的圖像。大腦皮質的各個區域，非常緊密地相互聯繫，但沒有證據顯示有一個匯聚的中心，或是金字塔型的階層組織。不同區域處理從眼睛、耳朵和觸覺感官等不同地方來的訊息，不同區域也連到屬於邊緣系統（limbic system）的區域，邊緣系統則是將情感的內容，聯繫到意識經驗的內容。在大腦沒有一個單一的地方，存放一位站在你旁邊的人，或執行一項命令，或作為你的自我位置。大腦是一個高度分散的系統，許多功能同時發生，並且沒有一位協調者存在，它們自己就會組織起來。在這樣的系統中，最重要的是：總是會發生作用的神經反應，它們能夠被貼上標籤，那麼在任何時刻，實際上有哪些神經會相互合作，就會變得很清楚。我們需要一個編碼，來定義神經之間的關係。

由於這個分散式的組織，一個物體能夠被呈現在大腦：這是藉由數以千計、分布在不同區域的神經，在同一時間被激發的。如果你看見一隻正在叫的狗，然後去摸牠的毛，你得到的訊息輸入，包括：觸覺、眼睛和耳朵，這些訊號在大腦皮質的不同區域同時被處理，這些訊息不會集合到任何一個單一的地方。不知什麼緣故，在這些分散的網絡中，一隻有滑順的毛、正在叫的狗，就被呈現出來。因此，認為大腦有一個單一中心存在的這種想法，其實是錯的。沒有協調者，沒有觀察者，也沒有存放自我的一個位置。

即使在單一的模組中，像是視覺系統，大腦皮質大概有三十個不同的區域，在處理不同的訊息內容。有些區域處理質地，有些處理顏色，有些處理情緒，有些處理形狀的某個特定部分，而所有的部分都在同一時間被抽取出來。

以圖五為例，當複雜的圖案被解碼後，在大腦許多不同地方所產生的活動，這些訊息必須被用有意義的方式連結起來，才能產生對圖中其中一匹馬的知覺。我們需要將右邊的輪廓連結在一起，並將它們從背景的輪廓中區別出來。如同下圖所顯示，這是件具有挑戰性的工作（請見圖五）。

圖五：連結問題的例子。為了將圖案從背景中區分出來，以檢視出這些馬，需要選擇性地連結屬於每一匹馬黑色和白色的外觀，並將牠們從背景中的黑與白之間區分出來。

既然大腦中沒有單一的匯聚中心，認知內容的呈現，必須由大量分散在大腦皮層不同區域的神經細胞彼此的協同活動所構成。這就是為什麼在這樣的一個分散系統中，去定義關係就變得非常重要。我們需要一個符碼，能夠在時間的精確性和不同的事件中，去定義在無數細胞中的哪些子群細胞會在某個特定時刻，對某個有條理的知覺結果的呈現，產生實際的作用。

要產生這種分散式的呈現，神經細胞必須要傳遞兩個平行的訊息。首先，它們透過活化來發出訊號，以表示它們所代表的訊息特徵是否出現。其次，它們需要將這個時間點的訊息，傳遞給其他共同合作的神經細胞，以便形成前後一致的訊息呈現。目前有很多證據顯示，藉由神經細胞的同時放電，能夠形成細胞之間關係的動態定義，這樣的機制對分散式大腦歷程的協調和整合，扮演重要的角色。

在科學社群中，我們目前正討論這種同時性所扮演的幾種角色（提醒一下，這裡指的同時性和前後連貫的共振，兩者意義相同，當有經驗的修行者進入禪修狀態，這種振動會戲劇性地增加。）可能的角色包括：知覺的群體化功能，亦即將訊息特徵聯繫在一起，以形成一個一致的知覺。證據顯示大腦使用同時性，將注意力聚焦在某些特定的訊息輸入，讓這樣的訊息更為顯著或有效。也有證據指出，當我們將眼睛閉上，想像某種東西時，我們自己也會產生這種同時性的共振形態。如果我們想像一個視覺物體，接著視覺區就進入這種同時性的活動，顯然已經儲存的訊息，因此而被讀出來。

我們知道同時性的活動，對於各個次系統之間的整合非常重要，如同那隻正在吠叫的狗的例子，大腦需要將聲音、觸覺和狗的形象聯繫在一起。另一個和注意力的聚焦緊密相關的功能，就是透過大腦極端複雜的網絡，來傳遞神經活動。這個問題是，訊息需要從大腦的一個地方，以具有高度選擇的方式，被送到另一個地方。當不同的連結是如此錯綜複雜地交纏在一起時，如何能夠做到呢？證據顯示，身體用的方法就好像我們將收音機調整到電台的頻道一樣。發出和接受訊號者，都在同樣的頻率，所以它們可像握手一般，產生共鳴，接著訊息的傳輸就變得很有選擇性。

同時性也發生在記憶的過程。在短期記憶中，比方說你要在短時間中，記住一組電話號碼，或是幾樣新的東西，共振發生在和這個過程相關的大腦區域。共振活動也使用在長期記憶中，長期來看，同時性很適合用來改變神經反應的性質。

我希望給大家幾個例子，來說明同時性如何發生在認知過程。一個重要的特徵是，依大腦狀態來產生反應的同時性。大腦並非總是在同樣的狀態，它可能會昏睡、漫不經心或是很專注。當我們從一個專注的人的頭皮上，記錄出他的腦波圖時，此時腦波的波幅較小，頻率較高。當大腦變得愛睏或是不專心，較大的波幅就會產生。

有意思的發現是，同時性活動只有大腦在高度專注的狀態才會發生，當大腦昏睡或不專注時，它就完全消失。即使神經細胞如同之前一樣有強的反應，但不同區域的活動並沒有被協調起來。因此，相較於調節活動的量，注意力所涉入的是活動的一致性和同時性。這是件重要的事。當調節者進入專注狀態，分散的神經活動之間的調節就會增加。

當一隻動物或生物預期一個行動要發生，或是準備要做某件事時，神經協調的情況也會發生。一隻貓被訓練會區辨投射在螢幕上的形狀，如果這個形狀改變，貓就快速反應。因為在圖形改變時有嗶的一聲，於是貓知道何時這個狀況會發生。當貓表現出區辨的行動時，研究者就能夠記錄它們的大腦活動，並尋找同時性。

當貓不專注的時候，例如是在被餵食以作為獎賞的時候，牠的腦波變慢，在不同區域之間缺少好的同步性。但是當嗶的一聲響起，貓被提醒要立刻回過神來，趕快對改變的形狀做出反應。接著，在皮質區相關區域的活動，就產生戲劇性地改變。突然間，它們開始用同步的方式震動，貓所產生的這個同時性活動，就是對這些大腦區域做預先準備，以便進行下一個特別的功能。因此，傳送和接收的神經就調整到同一個頻率，以讓更佳的「握手行動」可以發生。

證據亦顯示，當一個人有意識地察覺到他所看的東西時，

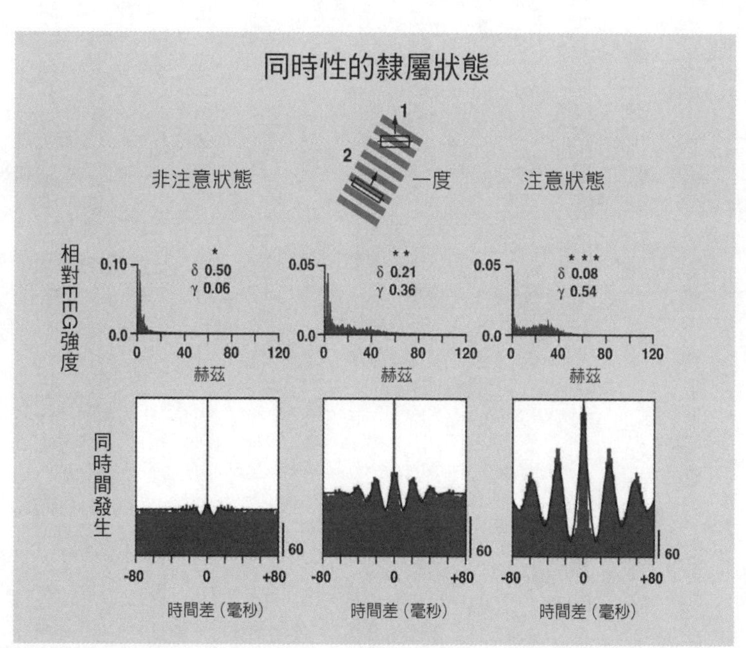

圖六：在貓的視覺區中，兩群細胞因光刺激而表現活化（上層圖示）；而接收區細胞反應的同時性數量，則由交叉相關圖的計算來評定（下層圖示）；同時並測量持續腦電圖活動（electroencephalographic）的頻率分配（中間圖示）。當動物是在專注狀態時（中右圖），腦電圖顯示出在高頻區的活動，神經反應有較好的同時性，如交叉相關圖的共振調節所顯示（右下圖）。當注意力下降時（中間圖示的中、左圖），在腦電圖的低頻活動增加，同時性的反應減少。

在神經之間，到達一個臨界點數量的共振性就會發生。這用一個簡單的實驗就可以說明。首先呈現給受試者一段沒有內容的背景噪音，接著再呈現一個字，在這個實驗用「貓」這個字。隨後再接另一段模糊的噪音，接著最後再呈現一個字：「貓」或「狗」。之後我們問受試者，他們是否有看到第一個字，這個字是不是跟實驗最後所看到的字一樣。

有三種可能的結果：受試者看到第一個字，在意識中記得這個字，最後認出它是否相同。或者，受試者在意識上並沒有看到這個字，而下意識仍自動地處理它，最後猜對答案，但不記得曾經記過這個字。第三種情況，受試者沒有看到這個字，也沒有處理它。

在測驗中，我們測量大腦活動，在不同的大腦區域之間尋找同時性的形態。當受試者有意識地處理，並覺察到他看到什麼時，有一個很短暫的時刻，大約二十到三十毫秒，在大腦皮質遠端區域所放的電擊棒，在高頻範圍同時產生活動，就好像我們在禪修所見的頻率，如同這個圖的左半部所顯示的（圖七）。

看起來，和有意識的覺察相關的一個原因，就是短暫的神經反應同時性。這些反應在大腦皮質區，建立了一個高度一致的共振活動形態。這是我們最多能夠說的東西，意識的內容顯然是分散在許多區域，透過一致性的共振暫時地組合起來，這個組合無法進一步被化約到某個位置。這是一個分散式的動態形態，很難令人想像，但它似乎就是這個樣子。

最後，我想要給大家看的是跟病理有關的結果，以及和治療相關的議題。在一個簡單的任務中，我們短暫地給受試者看一個圖案，然後讓圖案消失；一會兒後，我們秀出另一個圖案，或是同樣的圖案，然後問受試者：「你已經看過這個圖案，或者這是一個新的圖案？」在這種情況下，受試者必須使用短期記憶，記住第一個圖形的樣子，然後做比較。前額葉是對短期記憶和注意力進行管理的區域，要完成這個工作，和大腦前額葉區域的同時性活動有關。完成這個工作需要注意力，同時也是個有意識的過程。

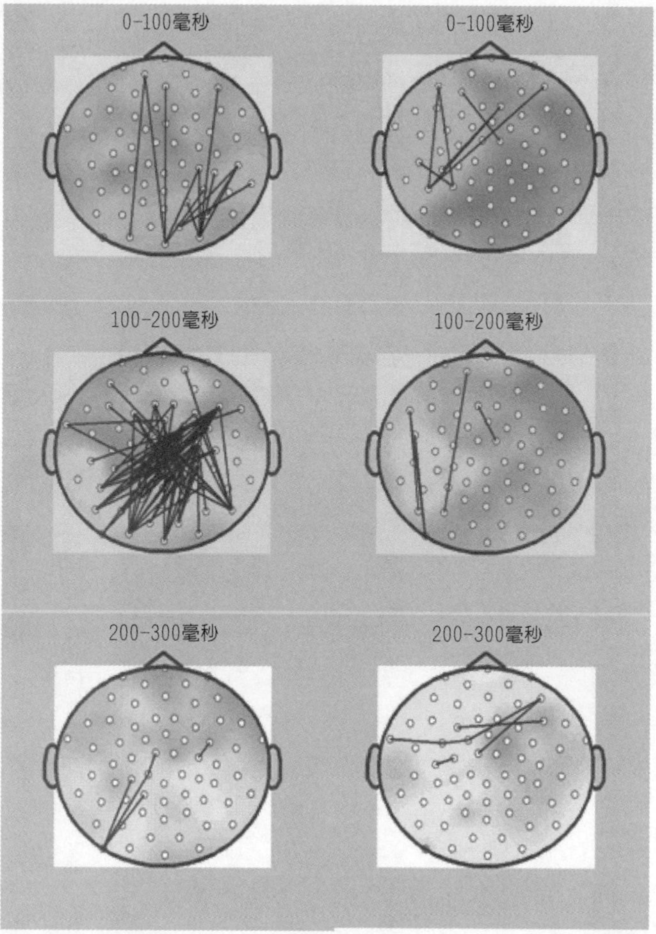

0-100毫秒　0-100毫秒

100-200毫秒　100-200毫秒

200-300毫秒　200-300毫秒

圖七：從不同大腦皮質區記錄不同階段的大腦共振活動。左半部是在有意識的狀態下，所覺察到的刺激；右半部是刺激經過處理，但沒有到達意識層面。黑色的線連結被記錄的區塊，表示一個明顯的同時性，在此階段發生。
注意：參與到同時性共振的大範圍分散式網絡，發生在有意識的狀態。

精神分裂症的病人有思考混亂和幻聽，這些症狀顯示，要妥善安排在腦中平行的訊息處理產生困難，這讓病人要完成上述的工作也有困難。我們要問的問題是：是否病人的這個狀況和同時性活動的混亂有一致性。我們能夠測量跟這個任務有關的大腦活動。

達賴喇嘛：

同時性發生的速度是否也不一樣？

沃爾夫・辛格：

是的，精神分裂症病人在產生這些腦波並讓它們同步的這個部分產生困難。他們完成這個任務的時間，也比控制組慢很多。

我們也測量受試者大腦共振的電位，從他們第一次看到圖案至於必須將圖案認出之間，測定大腦區域反應的同時性。正常的受試者在這個任務中產生許多在γ波範圍的高頻振動活動，約在四十赫茲左右。但是精神分裂症病人的高頻活動並未增加，他們在不同大腦區域的同時性活動也有困難。這可能是他們無法協調想法及一致地組織行為的其中一個原因（見圖八）。

總之，如果這些高頻振動的同時性，可以協調大腦許多分散式的運作，那麼像是禪修，這樣的一種能夠增加同時性的心理訓練方法，對大腦的功能就會產生深遠的影響。找出它擁有哪些效果，將會是未來研究的目標。並非所有的同時性活動都是有益處的。如果將應該分開來的東西，讓它們同步進行，這可能沒有好處。但是發展更多的同時性，在產生某些意識狀態是很有效的，這樣的意識與我們在正常情況下，用疏離的方式與環境互動是不一樣的。

γ 波共振的同步階段

階段鎖定控制組

頻率（赫茲）

時間（毫秒）

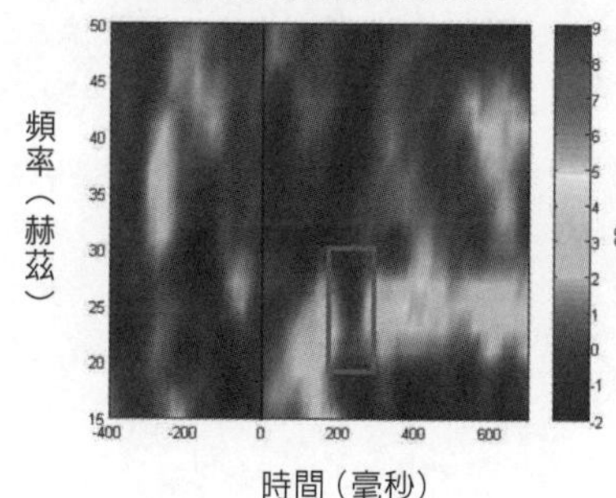

圖八：比較正常控制組（上圖）和精神分裂病人（下圖）之間共振活動的階段，受試者被要求決定他們是否認得用程式畫的人臉（左手邊的圖）。在正常的受試者中，明顯的階段鎖定（上圖的光斑點）在刺激呈現之後的200毫秒開始，頻率的範圍從20到30赫茲（圖形的X軸），有一個反應是精神分裂病人所沒有的（下圖的長方形）。

羅伯特・薩波斯基

壓力在神經生物學中的適應特徵與有害特徵

我們很少人會死於霍亂、天花或猩紅熱。相反地，我們通常死於和西化生活方式有關的疾病，這些病經常和壓力分不開。當壓力反應被身體所驅動，通常是因為典型的哺乳類動物的壓力（例如被肉食動物攻擊而需逃跑），這是具有高度適應性的壓力。然而，當壓力被現代西方人的態度所引發（那是慢性的社會心理壓力），這樣的壓力就是病的起源。這個報告所要檢討的就是這種二元性，以及壓力神經生物學和壓力管理，在研究上的新方向。

在這個會議，許多的專家將會談論如何過一個平衡的生活。很遺憾我不知道怎麼做到那樣，但我的專長在於告訴你，如果你做不到，那會發生什麼事——我所研究的是壓力在身體所產生的效果。人類學家總是對人和動物有什麼不一樣這點感到興趣。我們知道人是發明微波爐、交際舞和大小便訓練的生物。但最重要的是，人類發明了人為的受苦：對過去的事、尚未發生的事、可能的事或是他人經驗到的事情，我們有感到痛苦或受苦的能力。這是人的獨特性，但可惜的是，當我們感受到人為的受苦時，我們身體的反應並沒有特殊之處。這個壓力研究的核心概念是：如果你是一隻斑馬或獅子，在遭遇攻擊或陷阱時，你跳離開來、撕開身上的肉，你在疼痛中為自己的生命而逃跑，你身體所做的事情，都是很重要的。這些動作都是為了你生存的需要。但是如果你是一個人，受苦於外來的痛苦，你的身體也做著同樣的事情，如果這個動作持續很久，疾病就會發生。

就某個程度而言，我們人類這種生物，會得到這麼多和壓力有關的疾病，是因為我們太聰明，我們可以發明心理壓力。很多研究顯示，什麼和心理壓力有關；包括今天在我的報告中會討論到，一些在一九六〇年代經典的動物研究。我也相信這些科學家很努力地想要平衡動物的疼痛和分析這類實驗可以帶來的益處。

在一個研究中，實驗室裡頭的老鼠，不時地被施予小劑量的電擊。電擊到一個程度，老鼠就會有胃潰瘍，這是一種對壓力敏感的疾病。事實上，諾貝爾獎最近才頒發給這類型的研究，我們知道胃潰瘍和細菌有關，但除了細菌之外，潰瘍的發展有賴於具有壓力的生活方式，壓力讓胃部難以修復初期的潰瘍。因此，老鼠因為過多壓力而得到潰瘍。

另一隻老鼠得到同樣的電擊，它的狀況和第一隻一模一樣，但每一次第二隻老鼠被電極後，就可以跑到籠子的另外一側去咬另一隻老鼠。第二隻老鼠並沒有得到潰瘍。因此，我們看到老鼠真像是人的近親。

達賴喇嘛：

這是因為這隻老鼠有機會去表達牠的痛？

羅伯特・薩波斯基：

是的。用我們這行的話來說，就是牠藉由把潰瘍給出去以避免自己得到潰瘍。第三隻老鼠被電擊之後，可以用牙齒去咬一塊木頭，第三隻老鼠也沒得到潰瘍。同樣的，這是一個它可以表達痛苦的方法。

第四隻老鼠也得到同樣的電擊，但在每次電擊前，會有一個閃光來警告它。獲知何時會被電擊、電擊的強度和時間的長短。這個做法也會避免潰瘍的發生。

達賴喇嘛：

因為有預作準備。

羅伯特・薩波斯基：

是的。在下一回的實驗中，老鼠被訓練去按一個槓桿，以避免被電擊，之後槓桿的連結消失，起不了作用；但是這隻老鼠可以去咬槓桿，結果這隻老鼠也沒得到潰瘍。這隻老鼠有控制感。最後，如果老鼠和另外一隻牠認識或喜歡的老鼠在同一個籠子裡，牠們坐在一起並相互陪伴，這隻老鼠也不會因為電擊而產生潰瘍。

這些就是不同群組的心理壓力。如果你沒有方法去抒解你的挫折，你覺得自己失去控制，沒有辦法預期下一步會怎麼樣，如果你將一個事件解釋成你的生活愈來愈糟，或是你沒有一個肩膀可供你靠著哭泣，這就會讓外來的痛苦變成壓力。

我們現在知道身體如何反應壓力。為了進一步瞭解，我們來看看假如你是一隻正在逃離獅子的斑馬，你的身體會做什麼。首先，你需要去啟動能量，你需要的不是在脂肪中，為了明年春天的活動而儲存的能量；而是當你逃跑時，立刻可以進入肌肉的能量。你需要將能量輸送到你的肌肉，愈快愈好，然後你的血壓上升。所有的這些反應的邏輯是，如果你的肌肉可以在兩秒鐘內，而不是三秒鐘，獲得能量，你就比較可能活下來。

你把這些身體裡面長期的修建計劃關掉，這是很有意義的。這時候沒有時間去修補你的肝，當你為你的生命而逃跑，而獅子差一步就要追上你，這時候也不適當做排卵的動作。在有壓力的時候，你停止消化、成長、修復你的身體。你也停止你的生殖活動和免疫系統，如果你還活著，這些事情可以之後再做。

這些動作對正在逃命的斑馬來說極為重要，而這就是身體應付恐懼和痛苦的方法。然而，因為心理的受苦，你的身體也做著同樣的事情，日復一日、年復一年。如果你總是啟動能量，你的身體就沒有機會儲存它，你的肌肉就變得衰弱，你更有機會得到糖尿病，這個病現在已經是全球的災難。如果你的血壓升高，是因為你從獅子身邊逃跑，這是一件好事。如果交通壅塞造成你血壓升高，累積到一個程度，你就會有心臟疾病，你的血管會因動脈硬化而受損。如果你的消化系統經常關閉，你就有更多的風險會得到潰瘍或是結腸炎。有一種可怕、奇怪的疾病，叫做矮小症，或心因性的矮小症，意即小孩子因為承受太多的壓力，使得他的身體停止成長。如果你是個雌性哺乳類動物，在巨大壓力下，你的生殖週期會變長或是完全停止。如果你是雄性，你的睪固酮會下降，你可能會有勃起的問題。

如果你總是處在壓力下，你的免疫系統就會被抑制，你就比較容易罹患傳染病。心理神經免疫學（psychoneuroimmunology）這個新的領域所依靠的觀念就是，你的大腦可以影響你身體應付疾病的方式。我們在這裡可以看到一個故事的兩面：一個哺乳類動物，如果有壓力，但沒有辦法啟動調適壓力的反應，它很快就會死掉。但是許多疾病卻是因為慢性壓力，而在人類身上發生。

我想要簡短地談一下，壓力對大腦所產生的正面短期效果，還有看起來更有意思的長期效果。在一段短的時間，例如一或二個小時，壓力會對大腦做些不錯的事，因為有更多的氧氣和葡萄糖進到大腦。當你短暫地感到壓力時，負責記憶的海馬迴（hippocampus）會工作得更好。在壓力的早期，你的大腦會釋放更多對愉悅經驗扮演重要角色的多巴胺，壓力讓你感到愉悅，大腦工作得更好。

不幸的是，如果壓力持續下去四個小時或者是四年，相反的狀況就會發生。較少的葡萄糖被送入大腦，海馬迴的神經細胞沒有辦法作用得很好。神經之間的相互溝通的一個冗長的程序，在壓力過多後也萎縮。如同我們之前聽到的，大腦在海馬迴會生成新的神經細胞，但在壓力下，神經細胞的增生會受到抑制。壓力大到一個程度，實際上神經細胞會死掉，這是我們在史丹佛實驗室的研究。此外，大量的壓力也會讓多巴胺的分泌減少，如同剛剛所提過的，它和愉悅感有關。其結果是，缺乏多巴胺而失去愉悅感，這也和憂鬱症的產生有關。令人訝異的是，壓力會讓杏仁核（amygdala，大腦的一個部分，與恐懼、緊張有關）工作得更好。那邊的神經會長出新的連結，而杏仁核會變大，其結果是我們更容易陷入恐懼。最後，協助我們做決定和控制情緒的前額葉，在慢性壓力下，沒有辦法有效工作，而它的神經也會萎縮。這些都是在慢性壓力下，會發生在大腦的一些不好的狀況。

我們很容易說：「啊哈！我們在生活中一定不要有壓力。」但這是沒有意義的。短期間，壓力對腦是有益處的，我們喜愛壓力，它讓我們感覺很棒，我們願意付錢坐雲霄飛車，然後被嚇得哇哇叫。因此，問題變成：什麼時候壓力會是件好事？當有個挑戰需要被克服時，我們將好的壓力稱為激勵。是什麼讓壓力變成激勵？

圖典・金巴：

我們很好奇，最接近「壓力」這個字的西藏話是什麼？

亞倫・華勒斯：

換句話說，你如何定義它——壓力有兩種意思嗎？是對於生理還是心理？或這個字涵蓋兩者？我們在這裡需要一些討論，因為「壓力」這個字並沒有辦法被翻譯成西藏話。

羅伯特・薩波斯基：

短期壓力可以是身體或是心理層面，主要重點在於它並不會維持很久，也不會很巨大。坐雲霄飛車只有三分鐘的時間，不會延續到三個星期。

從心理上來說，我們將激勵當作挑戰，但是只有在我們不感到無助時才算，我們才有可能去克服這個挑戰。多巴胺產生效果的方式很有趣。今天早上，李奇談到在美國，幸福感如何被視為一個人不可分割的權利，我想對大腦來說，這更應該是如此，我們被保證能夠追求幸福感。研究結果發現，多巴胺不是當你得到獎賞的時候被釋放，而是當你認為你快要得到獎賞時。在你的預期時產生作用，因此預期本身變成大腦的愉悅感。

另一個很棒的研究中，猴子被訓練壓槓桿來獲取獎賞。之後設定的條件改變，當猴子壓下槓桿時，只有一半的機會得到獎賞。當壓下槓桿之後，猴子正等待是否會得到獎賞，這時候多巴胺的分泌，達到猴子腦中前所未有的高水平。換句話說，當你引入「可能」的想法時，所獲得的報酬感將多很多。如果你絕對會獲得獎賞，就會感到無趣。如果你一點機會也沒有，你會無助和憂鬱。百分之五十剛好就是這個點，讓你感到有挑戰性，卻又不會感到窒息。這就是我們發現腦中分泌最大量多巴胺的時候。

你也許覺得奇怪，我之前有說到缺乏控制感會造成壓力；但在這裡，缺乏控制卻又有極佳感受，而多巴胺卻上升了。這兩者有何不同？如我先前所講的，研究顯示如果缺乏控制感，是發生在你認為充滿惡意、或具有威脅性的環境時，缺乏控制將變成可怕的壓力源。如果缺乏控制發生在你認為溫和、安全的地方，缺乏控制會讓人覺得很棒。其中一個最大的挑戰是，我們如何讓令人覺得受威脅的環境，轉變成溫和的環境。

這又引發最後一個問題：為什麼有的人比較能夠處理壓力？為什麼對某人來說，這是壓力，對另一個人卻是激勵？壓力成為醫療關注的議題，已經有七十年的時間了，而說服醫療將注意力放在壓力這件事情上，也花了六十九年的時間。從現在開始，對我們的一個大挑戰，就是去瞭解為什麼壓力對每個人來說都不一樣。因為這將教導我們，如何將人為的受苦轉變成為激勵。感謝各位。

佛教與科學的對話2

除了達賴喇嘛，報告人、翻譯者和主持人，這個部分的討論人包括：馬修．李卡德、以斯帖．史坦伯格和亞倫．華勒斯。

理察．戴衛森：

討論的一開始，我想我們可以先回到沃爾夫所提到的重點。沃爾夫的研究指出，大腦沒有一個訊息的匯聚區，讓特定位置掌管情緒、意識或是自我的功能。反之，複雜的心理功能，似乎從大腦不同區域的協調活動而產生。法王，請您評述一下佛教對心靈的直觀，跟現代神經科學開始出現的直覺是否相似，還是不同?神經科學開始認為沒有單一中心來負責自我或其他的心理歷程。

達賴喇嘛：

在某種程度上，神經科學開始對認知功能產生如何的瞭解，和佛教的直觀認為沒有一個中心職權、沒有單一的地方負責認知和心理活動，這兩者是相似的。然而，佛教區分感官經驗和心理經驗，像是思考或情緒。感官經驗和感覺器官有相當的一致性。舉例而言，如果你的眼睛有缺陷，視覺的經驗沒有辦法被另外一個感官所取代。在心理經驗的部分，諸如思考或情緒，狀況就更為複雜。不同的想法會關連到特定的內容或經驗，不管是在認知上，還是情緒上；而想法被放在大腦中的某個地方，這樣的看法和佛教的直觀是相反的。

在佛教認識論或心理學中，不管是認知或情緒活動，都沒有討論到大腦的角色。即使在金剛乘的文本有提到神經系統的運作，裡頭也沒有概念認為大腦在認知活動中，扮演中樞角色。只有在古典的西藏醫學文本，認可大腦在人類經驗中扮演主要的角色。無論如何，將心理經驗，包括認知功能和情緒經驗，看成是協調整合大腦不同區域的想法，比起將心靈每一個功能，直接對應到大腦某個區塊，在直覺上前面的想法更加吸引人。

沃爾夫・辛格：

我發現有趣的是，我們西方的哲學或文明，有著完全不同的結論。笛卡兒的觀點實在和這個看法大相逕庭。問題是：為什麼這個想法如此被發展出來？午餐時我們討論這個問題，有人認為因為西方的分析科學被線性模式和機械觀支配了數百年。在這樣的思潮下，大腦被認為像一個複雜的機械裝置，以高度確定的方式在運作。但是，我們所經驗的大腦是具有創意的，對未來開放，同時也是具有意向性的。然而，如機械裝置般運作的線性系統，並不具有這些性質，我們只好被迫去假設有一個動力（mover），來解釋為何大腦能夠做到這些。因為過去的慣例，用機械觀來解釋這個世界，已經支配我們的思考方式，就如同啟蒙運動之後的古典物理學一般，笛卡兒式的詮釋變成我們唯一的方法，用決定論的觀點來調節我們的實際經驗。

達賴喇嘛：

我不曉得，這點很難說。就某方面來看，這個問題可能觸及更為哲學或形上學的層面，這些層面可能和目前的討論不太有關係。從古老印度思想的觀點，當我們想到意識的各層面，例如認知和情緒，我們會想到的是，它們具有經驗性的本質。然而在神經科學的脈絡底下，心的所有功能通常被看作是腦的功能。這裡有兩種不同的語言，也許你的問題所觸及的是更深的形上學議題。

文化的影響力，部分來自過去宗教思維對哲學的影響力。在許多的文化中，靈魂這個觀念很盛行。此外，我們在每天的生活當中，都會經驗到自我的感覺：「我正在做這個／我為我自己而做這件事／我看到你」諸如此類。我們天生就擁有這種自我感。當我們試著去分辨到底這種自我感所指的是什麼，我們傾向去假定，它是我們存在的核心，不論是不是要正確指出它是什麼、它在哪裡。我們認為這就是主要的組織原則，是一個人存在的本質。

然而，在佛教，有許多的討論指出，認為自我存在的說法其實是沒有根據的。沒有永恆或不變的原則，能代表真正的「我」，或真實的自我。認為有靈魂或自我，而它是凌駕在構成我們經驗的心理和身體之上，這個想法其實是錯誤的。這就是佛教所談的，自我的否定或我性不存在。因此，對佛教徒而言，神經科學的解釋認為在大腦複雜的神經網絡中，你無法找出任何可被指認出的交會點，來代表自我或靈魂，這個說法可說是再次確認了，佛教中沒有自我的概念。

沃爾夫・辛格：

對我們來說，這令人不安。

以斯帖・史坦伯格：

我要繼續法王對羅伯特・薩波斯基的提問，關於好的壓力和壞的壓力這個概念，我想要讓這點更清楚，也想提出是否禪修會讓你隨著壓力曲線移動。壓力反應是一個倒過來的U字形，當你真正的放鬆時，像是在打瞌睡、或快睡著時，你不是處於工作的高峰狀態，你可能一點都無法做事。和壓力反應有關的大腦中心或賀爾蒙必須要被激發起來，才能夠把你推向U字型的頂端，也就是工作的高峰狀態。比方說，當沃爾夫・辛格在報告的一開始，投影片放不出來的時候，這會讓他進入表現的高峰，因為他當時有點壓力。但如果壓力太大，他的表現就會下降，或他因為對壓力過度反應，而完全呆住。

從今天早上的會議內容，以及我最近讀到您深具啟發性的一本書：《相對世界的美麗：達賴喇嘛的科學智慧》（The Universe in a Single Atom: The Convergence of Science and Spirituality）來看，我發現禪修似乎不會讓你進入放鬆的狀態。它似乎增加了你的注意力，將你推動到U形曲線的上端，也許它真正有作用的地方在於調節你的壓力反應，將其帶到最佳的反應點。這麼一來，在藍斑核（locus coeruleus，這個地方是腦中負責警戒和聚焦注意力的重要部位，會讓你達到最高的表現）的神經細胞，就會開始產生最佳的反應——即不過度，也不會太少的反應。我在猜想這會不會是禪修時，所發生的部分狀態？

達賴喇嘛：

有些形式的禪修是很困難的。我的一位好友是優秀的禪修家，他嘗試去鍛鍊心的單點專注（single-pointedness）。他曾經在中國的監獄被關了幾年的時間，他告訴我，事實上練習禪修比做一個被監禁的人還要困難。重點在於，他必須要不斷地覺察和專注，片刻都不能夠讓專注消失。持續不斷的警醒是必要的。

在這裡，一個需要被納入考慮的因素是，禪修者動機的強度和品質。在傳統佛教徒的脈絡中，禪修者是個具有高度動機的人，他對菩薩道的架構有深切的體悟，對因果關係有深刻的理解。種此因，就會得此果。他們瞭解菩薩道的性質，深刻地認識到要達成一個人對幸福的渴望，需要將一個人從沒有修練的狀態，轉化成為心的修練狀態。這些人將生命的整體脈絡列入考量，當他們進行禪修時，他們全然地投入，感到喜悅，帶有強烈的動機，保持持續的熱忱。但假使你只告訴一個孩子：「開始禪修吧！」而不讓他瞭解這一切，那麼禪修對他既無誘因，也沒有任何的鼓舞。

羅伯特你提出的意見認為小劑量的壓力實際上可以提高多巴胺，這一點我們假定在老鼠實驗是符合的。少量壓力可以提高牠們的安適感或愉悅程度。我不知道在禪修中是否也有類似的狀況，特別是在將注意力定於一處的訓練，或稱之為三摩地，這並非只在佛教徒才有。當一個人被訓練去發展他的注意力時，一種被描述為身體和心理的柔軟或可塑性的這種品質就會產生。這通常也伴隨著一種安適感，甚至是極端快樂的感受。當一個人達到三摩地的狀態時，這樣的感受就會非常強烈。這樣的感受在禪修過程中會增強，其可塑性加上極樂的感受，會一波波而來。這是一個有趣的研究領域，從神經生理的觀點來看，在注意力訓練的過程中，哪些意想不到的事情會跑出來。

馬修・李卡德：

壓力通常有負面的意涵，但在正面的部分，例如某人積極地要去拯救他自己的生命時，壓力是一種立即的回應，以對敏銳的身體機能產生動員。壓力也包括激起反芻、希望、恐懼和期待等想法。如何能夠將警覺狀態的提升和平靜放鬆的心，兩者結合在一起？這樣的狀況是可能發生的，因為當一個人安歇在眼前此刻清澈、鮮明的覺知時，希望和恐懼、反芻和期待，這些想法自己就會消失。此刻心的狀態是清明，同時充滿平靜的。因此，你可以瞭解到，專注的注意力可以是一個非常警醒、敏感的狀態，而沒有我們一般認為壓力所具有的負面效應。

羅伯特・薩波斯基：

這就觸及到內分泌學典型的特色。人們認為當你有壓力時，你會分泌賀爾蒙；當你沒有壓力時，就不會分泌，或只分泌一點點。你處在你的基礎線上。在這個領域，長期存在的一個傳統就是，把基礎線看作很乏味的事情。相反地，現在對基礎線有比較清楚的瞭解，基礎線是活躍的；用個比喻來說，就像是準備好你發達的肌肉以對抗壓力。在我們這個領域所使用的專業術語稱為許可效應（permissive effects），也就是允許壓力反應處在盡可能的最佳狀態。類似於這個內分泌的觀念——禪修，這種平靜的狀態，並非缺少挑戰性，也不是沒有警覺性和能量。禪修是警覺性的專注，為需要而做準備。它和內分泌系統的狀況是相符合的。

亞倫・華勒斯：

我有問題問羅伯特。在佛教的戒律中，如果因為某人羞辱你或觸怒你，或侵害你的身體，這讓你想要以辱罵或傷人的方式來說話，而你被告知要克制自己。當你的心被苦惱所遮蔽，而佛教的戒律說：「現在不是行動的時候，讓它過去，當你的心恢復平靜時，你再行動。」但從你實驗的老鼠得知，被電擊後若藉由咬其他老鼠，或至少啃一啃木頭，而獲得抒解壓力，這種老鼠比較不會得到潰瘍。我想知道這個研究對人類的意涵是什麼，當我們受到不愉快狀態的衝擊，從神經生理的觀點，去咬別人是好的嗎，或至少去嚼一嚼木頭？對我們來說，有沒有另外一種策略，不要將苦惱的壓力內化，得到潰瘍，並且讓我們心理或身體上生病？你如何從這兩個觀點，看見可以接合的可能性？

羅伯特・薩波斯基：

你這個問題觸及的是哺乳類動物最令人沮喪的特徵之一，這個特徵存在於所有的物種。減低壓力最常見的方法，就是把壓力發洩到弱小者身上。我們不只在老鼠實驗看到這個現象，也在非人類的靈長類動物看到。比方說狒狒，牠有百分之五十的攻擊行為屬於對第三者的替代性攻擊，也就是對旁觀的無辜者。雄性的狒狒打架輸了，就追捕接近成年的雄性同類、咬青少年狒狒或追捕成年雌性狒狒，甚至掌摑嬰孩。幾乎每位狒狒這樣做之後，就感覺比較好。

在人類，類似的狀況發生在經濟蕭條時，對小孩子和配偶暴力的比例增加。瞭解我們自身，如何處理壓力平衡的最大挑戰之一，就是我們如何能夠用最不傷害及最不自私的方式維持平衡。

理察・戴衛森：

羅伯特，作為人這個物種，我們調節情緒和注意力的能力，是否給我們一個潛在的機會，讓我們和其他的物種不一樣？大部分，我們的情緒調節以及支持這個調節的大腦系統，也就是我們在此提出的心理訓練，會讓人變得不同。

羅伯特・薩波斯基：

是的，這說明了我們大家今天為什麼坐在這裡，聆聽你所報告的——禪修強化前額葉調節情緒的能力。

馬修・李卡德：

這其中一個特別的面向是，心有看見自己的能力。我們不讓心本能地對刺激或感官做反應，而是讓心觀看自身，這使得強烈的情緒能被化解。

羅伯特・薩波斯基：

我想你用「本能」這個字，這是非常重要的。心理學家對兒童的道德發展非常感興趣，也描繪了在各個成長時期會達到的階段狀況。其結果是，個人在孩提時所到達的階段，並不太能夠預期他長大成人後，可以在困難的情境下表現出道德行為——例如說從人群裡站出來，做正確的事情。

相反地，研究顯示能夠表現出道德行為的成人，在他們小時候被撫養長大的環境中，正確的道德行為是不斷地被強調：「這是你要做的」、「這是你要做的」、「這是你要做的」，它就變得自動化。我之前提到人類發明大小便訓練，那並非開玩笑。我們不是坐在這裡的一位三十歲的成年人，說著：「如果我沒有上大小便訓練的課，不知道現在會怎麼樣？」上廁所的行為已經完全的內化。

當你聽到一個新奇的故事，說誰又做了些什麼厲害的事情，像是一個人跳入河裡，救了一個小孩。在這樣的採訪裡頭，他們絕對不會說，他們仔細思考過，如果大家不互相幫助，我們這個社會變得怎麼樣。他們會說的是：「在我知道我在做什麼之前，我已經跳到河裡了。」這個救人的動作是自動的，而不是本能的。根深蒂固的習慣，就如同本能一般。

沃爾夫・辛格：

回到禪修的主題，我們今天早上學到——禪修絕不是放鬆，它所產生的電位反應和高度專注的狀態相關。它是一個強烈的大腦內在活動。令人印象深刻的是，它總是產生正向，而非負向的意涵。有人指出大腦在自動設定的模式下，會轉向正向的狀態，這點令人驚訝。因為我們知道大腦有兩個系統，就如同陰陽二方，負責正向和負向的情緒。但不知如何，到目前為止我所聽到有關禪修狀態的內容，還有我自己個人的經驗，都是在光明這一面。為什麼會這樣？比方說，為什麼禪修狀態不會或者是會讓你進入恐慌症，如果你所激發的剛好是大腦的那個區域？為什麼它總是激起正向的部分？是這樣嗎？還是並非如此？

馬修・李卡德：

事實上，這說法令人感到振奮。當我們變得極端憤怒或傷害他人，幾個小時後，我們會說：「那不是我」或「我那時候一定是瘋了」。我們的直覺是，雖然我那樣做，但那是我的偏差行為。相反地，當你做了一個無私或自發的行為，像是做慈心禪或慷慨的行為時，你直覺上的感受是：這更切合我內在的本質。在這樣的狀況下，我們可能會說，心的平靜狀態是平和、正向的；心的苦惱狀態是仇恨和嫉妒的。法王經常說，在內心，慈悲和利他之愛，比起從心裡浮起的痛苦情緒，更切合我們的本性。

以斯帖・史坦伯格：

這部分是我之前試著在倒立的U形曲線中所強調的。從今天早上一直聆聽到現在，我想我們可以帶回家的訊息是，禪修不是所謂的一種正向狀態，而是一個活躍的狀態，在某些情況下，是一個難以達到的狀態。儘管李奇你已經做了許多的研究，而沃爾夫你也做了所有複雜的同時性研究，但從神經生理學的角度來思考禪修，恐怕還是太過簡化。

在大腦有不同的壓力中心，就如同許多中心和我們的意識及所接受到感官訊號有關連。大腦也有許多中心和專注的注意力有關，也有很多大腦的中心，是將專注的能力強加給你。今天早上，阿姜・阿瑪洛說到用盤坐的姿勢坐著，膝蓋很痛，一些侵入的想法，讓你沒有辦法專注你的注意力。有一部分的大腦是深入在腦幹之中的，叫做巴靈頓氏核（Barrington's nucleus），它接收從內臟來的訊息，這些訊息會中斷你的思考。訊號被送到藍斑核，然後再到大腦的壓力中心：下視丘。因為當你的腸子送出這類的訊號，你就得要反應。這麼說好了，你就得要清空你的腸子，在身體需要花心思注意的不同事情裡頭，這件事具有優先性。我們總是從我們的器官接收到訊息，如同從外界接收訊息一樣。在眾多訊號中，有階層性的競爭，要求大腦要對這些訊號產生注意力。禪修似乎是一個非常活躍的過程，強迫你的大腦將注意力放在其他的事情上，而不是這些侵入性的訊號。或許，同時性在讓這些不同中心產生相互的對話這件事，扮演一定的角色。

達賴喇嘛：

這是一個非常複雜的議題。許多大腦訊號或生理訊號，很顯然地具有急迫性。舉例來說，像你需要上廁所或是肚子餓。雖然個人的專注力可以改變一些，但一般來說，這些訊號非常的強大。

然而，禪修的運作是發生在佛教徒所謂的心理領域。當我們說培養或過濾我們的注意力，我們真正談論的是心理領域。禪修運作的層次，比較多是在人為或心理的受苦，而非身體、生理的疼痛和受苦。一般而言，如禪修這樣的心理活動，很難完全消除生理層面的痛。雖然，一位禪修者有時候可以將注意力放在刻意的或有意圖的心理活動，而無視身體的疼痛；但這跟實際上將身體的疼痛移除，還是不同。疼痛可能還在，但我們可以用心的專注狀態來忽略它。

以斯帖・史坦伯格：

這個想法實際上和生理學非常符合。這些接受內臟訊息的系統，位於大腦深層的中心，當它們接收到強烈的訊號時，這些訊號是無法被忽略的。但是當生理的狀況，沒有那麼緊急的時候，它們的反應可以被大腦更高階的區域所抑制。佛教哲學跟我們現在所知道的腦幹區域受到更高階區域的調節，亦即大腦皮層或有意識的腦，這兩者是相輔相成的。

理察・戴衛森：

我想要藉這個機會，也接受聽眾的問題。有幾個問題強調的是非常實務的議題，像是禪修如何被使用來影響或治療某種精神疾病。有一個問題要求我們說明，是否禪修練習可以影響災難症候群（post-traumatic stress disorder），以幫助戰後的存活者，或受折磨和被傷害的人。我想要擴充這個問題，進一步詢問：是否在某些特別的狀況，禪修練習是不被推薦的，或禪修可能帶來潛在的傷害？

達賴喇嘛：

由於每個人的性情都具有差異，禪修是否有效很難一概而論，每一個狀況都要逐一地去做判斷。一般而言，我自己相信個人對生活的基本觀點，似乎讓他對創傷經驗的反應也不一樣。在其中一回「心靈與生命會議」，有人驚訝地發現，在曾經暴露於創傷經驗的西藏人中，很少有創傷後的症狀發生。我經常提我的一位好友，也是我同事的故事。他是一位來自南嘉寺（Namgyal Monastery）的出家人，被關在西藏的中國監獄多年。有一天，他告訴我被關在監獄的這些年裡，他有時候會有很大的恐懼感。我問他那是什麼樣的恐懼，他說是對中國人失去慈悲心的恐懼。這就是一個對生活有著非常不同觀點的人！似乎就是這樣的不同觀點，讓這個人可以承受監禁和酷刑。

一般來說，如果一個人可以先做預備，或有某種預防系統在身邊，那就會好很多。一旦你經驗到創傷，你很難去矯正這樣的經驗。所以我總是強調，從小就給予適當教育的重要性。那麼，人們在後來的生活中面臨到困難，特定的內在力量就能夠不讓外在困難干擾它們。這是我們可以做的事情。這是可行的。

有時候我遇到一些人，即使是我已經認識的人，他們告訴我他們有很大的焦慮感。他們向我求助，包括給他們祝福。但當我問你確切的問題是什麼，發現這些都是小問題，一點也不嚴重。我想，這些抱怨是因為內在缺乏力量……而在這種情況下，我自己也有很多抱怨！

馬修·李卡德：

我曾經聽過一個在孟加拉佛教社區對小孩子的研究，這個地方經常發生風災和水災。研究者發現，這個社區的小孩子，他們的災難後壓力，遠比起其他社區小。我想這和文化有關，不像是在非常個人主義的文化下，每個人總是關注自己會怎麼樣。當一個人關注的事物，不是以自我為中心時，關注自己所產生的擔憂就會消失。其結果是，人就不會感到那樣脆弱，也比較有信心，知道自己有內在資源，來處理會發生在他們身上的事情。

以斯帖·史坦伯格：

這就回到羅伯特有關控制的觀點。如果你對來到你身上的壓力有控制感，不管這種的控制來自內在資源或是外在資源，這是最好的；這些都能夠避免疾病，像是災難症候群。

達賴喇嘛：

這是非常真實的。

理察・戴衛森：

讓我們再回答聽眾的另一個和這個主題有關的問題。這位聽眾問：「羅伯特・薩波斯基對壓力減低行為的評述，對於設計、營造健康而具有療癒性質的環境，是否有意義？是否有佛教的教導，是關於正念和慈悲的物理環境？」

圖典・金巴：

法王正聽從這邊的兩位佛教徒。

亞倫・華勒斯：

在佛教有一個很大的重點，那就是建立社群。有人曾經說過，佛陀的侍者阿南達（Ananda），他深感於社群對個人靈性修練的重要性，他說：「君主，似乎修行有一半都是在僧團（sangha）」（僧團即社群之意）。而佛陀回應說：「不是這麼說，阿南達，僧團是修行的全部。」

這裡強調的是，我們不是在孤立中修行。在西方社會，自我、我、個人是如此地受到強調，但這個概念在佛教文化中，並不理想。相反地，培育一個環境是件極端重要的事，無論是人類的環境，或是一個人和他的環境的和諧關係。在那樣的情境底下，當有一個威脅發生時，不管是外在敵意力量的入侵，或是天然災害的威脅，如果你跟身邊的人或是一般的生物界有著和諧的關係，這樣的關係會讓你有更好的準備，來處理壓力，而不是陷落到災難後的症狀。你得以用更大的慈悲和智慧來回應，或就只是處理現實狀況。

談一下我過去的經驗，我在一九七一年搬到達蘭薩拉，對那裡留下極為深刻的印象。當時多數的西藏人搬到那邊才不過十二年的時間，那兒還有許多的難民營，但我卻發現我一輩子都沒有遇見過，這樣一個和諧、愉悅，充滿慈愛的一個社區；而那兒住的不只是僧侶、聖徒、瑜珈修行者和偉大的上師。那裡並非是個烏托邦，在此我並不想要過度理想化。但我可以簡單的說，從我的經驗，我認為那種社區和諧感，一定和災難症候群的罕見很有相關。這其中一部分是靈性，但我想部分也是文化。

理察・戴衛森：

那麼，在此意義下，社會環境、僧團也算是預防醫學？

亞倫・華勒斯：

是的。

以斯帖・史坦伯格：

社會環境能夠被實際建造的環境所促進或抑制。我現在正參與美國建築研究院（American Institute of Architects）和建築神經科學學院（Academy of Neuroscience for Architecture）的一項計劃，結合建築師和神經學家的力量，一起來測定建築空間的各個面向，是否會誘發或減低壓力的反應。

亞倫・華勒斯：

我想如果能夠那樣做研究，真是一件樂事。此時我也想起我的一位老師，他是一個富裕的貴族，在西藏有許多的地產。當然，隨著中國的入侵，他失去一切。他和太太逃到印度，住在一個只要三個人花一天就能蓋起來、花費一百元的小茅屋。他是西藏醫學的主要教員，是一個非常博學多聞的人，我有這樣的榮幸，從他身上接受有關心靈訓練的教導。他告訴我，在西藏他的生活一切順遂，他並不把心靈的修練當作一回事。但是當他失去一切，好幾位他的家庭成員過世、被謀殺或是遭遇到不幸，他卻在心靈發現更大的平靜，並且致力於修行。他散發出一種寧靜、沉著的感覺，一種正向的喜悅，但是他的建築環境卻只是一間茅舍。

理察・戴衛森：

沃爾夫你能夠看見在什麼時候，科學會創造出一些方法，來豐富禪修練習？強調這個問題對科學家和修行者都是有用的。

沃爾夫・辛格：

讓我們感到驚喜的是，腦波電位圖和特定禪修狀態的相關是很清楚的。這告訴我們，如果夠專注，大腦可以對自己產生一些影響；而這對實際上正在從事禪修的禪修者來說，可能更為明確。我們現在可以告知禪修者（在儀器監控下），顯然他們目前沒有將注意力放在周邊的感官，而是倒轉他們的注意力，讓注意力在大腦的更高階位置，他們能讀出並參與這個位置的主要圖像。有趣的是，我們是否能夠使用生理回饋機，找到練習禪修更快的方法，既然我們目前已經掌握一些禪修狀態的特徵，其他的禪修狀態亦有其特徵。那麼，採用某些外在的標準，來幫助你瞭解你正在什麼狀態，這是有益處的。我從自己的經驗知道，在接受禪修訓練之初，實在不知道自己是不是用對方法。如果我們有一個指標、測量器，可以測量我們到達每一個頻率時帶有的一致性，我們就可以知道，用某種特定的方法，就可以產生特定的大腦狀態。

讓我告訴你一個驚人的例子。使用功能性核磁共振影像，你可以隨意地解釋大腦中的某一點，這可以是杏仁核、大腦皮質或視丘的一塊，但這並不重要。你可以測量那裡的活動，將它回放給受試者看，再告訴受試者試著去增加這個區塊的活動。受試者躺在那邊嘗試，過了一會兒，他們發現自己所做的一些動作，和儀器顯示出的變化相關。幾回練習之後，他們就能掌握大腦特定區塊的神經活動、能夠刻意增加血流量，甚至還能夠控制螢幕上的游標，或跟躺在另一台機器上的受試者玩乒乓球遊戲。這真讓人難以置信！

尚未被探討的是，去詢問這些受試者，當他們這樣做的時候，他們的感受為何。比方說，當他們增加杏仁核這個區域的活動，你可以預期會有一些情緒發生或內在狀態的充電。我認為我們可從這些狀態學到很多，透過生理參數和自我報告的結合，來瞭解大腦如何控制自己。

馬修・李卡德：

我認為我們可以藉由檢驗不同情境底下的禪修經驗，而學到一些事情。如同一句西藏諺語所說的：「當你吃飽了，坐在太陽底下，要禪修是很容易的」。就在前天，我們在保羅・艾克曼（Paul Ekman）和羅勃・雷文生（Robert Levenson）在加州柏克萊大學心理系（Psychology Department at the University of California at Berkeley）的實驗室，開始這個驚嚇實驗。你從你的耳朵聽到槍擊聲，正常情況下，本能的反應是跳開。我們正在尋找不同的禪修方法，看是否能夠消除這樣的本能反應。似乎是在一個對存有開放的狀態下，你的心靈如虛空般浩瀚，你感知到爆炸聲響，感覺上就只是一件微小的事件，這樣的狀態能讓受試者減少跳開反應。

但我們仍試著改變各種狀況，採用不同的心理狀態。其中一個方式就是讓受試者專注在思考：回憶一個他去旅行的故事、旅途中發生的事。如果爆炸聲響的時候，你的心完全沉浸在思考當中，聲音會造成最大程度的驚嚇。在一個對存在開放的狀態下，當你處在清晰鮮活、沒有張力的當下，你不需要突然地被帶回當下的時刻，因此你就不會跳離開。當我們還在僻靜隱居時，我們通常不會暴露在這樣的情境。因此，以這種設計所做的研究，能夠告訴認知科學家和禪修者，當一個突然、有威脅性的事件發生時，非常地專注在一個人的心理建構，會放大這種驚嚇反應。

羅伯特・薩波斯基：

另一個科學可以協助的方式，就是將懷疑論者從後門給拉進來。我跟梅爾・費德曼（Meyer Friedman）相處很長一段時間，他是位心臟病專家，在一九五〇年代發現某種具有敵意的人格型態，稱之為A型人格，和心臟疾病之間有關係。對我來說，他的形象就像一個父親，他總是談論最近的病人，如果某人的情況變得比較好，他會說：「我很高興，這個人已經變得比較和善」；而不是說：「我很高興，這個人有一顆比較健康的心臟」。有一天我終於問他：「好了，這是怎麼一回事？你是從事預防心臟病的工作，還是拯救世界的工作？」他馬上回答：「拯救世界。如果讓人們擔心他們的心臟瓣膜，會讓他們更善待彼此，我完全樂意去做這件事。」順帶一提，這個人第一次心臟病發作是在他五十歲時，他在九十一歲死前的一個星期，還看顧了他最後一個病人。因此，他真的實踐了他所倡導的事。

理察・戴衛森：

另外一個經常被問到的問題，是有關於對安慰劑（placebo）的反應和禪修的關係。臨床的介入經常會顯示出安慰劑的效果。這個問題是，是否禪修有安慰劑效果。

馬修・李卡德：

就醫療上來說，安慰劑就像一支樂觀的棒棒糖。你吃了某種不含有活性物質的東西，但你突然變得有希望，甚至感到有信心，這個東西會治癒你的病。研究顯示安慰劑對健康有正面的效果，但是我們不需要去操控這種把戲。我們可以直接改變態度，採用正面的心態，這對身體有同樣的效果，而不需要去服用裡面沒有藥效的藍色或黃色藥丸。我們知道轉化一個人的心，可以改善壓力程度，增強免疫系統最好的方法之一。透過心靈訓練，來達到這個目標，這是比較明智的做法，而不是服用安慰劑。

以斯帖・史坦伯格：

我同意。你說：「讓安慰劑恢復原狀」。「安慰劑」這個字帶有負面的意涵。它通常伴隨著「只是」這個字，就像「只是安慰劑的效果」。事實上，安慰劑的效果是很強大的，在人的心裡，它不是「只是」。這也是法王先前提到的一點，更高階的心理歷程，有時候可以強大到抑制侵入性的身體感受。如你所說，它們沒將疼痛帶走，但藉由透過脊椎將訊息往下送，實際上就能減低疼痛。

的確，我們需要用不同的專有名詞，來思考安慰劑——像是一個威力強大的效果。我並沒有這個專業來評估，是否醫藥最終只是安慰劑的效果；但我猜想，將注意力從疼痛轉移的能力，是安慰劑非常重要的一個元素。

理察・戴衛森：

區別安慰劑和禪修的其中一個重點是，禪修是需要去練習的，也需要獲得技巧。你可以安排一個外在的情況，來引發安慰劑反應，但這並沒有納入大腦所需的區域，這個區域也不因實際操作而有所轉化。從神經科學的觀點，我會預期比起禪修所產生的長期效果，安慰劑的效果是非常短暫的。

以斯帖・史坦伯格：

但是，也有可能安慰劑的某些要素和禪修是有重疊的。比方說，安慰劑的效果，包含學習到的期待，這是一種制約。也許相較於禪修，這是一種較為被動地重複學習，但它仍是包含重複地暴露到你認為會將你治好的東西上頭；或在某些情況，你預期的東西會讓你變得更糟。在安慰劑的使用中，也有學習的要素，這是一種思想的行為，雖然我們沒有察覺到這一點。

達賴喇嘛：

只是出於好奇，安慰劑的效果可以擴大到比較急性的疾病嗎？

理察・戴衛森：

這方面的證據是有爭議的。我不認為資料很清楚，有些研究支持，安慰劑對特定的急性疾病有反應。舉例而言，有些不錯的證據顯示，急性的氣喘反應可以被安慰劑緩和。

達賴喇嘛：

也有可能，在一些案例中，生病的人並沒有那麼嚴重，但他們相信自己很嚴重，而他們就經驗到負面的安慰劑效果。

理察・戴衛森：

法王，請讓我用其中一位聽眾問的問題作為結束：「大半的美國人都麻木了，被電視上暴力的影像所淹沒，我們如何能夠支持他們、使其覺醒，使得意識上的轉移，能夠朝向一個更為慈悲的存有方式？覺醒的意思是，他們將會感覺到痛，就如同感受到隨著慈悲而來的喜悅。」

達賴喇嘛：

希望這樣的討論，對我們的目標能有所貢獻。我想人們通常會忽略掉一些正面的東西，像是慈悲，這些人多半將慈悲當成宗教事件。對於宗教或信仰沒有興趣的人，也會忽略這樣的價值。這就是為什麼，我經常試著透過世俗的方法，來提升對這些價值的覺察。我想在這一點，科學的發現是深具說服力的。我們不是在談論神或佛陀，我們談的只是從一般人身上獲得的經驗證據。我想這是非常好的。

超過二十年的時間，我們對話的主要目的和終極的動機，是希望能有所幫助，並透過提升覺察來為人類服務。一件真正有幫助的事情是，試著讓人們覺察到科學，尤其是醫學科學，已經發現正向的心理狀態、更多的健康和整體安適之間的相關性。像是你提到這位醫生，自己經驗到心臟病，後來幫助許多病人，他也認識到極端的自我中心和得到心臟病之間的相關。這些都是從科學這邊來的有力證據，這些東西需要被分享出來。

一旦你對這些事實有更多的瞭解，而我們現在也有更多的科學證據，那麼你對人類品質的信念將會增加，而你也會衷心地渴望去培養這些精神品質，這樣的渴望將會帶領你進入一個更為喜樂的生活。

第三部

臨床研究（一）：禪修與心理健康

引言

隨著正念減壓（MBSR）和正念認知治療（MBCT）的出現，禪修練習為焦慮和憂鬱症的治療帶來希望。第三部分由喬・卡巴金主持，將回顧支持使用正念認知治療，來減少慢性憂鬱症復發率的實驗證據，並討論正念如何作用在腦部，以調節憂鬱的認知、情緒和行為。構成禪修練習的不同元素，也從修行觀點被檢視，關於跨文化的內容和情境議題，亦受到討論。在東、西方不同文化背景中，如何讓以禪修為基礎的介入，達到最大的效果。

喬・卡巴金：

早安，法王，歡迎回來。我想替在座的每個人表達內心深深的感動，您花了這麼多時間在我們的對話中。光是在這個會議廳與您在一起探索心的本性，以及在人類這個大家庭中追求心智清明的潛能，就是我們非常寶貴的經驗。我們深深地感激您的教導和帶領，和您每次的出席。

我希望您今天感覺好些，我深知要當達賴喇嘛，是一件壓力很大的事！我們很敬佩您的毅力，努力服務這個有時候讓人感到有點遺憾的世界。

我們今天的第一個對話是關於禪修和心理健康。在開始前，我想提供幾個想法作為開場，讓我們將今天早上的主題，和昨天的內容連貫起來。請大家留意的是，接下來的報告讓我們看到，整個會議對話的內容，都是整合在一起的。我相信這就是阿姜．阿瑪洛昨天所提到的，當我們停留在對心性和我們與生俱來的同情與慈悲能力時，我們將會獲得清明、純淨和天真。理察．戴衛森引用愛因斯坦的話語來結束他的報告，愛因斯坦一開始是這樣說的：「人類是我們稱之為『宇宙』這個整體的一部分，人在空間和時間上有其限制。」這個引言繼續將分離感描述為「意識的視覺錯覺」。我們在這個部分的主題，是探索禪修與心理健康的關係，你也許有興趣瞭解，愛因斯坦寫下這段話，他並不是想要用抽象的語彙來談受苦，他其實是為了回應一位寫信給他尋求建議的猶太教祭司。愛因斯坦就像法王一樣，是位有智慧、深具洞見的代表人物，世界各地的人會寫信給他們，詢問私人問題。這位祭司要問的是，如何跟他姊姊十九歲而即將臨終的女兒說話，這是一個清白無罪、美麗的十九歲女孩。這段話是為了回應對死亡、對生命有著巨大失落感的詢問。具有廣闊胸襟的愛因斯坦這麼說：「人類是我們稱之為『宇宙』這個整體的一部分。」當然，「整體」（whole）這個字來自「健康」這個字的字根，今天早上我們將要討論心理健康。「整體」這個字也是「療癒」（healing）這個字的字根，也是湯瑪斯神父所認為的「聖潔」（holy）的字根。就某方面來說，這些字的意義是——**整體**。

我們昨天花了很多時間討論人類的受苦狀態，今天會花更多時間在這個主題上。我們要謹記在心的是，受苦是很深刻的；如同阿姜・阿瑪洛所指出，要讓一個人從人為受苦這第二支箭解脫出來，是多麼的困難，更別說要拔出從生理痛苦和不幸事件而來的第一支箭。我們所處理的苦，部分從身體而來，部分卻因人而生。醫生或禪修老師所處理的受苦層面，有時候是無法言說的。詩人內奧米・謝哈布・奈（Naomi Shihab Nye）在他名為「仁慈」的詩中，說到暴行的時刻：「當你看到布的尺寸」；換句話說，當你認識這整個人類處境的向度、認識到苦——第一聖諦。我想也許這樣的氛圍有助於今天早上的對話，我們要記住的是，受苦的深度來自人類生活各種不同的形式，也表現在醫療、精神醫學和健康照護的美，人們願意盡心盡力在某個程度上，和失去學習、成長、療癒和轉化信心的人，一起努力工作，協助他們重新和自己天生的能力連接起來。即便有著傷口或傷痕，人們亦能認識自己是一個完整的人。

今天早上，我的心用不可置信的速度，每分每秒穿梭在我們昨天所談論的內容當中。我彷彿看到沃爾夫・辛格所談到的大腦影像，每個部位用不同的共振頻率，在同一時間和其他的部位相互對話。昨天，所有的演講者都給我們非常豐富的內容。我特別想到沃爾夫・辛格描述的神經前後連貫和同時性，今天部分的報告會提到，我們依靠這個動態系統，來瞭解我是誰，知道我處在什麼地方，如果有一兩個訊號遺失了，那會發生什麼事情。

在羅伯特・薩波斯基有關老鼠壓力和潰瘍的精彩討論中，我們認識到受到侮辱之後，去咬一塊木頭，或至少去打打枕頭，會具有治療的效果，而不是去咬其他隻老鼠。大部分的生物，都不會讓攻擊演變成謀殺，雖然少數有可能會這樣。然而，我們這個物種在這方面卻常不留餘地。人的心靈能成為巨大受苦的來源，當受苦沒有經過檢視，或我們用窄小的眼光來看待受苦時，就會讓自己陷入在貪、嗔、癡之中。身為人類的美，就在於我們不是老鼠、也不是猩猩。我們具有潛力發掘深藏在人的天性、覺知和慈悲之中的珍貴面向。今天早上，我們就要來探索這些面向的潛在價值，讓我們在面對心理苦惱、心理疾病或受苦這把劍時，能夠讓我們恢復到整體的價值。

很幸運地我們邀請到第一位演講人，辛德・西格爾博士，他是多倫多大學摩根・費爾斯通心理治療學會（Morgan Firestone Chair in Psychotherapy）的主席，也是多倫多成癮防治及心理健康中心（Centre for Addiction and Mental Health）中認知行為治療門診的首席。辛德在認知治療和憂鬱症思考紊亂的領域，是世界知名的人物。

辛德・西格爾

正念認知治療法與週期性憂鬱症的復發防治

對情感性疾患（Mood disorders）來說，有效治療的出現已經解除許多憂鬱病人的痛苦。然而維持正常和預防復發，仍然是個持續的挑戰。正念的臨床運用，讓憂鬱病人熟悉造成情緒障礙的心理運作模式，同時邀請病人發展跟這些模式的新關係。想法在人的心裡面被視為事件，依照它們的內容或情緒負擔而定。想法不需要被爭論、修整或改變，而是能夠保持在一個更大空間的覺知中。對於先前已經有憂鬱的病人，愈來愈多的資料顯示，這個方法能夠增加百分之五十的復發預防效果。

今天早上有幾個原因讓我感到高興。我很高興我的電腦可以用，我很高興在這裡見到很多朋友；最重要的是，我很高興有這個榮幸，跟法王談談我們在憂鬱症這個部分所做的工作。

我今天的報告將會放在我們將禪修和正念所做的一個特殊應用，來幫助受苦於憂鬱症的病人，並預防憂鬱症再回到他們的生活中。我想先談一下「臨床憂鬱症」（clinical depression）是什麼意思，以及它如何被治療。在病人已經痊癒之後，它又如何回到人們的生活中。我們相信正念訓練在預防憂鬱症復發扮演非常重要的角色。我也要告訴大家，我們做研究來評估這個治療方法的有效性。

憂鬱症這個問題的範圍很大。憂鬱症被稱為心理問題中常見的感冒，因為它是最常被提出的情緒困擾，很多人經驗憂鬱時，焦慮也一起發生。在美國，光是憂鬱症在一個人一生會發生的比率，大概是總人口的百分之十，總計大約有三百萬人。世界衛生組織預測在五到十年之內，從經濟和個人花費來看，憂鬱症將位居第二，僅次於心臟病。這是一個將對社會產生強烈衝擊的大問題。

重要的是，我們不是在討論當我們難過時，我們所感受到的情緒範圍。臨床憂鬱症是值得醫療注意的問題，因為它已經妨礙人們的生活。關於憂鬱症的診斷，是根據經常出現的幾個不同的特徵：人們必須在至少兩週的時間中，每天感到難過，或他們在生活中失去興趣和愉快，而這些狀況也到達干擾生活的程度。他們對於去上課、照顧小孩或善盡責任，感到有困難。憂鬱症也會干擾睡眠、食慾和專注力。專注力在我們教導人們如何使用正念或其他禪修練習時，特別重要。想到自殺或死亡，也是跟憂鬱症相關的一個大問題。

憂鬱症有它的軌道和路徑。發現自己變得憂鬱的人，如果他們接受治療，能開始將自己從憂鬱中拉出來。如果改善能夠維持，病人就可以痊癒。但治療結束之後，有很大的風險這些症狀會再回來。人們可能看起來好好的，但接著就落回先前一小段憂鬱症的狀況，或他們也可能很快發展成新的憂鬱症。這就好像憂鬱症用某種方式，又黏回到他們身上。他們愈常感到憂鬱，很有可能他們就會再一次受苦。

憂鬱症的治療已經有進展，最常用的方法就是讓病人服用抗憂鬱劑。治療憂鬱症的藥物有效果，也非常容易提供給為數眾多的人。但心理治療也能夠治療憂鬱症，人們把他們的問題跟某人說，經由談話的過程，學會管理情緒、調節自己，讓自己遠離憂鬱。藥物和心理治療是最常使用的主流方法，兩者效果相當，意謂著病人可以用各種方法來協助自己。

有一個研究追蹤病人十五年，從病人感覺正常的一個時間點開始，如果病人

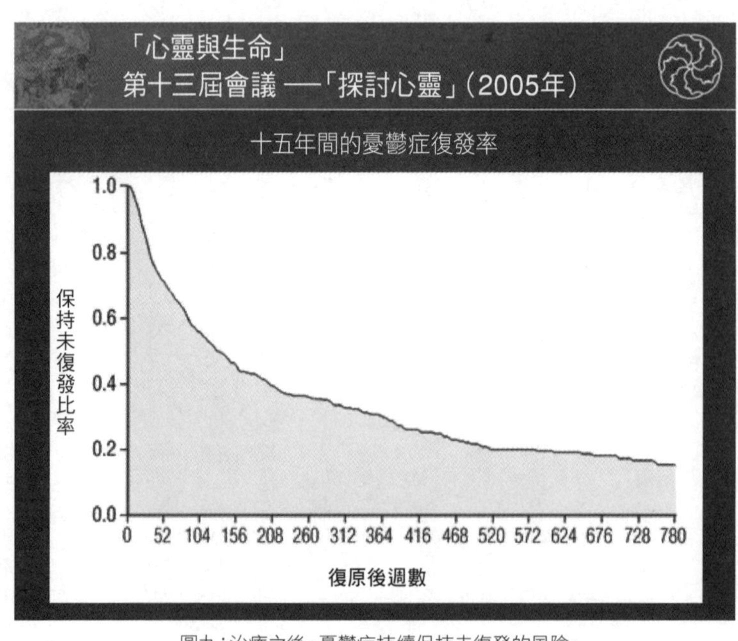

圖九：治療之後，憂鬱症持續保持未復發的風險。

有憂鬱發生，他們就再次進入疾病階段。即使你已經維持正常狀態五年，並不表示你之後不會再得到憂鬱症。這意謂著憂鬱症的有效治療，同時包括協助人們復原、並且停留在正常狀態。這裡有一個兩難：治療包括要說服已經感覺正常的病人，繼續照顧自己。然而，一旦人們覺得自己已經比較好，他們不會真的想花力氣做照顧自己的動作。

我們藉由瞭解促使疾病復發的因素，來學習如何預防憂鬱症。我們知道有幾樣東西會影響復發。你得到幾次憂鬱症，是非常強而有力的指標，來預測疾病是否會再回來。如果在你的家庭，其中一位父母、姑姑、叔叔、姊妹或兄弟有憂鬱，而你也有憂鬱，那麼你就很有可能再次復發。重大失落經驗則是另一個有力的指標。

這三個因素確實是超越專業人員所能控制的，我們對病人的失落施不上力，也不能決定他們生長在哪個家庭。但是有一個因素事實上跟心理有關，就是我們可以幫助病人對憂鬱做更好的控制。這一點和對難過情緒的認知反應有關。曾經有憂鬱症的人，當他們在某個時刻感到難過時，他們的心會變得很敏感。心理學家、也是哲學家威廉・詹姆斯曾對這個問題表示見解：「『想法』傾向喚醒它們最近和最熟識的伙伴，在大腦經由某種神經束的激發之後，會留下一種柔軟性；只要柔軟性還在，神經束或反應模式就容易被先前的原因所激發，這些原因在其他時間，也可能讓它們安靜不動。」這個想法指的是，一旦人們有過憂鬱，即使他們現在覺得正常，我們很難讓他們意識到，類似憂鬱症的負面想法又回來了。

要探討這個想法的其中一個方法，就是在實驗室中，測試人們在兩種不同情緒狀態，心的敏感度如何變化。我們測試未曾憂鬱的受試者，看看他們在正常心情下，和我們暫時讓他們難過五到十分鐘的狀態下，他們的憂鬱性思考是否會改變。當我們讓未曾罹患憂鬱症受試者難過時，他們的憂鬱性思考，甚至降低了一點點。但是，對曾經有一次憂鬱經歷的人來說，讓他們暫時難過，比較可能增加他們的憂鬱性思考。

曾經從憂鬱症復原的人，在難過的時候，他們對憂鬱性思考的敏感度，實際上能夠預測憂鬱症在十八個月後是否會復發。這個意思是，心裡難過會讓他們看待自己的方式，回到類似憂鬱症發作時的狀態。

也許當我們能夠從人們的生活裡消除難過時，他們就不會再落入憂鬱，但當然這是不可能的。相反地，當難過出現時，我們協助病人明智地應付這樣的難過。我將要描述一些思考事情的方式，這些方式會引發病人的難過情緒，這也似乎是復發高危險性的特徵。在難過出現時，心的狀態是自動的，病人不太能夠有意識地去控制自己的注意力，而難過的感覺很快就產生。這時候心的狀態多半是逃避或是受壓抑的，這樣一來，心就和事物產生距離，讓事物脫離覺察，有很多轉不出去的負面思考——以自我或自我認同為中心的思考就會產生。此時，心的狀態表現在態度上，就呈現出：「為了要快樂，我必須成功和富有」；「承認你的錯誤就是弱者」；以及「如果別人徵詢我的意見，我才覺得自己很重要」。

當人們感到難過時，這些思考事情的方式，影響了他們的表現方式，也引導他們的能量。同時，這些想法也讓人有倒退的危險，這又進一步讓他們感到不知道該怎麼辦，或覺得失落。當人們再次經驗到難過時，他們經常反覆地問自己：「感到難過對我是怎麼一回事？為什麼難過會發生在我身上？我如何改變這個難過？」這些想法讓人過度將焦點放在自己身上，也消耗掉和他人相處的能量；而和他人相處，可能是比較恰當的適應方法。

曾經有過憂鬱症的人，在這一點很脆弱，這就是我們在治療上要強調的。大家都知道認知治療在預防憂鬱症是有效的，最近有一個研究，用一年的時間，追蹤曾罹患憂鬱症而目前還處在康復狀態的病人，以調查他們的復發情況。其中一組人所吃的藥物是安慰劑，一組吃的是抗憂鬱劑，另一組接受認知治療。認知治療這組跟藥物組一樣有效，兩者高於安慰劑這組。因此，認知治療能預防復發。

認知治療對復發預防的其中一個方法，就是教病人如何把這些不適切的想法指認出來，評估一下他們是否能改變對這些想法的相信程度。舉例而言，你有這樣的想法：「我是一個沒有價值的人」、「我一無是處」、「我以後一定找不到工作。」你把這些想法寫到紙上，想想看在什麼狀態下，這些想法會跑出來，當時你覺察到自己的情緒是什麼，然後評估一下是否有證據支持這個想法。是不是有些理由，讓你有可能可以找到工作？有哪些原因會讓你找不到工作？你來來回回討論幾次，這就是非常傳統的認知治療方法。

我的同事約翰・蒂斯岱、馬克・威廉斯和我所做的，是使用同樣的程序，但我們瞭解到認知治療，實際上和教病人一些方法及跟病人用認同、評估自己想法的做法稍有不同。在認知治療中，憂鬱的病人實際上學習如何用很正念的方式，去回應自己的想法和感覺。藉著將自己的想法寫下來，你正學習如何將原先的心理模式，轉換到另一個模式。你正學習如何從你想法的中心脫離出來，開始去思考這些想法是不是真的，它們是否代表你自己。藉由把感覺和情緒寫下來，你也學習如何去面對這些感受。你的工作就是在改變它們的可信度。

我們認為，這個方法教導病人一些有技巧的方法，來回應他們憂鬱時所會有的想法和感覺。具有挑戰的是，當一個病人不是在憂鬱的狀態下，你如何教一個病人做這些工作。他們的憂鬱可能暫時不存在，但他們仍須學習同樣的監控技巧，來應付心裡會產生的一些評判自己，或是無望感的想法。

我的同事和我所發展以正念為基礎的認知治療（正念認知治療），是整合認知治療及喬・卡巴金和他同事所發展的正念減壓課程。我們試著將兩個方法結合在一起，不管人們的心情如何，他們都能夠以此練習回應自己的情緒經驗，包括對情緒感到好奇的經驗，也從一個不假思索的狀態，轉而瞭解心理產生的意圖。他們能夠直接獲得這樣的經驗，而不是光靠想像。當自己的想法又開始要評判或矯正自己的經驗，他們就可以認出這個狀態，同時藉由正念的培養，用不作為（non-doing）或存在（being）的方式，來回應難過時刻。我們將這個方法寫在《憂鬱症的內觀認知療法》（Mindfulness-Based Cognitive Therapy for Depression）一書中，也在我們的臨床試驗中，評估我們的理論是否具有臨床效益。

正念認知治療是藉由有系統的訓練，協助人們將注意力回到當下，在每一個片刻中，觀看自己的經驗，而不是讓心隨著意念飄到未來或過去，進而讓人們變得更有覺察力。當他們學會將注意力回到身體，留意知覺流動的變化，他們也開始對身體產生更多的覺察。從這樣的觀點，人們探索令他愉快和不愉快的事件，也開始學習將想法和感覺看作是心理事件，意謂著這些事件不必然是真實的，他們也不需要強烈地認同自己的想法或感覺。

在用團體進行的結構下，我們邀請成員做正式的禪修練習，例如：身體掃描、正念瑜珈伸展，或使用呼吸、身體、聲音或想法作為覺察的對象，以產生正念；同時也使用無選擇性的覺察，來培養開放的專注。成員回家後用錄音帶，繼續練習同樣的正念禪修。我們也使用日常生活的活動，協助人們在行動中變得更為正念。這些活動包括讓成員發展一些他們可以為自己做的事，這些事情可喚起他們的愉悅感

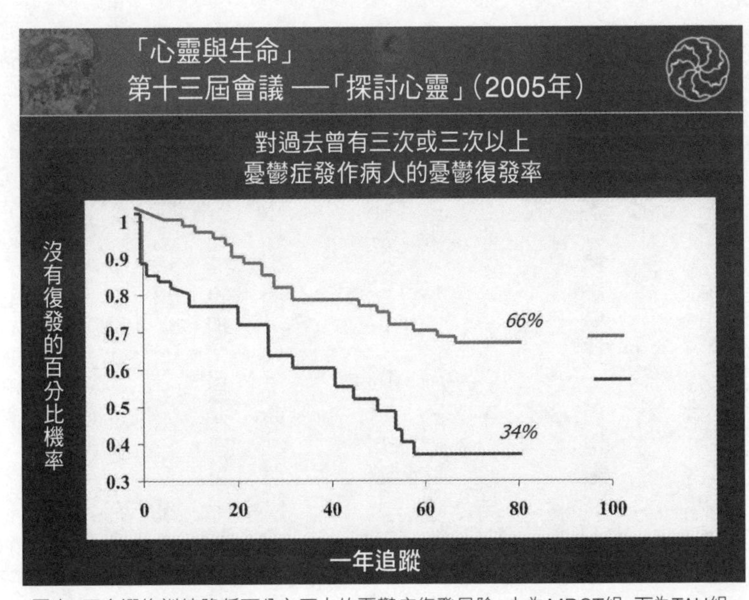

圖十：正念禪修訓練降低百分之五十的憂鬱症復發風險。上為MBCT組，下為TAU組，TAU表示一般的治療方式。

或是熟練感，也讓他們學會有技巧的行動，來預防復發。我們很清楚地知道，參加我們的團體並不保證他們再也不會生病；反而是，能夠面對復發的可能性，並為其準備，才能減緩復發的影響。我們也使用連續的探問和對話，來探討症狀和細微的憂鬱經驗，以協助人們學會和引發憂鬱的事件保持一個不一樣的關係，而不是讓心一開始就被這些事件抓住。在正式練習中，我們鼓勵成員將前述的這些方法，用在他們的工作和休閒時間當中；如此一來，這些策略和練習，就能被他們整合到日常生活中。因此，禪修練習不是他們在週末時要特別挪出四十分鐘來做的一件特別的事情，而是他們時時刻刻都可以做的事情，如果他們有足夠的覺察。

我們評估這樣的治療是否能真正對病人產生好處。在我們的第一個研究中，我們發現，比起接受正常治療的病人，在沒有使用抗憂鬱劑的病人當中，參加我們治療團體的人，憂鬱症復發的風險減低一半。在參加正念認知治療團體的人之中，百分之六十六維持在正常狀態；而接受正常治療的病人，有百分之三十四維持在正常狀態。

在這個研究的開始，沒有人使用藥物。如果他們想要選擇使用藥物，可以隨時回去使用。而在研究結束時，接受一般治療的人，比起接受以正念認知治療那組，有較多的人回到用藥。這個效果在過去至少曾有過三次憂鬱症發作的病人身上最為明顯。愈多次的憂鬱症復發、受苦愈多的人，他們從這個治療中得到比較多的好處，這是個有意思的發現。

約翰・蒂斯岱和海倫・梅伯格在另一個研究中，想要重新驗證我們的發現，而他們也得到類似的結果。正念認知治療團體對復發有較佳的保護作用：百分之六十四的人，在治療的一年後維持在未復發狀態，在接受一般治療這組則只有百分之二十二未復發。

總結來說，我們這個方法的設計，是藉由協助病人學會如何不要被難過的心情引發出來的反覆負面思考牽引，來減低憂鬱症的復發。我們相信，人們從我們這個治療模式中，學習到的不是要去改變他們的想法；而是改變跟他們的想法、感受和知覺之間的關係。這個方法對從憂鬱症中復原的人來說，是很理想的，因為他們不必要等到有難過的感受時，才做這些練習。他們可以在任何的心理狀態下，做這些練習，因為要發展的重點，是你和你的想法之間的關係。我們所蒐集到資料顯示，使用這個方法的人，對於復發的狀況能夠產生百分之五十以上的保護作用。

喬・卡巴金：

法王，現在我要向您介紹今天早上的第二位演講人，海倫・梅伯格博士。海倫過去曾在多倫多大學工作，最近四年他在喬治亞的艾默瑞大學。海倫是一位神經學家，對憂鬱症有濃厚的興趣。我第一次知道海倫的工作是從紐約時報上面讀到的。他所做的工作是如此令人難以置信，當我讀到時，我差一點就從椅子上跌下來。我們很榮幸能夠邀請到他。

海倫・梅伯格

走向康復之路：憂鬱症的治療與認知、以正念為基礎的治療法之生理基礎

功能性神經影像已經確立，對憂鬱症的非藥物和藥物治療會改變大腦，雖然它們是經由不同的方式。這個報告討論從正子攝影（positron emission tomography）和功能磁振造影（functional magnetic resonance imaging）在憂鬱症狀減緩時期，對腦功能變化的研究發現。憂鬱症是各種治療的結果，在此強調認知行為治療所促進的康復。認知治療和藥物治療之間的差異，被放在憂鬱症推定模式的脈絡之下，由研究的影像來定義。此研究的意涵協助我們瞭解，將正念禪修作為憂鬱症治療的一種方法，所帶來的影響。

法王，我非常榮幸能夠跟您一起在這裡，還有我的許多同事，他們激勵我，讓我瞭解到憂鬱症不只是一種腦部疾病。然而，作為一個神經學家，我想要從大腦的觀點來談憂鬱症。這個觀點將會協助我們建立一個有關正念、認知治療和醫療如何影響大腦健康的對話。

在我研究大腦時，我將憂鬱症想成是大腦和心靈，也包括和自我之間的一種極度不平衡的狀態。

在這裡，我和朋友們所學到的是，憂鬱症是第一聖諦的顯現，它是一種極度的受苦。這樣的不平衡從大腦一些特定的位置就可以看出，我們可以使用大腦影像技術，來瞭解憂鬱位在那些區位。在這裡，我想到第二聖諦，我們看到受苦有其根源——我們可以看見它的原因是什麼。

從我的同事辛德・西格爾的報告，我們知道憂鬱症有不同的治療方法，我們能夠觀看不同的治療，是如何對大腦產生作用，以恢復心理／身體系統的平衡。如第三聖諦所言，人們所經驗到的重度憂鬱症會結束——我們能夠指認出來受苦的路徑。我們可以探索禪修作用在大腦的什麼地方，以促進重度憂鬱症的復原和預防它復發。甚至更重要的是，一旦平衡被恢復，我們能夠瞭解如何提升人的安適。我很抱歉，好像我盜用了四聖諦這個名詞來談論疾病；但我的確認為，這是有連續性的。

我也喜歡威廉・詹姆斯，但原因有點不同。他定義憂鬱症的方式，幫助我這位神經學家對憂鬱症可能在大腦的位置，產生想法。他將這種劇烈的受苦描述為：「一種積極、主動的苦惱，一種精神上的神經痛，這是健康的生活全然未能感受的。」但是他也說：除了這個疼痛的主動狀態，心靈在此感到受傷，同時心靈也失去感覺了。這是如何發生的呢？我們要如何研究它？

在我的實驗室，我們使用各種影像策略，來研究不同治療對大腦所造成的衝擊；在一組實驗中，我們對一些病人的大腦做正子攝影，並將其平均。之後，我們比較各種治療之前和之後的影像，來看大腦的改變。我們對接受藥物治療的病人做這樣的實驗，也對接受認知治療的病人，而最近則針對深度腦刺激的病人。

我們想知道的第一件事是，受苦位在大腦的什麼地方？不只是極端的憂鬱，還包括正常的難過時大腦會反應的地方。研究的其中一個方法就是讓受試者再經歷一次過去的難過經驗，重新經歷受苦，在此狀態下做一次大腦掃描。當一個人感受到那樣的痛時，大腦發生什麼事？

當一個人正經驗這樣的心理痛時，我們看見特定的大腦部分就會變得非常的活化。這包含了一群的區域，而最活躍的地方就是在亞屬扣帶（subgenual cingulate，第二十五區）。從其他的研究，我們知道這些區域和慢性壓力的反應有關，也包括調節能量、睡眠、食慾、性慾和各種賀爾蒙及免疫反應。如同昨天羅伯特・薩波斯基所討論的，特定的大腦系統不只因生理壓力而被活化，他們也會對情緒壓力做回應，比方說當你感到情緒低落的時候。

即使當大腦的某個區域變得高度活化，例如扣帶第二十五區，我們仍可看到其他的大腦區域變得鈍化或是減弱，尤其是負責主動認知的部分。這就好像當你難過時，情緒的腦打開，而思考的腦就暫時關閉，兩者有高度的協調性。如同沃爾夫・辛格昨天所說，大腦在橫跨不同區域之間，會產生前後一致的協調反應。大腦會知道當某件事情在某個區域發生時，其他的區域應該如何反應。當我們在情緒痛苦的狀態，我們就無法進入思考——除非我們有某種策略，能夠處理這種受苦。

接著我要繼續討論的是，從生活中健康的受苦，到憂鬱症不健康的受苦。憂鬱症的狀態是人沒有辦法控制的，不管這個人多努力。在一些憂鬱的病人身上，大腦對憂鬱的反應，看起來和健康人暫時的難過狀態是一模一樣的。在其他憂鬱症病人身上，大腦反應的形態就有點不同。並非所有的憂鬱病人都有同樣的症狀，這一點也許可以解釋以上的差異。有些病人對環境的反應比較緩慢，他們就沒有這個反應。如同辛德所說，有一些病人他們大腦的思考部分，會過度反應。他們甚至沒有辦法想到，要幫自己走出這個憂鬱的坑洞。我們能夠看到，大腦在不同人身上，反應是非常不一樣的，而這些差異也給我們一些線索，來瞭解當病人復原時，大腦又將會如何改變。

在單一的精神診斷之下，例如這裡所指的憂鬱症，大腦如何展現出不同的狀態？大腦對外界的負面挑戰做反應，當一個刺激物發生時，大腦系統中的平衡受到改變。大腦並非只躺在那兒接受刺激，而是會做出反應，我們會盡全力將自己拉出來。當大腦試著用它的方式來脫離痛苦時，它也可能過度反應。但有時候，這樣的反應並未矯正任何事物。這只是一個很痛苦的過度思考，它並沒有導致平衡的產生。在這種情況下，許多病人甚至沒有辦法開始去幫助自己。

我們如何協助大腦恢復到平衡狀態，並且維持這個狀態？我們將它稱為「疾病」

（illness）而非只是「受苦」，是因為大腦即使透過訓練，也無法產生自我矯正。因此，我們試著要去瞭解，治療在大腦的什麼位置作用，這能夠協助我們瞭解如何透過其他的方法，訓練大腦恢復到平衡點。

在大腦，復原的路不只有一種，我要給大家看兩種改變大腦的方法，可以作為對憂鬱症的標準治療。在第一個研究，我們和在多倫多的辛德・西格爾和西德尼・肯乃迪（Sidney Kennedy）合作，用認知行為治療，來治療非常憂鬱的病人。當人們從極度憂鬱狀態恢復時，前額葉皮質區，也就是思考的腦這個部位，活動下降。這似乎理所當然，因為認知治療教病人不要負面思考。我們也看到大腦和自我參照有關的區域，反應變弱。如你從辛德那裡所聽到的，治療教導病人那不是都只跟「我」有關，那並非只是「我的」疼痛。我可以採用這樣的想法，將其放到一個更大的觀點下，而不要將所有的注意力都放在我自己的感覺之上。很有趣的是，當我這樣想的時候，在前扣帶皮質區（anterior cingulate）的活動就增強了，而這是產生同理心反應的重要位置。這一點所引發的可能性是，平衡的恢復是藉由把少一點注意力放在自己身上，而多一點注意力在別人身上。這雖然不是認知治療的初衷，但在大腦層面，這樣的結果似乎顯示一個新的平衡狀態。

在另一方面，藥物的使用狀況卻不一樣。藥物能作用在同樣的大腦區域，但卻用不同的方式做改變，用不同的策略來恢復平衡。大腦特定區域的活動減弱，特別是亞屬扣帶（第二十五區），從前一個研究知道，這個區域和強烈的難過有關。我們的解釋是，藉由減弱亞屬扣帶的活動，激發了額葉皮質的活動，且將思考的腦給釋放出來。有趣的是，認知治療唯一的目標似乎是在內側額葉皮質（medial frontal cortex）和前扣帶（這個區域對自我覺察領域和對他人的注意有關，而有較少的自我專注）；而藥物治療，只有影響調節壓力反應和身體狀態的區域，如：腦幹、基底核（basal ganglia）、海馬迴和亞屬扣帶。這些可以調節受苦身體狀態的區域活動減弱；之後，心靈就恢復到平衡。這一點也補充了我早先提到的，當一個人的受苦是正常的、健康的，大腦中跟身體成分相關的活動就會增加；而思考的腦，也就是大腦皮層，活動就會減弱。但是用藥物，對你的恢復則產生完全相反的狀況。身體的部分被減弱，而皮層則獲得釋放，心靈失去感覺的狀態就不見了。

不管是從哪一個方向而來，這樣的平衡顯示，大腦的這些區域都是高度相連在一起。不管我們用這種非常簡單的方式來研究，或是像沃爾夫•辛格所描述的，不同大腦區域用非常複雜的方式共振，我們都可以指認出大腦區域，以提供扣連情緒和思考的生理基礎。

也有一些非常憂鬱的病人，他們對談話治療、藥物或是電擊治療沒有太好的反應。他們已經嘗試各種治療方法。有一個病人將他長期以來的疾病，形容為──「在胃部窪洞中磨人的苦惱，一種痛苦的自我憎恨，消磨掉所有的能量，讓專注在其他事物變得不可能。」這是一種心理疼痛，但對他而言，痛似乎在他的胃裡頭；痛的程度，讓他實際上得要按著他的肚子。同時，他的心靈是空白一片。這是個有趣的現象。醫學上來說，他的胃或是他的心臟，一點都沒有問題。對許多病人而言，憂鬱變成一種身體的束縛，也讓他們心靈模糊一片。他們感受到的就只是疼痛，其餘就是一片空白。

我們對一群病得很重的病人，做了一些相當激進的治療。我們相信，問題的根源出在亞屬扣帶，即使是健康的人，當他們難過時，大腦的這個區域就會變得活化，它就好像被塞住一樣。因此，為了要關掉這樣的疼痛，我們就在他們的頭蓋骨鑽了一個小洞，兩側各一個，再插入非常細的金屬絲，到大腦的這個位置。這麼做的想法是，要去阻斷在這個地方，產生持久負向回饋的的電流。當我們對上述的病人做此介入時，病人說痛突然間似乎離開了。這真是令人驚訝，也非常地戲劇性。但更重要的是這個實驗的假設，當病人的疼痛感漸漸消失，他的思考突然間跑回來了，他也對發生在開刀房裡面的事物，變得較有興趣。他跟我們一起在開刀房已經有三個小時，但是只有當這個精準的刺激產生後，他才開始對事物產生注意力。因不同大腦部位之間相互對抗，而造成心的束縛，因此而改變。另外一位病人，他使用這種刺激治療兩個月之後，他告訴我們：「我所看到最根本的改變是，它不像是加上某種東西，而像是某種東西已經被拿走。那種沉重、向下沉的漩渦感受，總是用某種方式存在那裡。而現在它消失了。」

但是，病人並非回到完全的健康狀態，如同第二位病人所做的清楚描述：「這就好像你已經不是處在一個很深的峽谷，你現在好像掛在岩壁上。環顧四處，你知道離你想要到的地方，還差八百呎遠，但你已經不在一個深洞裡了，你更接近要到的地方。」他所說的是，現在對他來說，參與是有可能的。事物不再和他對抗，而現在他也能夠工作，以達到更好的健康。

從影像研究和其他神經科學的實驗中，我們瞭解到這些大腦區域之間的交互作用並非巧合，我們知道不同區域是如何自動地相連在一起，也可以看到不同區域的改變方式，包含非常特定的群組，就如同一支讓平衡恢復的舞蹈。看起來，似乎是控制身體狀態的大腦區域，必須和控制思考及控制我們如何關連到他人、世界或知覺的區域，達成平衡狀態。但尤其重要的是，這不只是身體和心靈的協調，也包括他們如何產生自我覺察和領悟。

儘管我們的許多推論都是從動物研究而來，我要指出的是，老鼠並非人類。雖然它們有許多同樣的趨力和身體反應，老鼠的傳導結構和人不同，尤其在自我覺察和領悟，老鼠實際上並沒有跟人等同的大腦區域，這個區域允許人瞭解自己及他們和外在世界的關係。老鼠有額葉，但他們並沒有所有人類額葉的構造，或者是相同的連結方式。這是一個機會讓我們瞭解到，人何以被稱為人；比方說，是什麼讓人有慈悲的能力，並以此作為療癒之路的一部分。這些研究結果，也讓我們知道從老鼠實驗可獲得和無法獲得的好處。對於瞭解許多東西，它們是有幫助的；但並非對所有的部分，都有幫助。

在我的報告結束前，我要回到如何把禪修納進來。每天我們都會遇到許多挑戰，辛德討論到一些常見的刺激，會讓憂鬱症再回來。然而，我們也經歷到會引發受苦的挑戰，它們不一定會讓我們走回疾病的老路。在這兩種狀況下，大腦都是在不平衡的狀態，這就是我們被建構出的樣子。正念或是其他形式的禪修，能產生的幫助是，不要讓這樣的不平衡太過嚴重。它們能幫忙限制這樣的不平衡，允許我們感到受苦，一方面也讓受苦變得溫和。同時，正念和其他形式的禪修也可能促進恢復平衡。

除了恢復平衡，這是醫生所在乎的之外，更重要的是，禪修真正的目標是盡可能地增進安適，並且超越正常狀態。作為一個醫生，當我們將病人脊椎回到平衡狀態，我們會很高興；很可惜的是，許多狀況下，我們連這點都做不到。我們要去處理的，是得不到最佳結果的狀況，因為這是我們所能盡力的。對於得到癌症的人，我們能夠處理的，就是讓他們多活幾年，而不是預期治好它。對許多心理和神經疾病，增進病人的生活品質就足夠了。但事實上，我們的目標總是大過於此。以憂鬱症為例，我們的目標是從憂鬱的狀態下復原；之後，一旦病人的狀態比較好，我們希望病人繼續成長，並超越我們所稱的「正常」。希望我們的治療方法，能夠催化健全的安適狀態，一旦受苦要對我們顯現它的臉孔時，我們的安適狀態，能更減低不平衡所造成的影響。

佛教與科學的對話3

除了達賴喇嘛和報告者、翻譯者及主持人，這個部分的討論人包括：珍．喬任．貝絲、傑克．康菲爾德和約翰．蒂斯岱。

喬．卡巴金：我們剛聽到相當驚人的證據顯示，在某些案例中，以往認為完全不可能改變的受苦，現在有可能可以減輕。我們也正開始瞭解，大腦深層部分的功能，在各種不同的疾病和苦惱的狀況下，大腦某些特定的區域，實際上的反應是怎麼樣。法王，對於今天您所聽到的內容，是否讓您對禪修練習的潛能，產生什麼樣的直覺。猶如海倫所提到的，不只是回到正常水平線，甚至是到更高的安適狀態？

達賴喇嘛：嚴格來說，佛教徒的修行真正的目標在於佛教所說的解脫。佛教徒的修行對健康領域會有效果，是因為我們的許多受苦，尤其是心理和情緒上的受苦，來自於我們和世界互動的方式受到扭曲，我們存在和看事情的方式也受到扭曲。許多的修行方法，其目標在於克服或是驅逐這樣子的扭曲和妄念。從修行的參與、對解脫產生渴望，佛教的修行過程，也包括恢復健康這個副產品。但至於修行和影響健康，我並不瞭解其中的細節。

讓我們從邀請來自英國劍橋大學的約翰・蒂斯岱博士，來開始今天早上的對話。約翰是一位世界知名的專家，專長於研究反覆負面思考、憂鬱和情感性患疾的認知模式。他和辛德・西格爾及馬克・威廉斯共同發展以正念認知治療。約翰也正在接受上部座佛教內觀傳統（vipassana tradition in Theravada Buddhism）的禪修老師訓練。他很了不起，可以橫跨兩個領域。

約翰・蒂斯岱：

法王，我想要討論的議題是治療的散播：我們如何有效地將正念認知治療，傳送到可能因為這個方法，而獲得利益的人身上。我們所做的臨床試驗顯示，這個治療方法非常有效，但是如果要將它提供給數以百萬計可能受益的人，真正的問題是——我們如何維持治療的有效性和完整性。我們回應這個挑戰的方式，某個程度上反應了，我們對這個方法可以有效的瞭解。我想要從兩個不同的觀點，來談正念認知治療的作用。

第一個觀點，就是在實質上我們用技術訓練來參與的成員。我們教給成員一套技巧，調節他們的注意力：如何用一種特別的方式專注，維持那樣的專注，然後潛在地能夠從對他們沒有幫助的想法中脫離開來，像是反覆的負面思考，而將注意力重新回到較為中性的主題，像是呼吸或身體感受。如果我們採用這個觀點，也就是強調訓練的技術本身，要將這個方法傳播開來，可能沒有太大的困難。這是一個相對簡單的任務，我們可以使用引導禪修的錄音，或其他可以用的方法。

然而，另一個明顯不一樣的觀點，是超越技巧訓練這個層次，讓病人對於受苦性質的瞭解，產生很大的改變。他們轉換對不愉快和痛苦經驗的看法，這個觀點的改變，會導致病人用不同的方式，來認同這些經驗。他們去認同情緒和難過經驗的方式，不會讓他們卡在我們提到的那種人為受苦。從這個觀點來看，禪修在我們課程中的角色，不只是注意力調節的訓練技巧，而是一種不同觀點的探索，並將它具體化，使人能用新的方式來看待受苦經驗。

若採用比較複雜的觀點，對於將這個治療方法的傳播，也帶來比較複雜的意涵。這個觀點事實上是比較難以捉摸的，課程的指導者需要更多的技巧和對這個觀點的體悟，因為很多我們所談的觀念轉換，發生在比較隱晦的層面，也深受指導者個人整體存在的影響。

不管我們個人的意見，認為正念認知治療是用比較簡單的方式，還是用比較難以捉摸的方式起作用，就如同我們跟病人說的，意見跟想法都不是事實。如果我們認真看待如何能夠更廣泛地傳播這個治療方法，我們就需要更多以實證為基礎的證據，來說明哪一個觀點比較恰當。

回顧認知行為傳統，也就是正念認知治療之前身，我們可以使用一些策略，來決定在一個治療方法中，它的有效機制是什麼。這些策略可以協助我們，在兩種可能之間做決定。如果對主要的轉變機制，有更明確的認識，我們就可以讓教導者有更好的技巧，來協助成員轉變；如此一來，這個方法就從直覺和隱晦，轉變成為明確和清晰。

認知行為治療師採用三個大的研究策略，來探討治療機制。首先，先指認出調節改變的實際過程，和表現出改變效果的變項。在正念認知治療中，我們要看的是，能夠預測和表現出效果的大腦改變，如同海倫在他優雅的報告中所描述的。在心理層次，我們已經有一些證據顯示，正念認知治療的效果表現在增加正向覺察和對自己的慈悲。

第二個策略稱為拆解或構成要素分析。基本上，我們的做法就好像是把整個包裹拆開一般。比方說，我們就先看認知治療的技術訓練部分，像是先將這個複雜的包裹關於注意力調節技術的部分先拆解下來，之後再看看是不是能得到一樣的效果。

第三個策略可能是最激進的，我們試著去指出這個複雜包裹中，哪些成分是有效的。多數的成分是來自於傳統的禪修程序，我們再一次做拆解的動作，然後從底部開始建立起。我們假定這個千年所演進出來的方法，不一定會是最適合的方式，來滿足我們現在的需求。這不是要重新發明輪子，而比較像是再造一個充氣輪胎，如此一來，我們就有更有效率、更集中精力和更有效的方式，來達到我們所要的目標。這就像是說：是的，我們從傳統獲益良多；但也許我們這個世代的角色，是去改變事物，去引進一些新的技術。

達賴喇嘛：

我不知道是否真的有必要選擇一種模式，而非其他模式。正念認知治療的策略，對身處不同脈絡的人來說，意義並不一樣。對一些人來說，他們的問題比較深入，如果一個人的基本方向是有問題的，例如他瞭解生命的方法，或是和他人產生連結的方式出問題，那麼他所需的方法，要能夠協助他改變與世界連結的方式。對其他人來說，問題出自於反覆的負向思考，這是個無法控制的習慣性思考歷程，那麼他所需要的方法，就比較是技術導向，你只要教他脫離這個習慣的技巧即可。

約翰・蒂斯岱：

我想您的講法是絕對正確的。在認知行為取向中，常提到的一個問題是：什麼介入方法，在什麼情境，對什麼樣的人會有效？我們承認不同的人，有不同需求；但如果我們能夠指認出，哪一種方法對某種人是最適合的，並且調整適合他們的技術，這就會產生最大的效果。另外的可能性，就是用階梯式的模式，我們在開始時教每個人同樣的技術，再找到能由這個方法得到好處的人。有些人需要進一步的協助，我們再對方法做些細膩的改變，以符合他們的需求。

達賴喇嘛：

對於你剛提到第二種，也就是較複雜的那個模式；它的挑戰在於，對於你提供的內容，你要有敏感性，因為你正在做的是去改變一個人生命的基本樣貌。比方說，如果一個人潛在的大問題是，他的心強烈地要去抓取或是認同某種形式的永恆；那麼，他所需要的，就是去深刻地認識到，心裡面所發生的事件都是短暫的，這些事件來來去去。這可以被視為普世的真理，它沒有宗教意涵，並且對每個人都有幫助。

另外，如果一個人緊抓的東西，主要集中在一個非常強烈的自我感，那麼，佛教對於無我的教導就會非常有用。但是如果你將佛教的教義，拿到沒有佛教傾向的人身上使用，那就會引發宗教和靈性的敏感問題。

你第三個策略引發一個關鍵的問題，就是禪修練習中的傳統教義，是否能夠適應當前的環境。至今，傳統佛教禪修的主要目的，是要去克服心靈的苦惱，處理像是憤怒或敵意這類具有破壞性的情緒。這些具有兩千年歷史的修行方法，不需要任何的修正，因為今天的問題還是一樣，而解決的辦法或治療也是一樣。然而，這不在我們現在的討論範圍之內。我們在此嘗試做的是，指認出傳統禪修練習的哪些部分，能夠被使用在健康照護的領域中。而在這裡，對認知治療所做的科學性研究是很有價值的，以便讓我們瞭解禪修中的哪些元素，能夠被運用到某種特定的健康目標。

喬・卡巴金：

現在應該是個恰當的時刻，讓我們邀請兩位討論人加入對話。我們認為邀請不同佛教傳統的西方佛教導師，來參與這個討論，是很有必要的，這兩位優秀的導師，許多人也都認識，他們是珍・喬任・貝絲和傑克・康菲爾德。

珍・喬任・貝絲是一位禪宗老師，也是位小兒科醫師。他服務的對象也包含因孩童時期受到各種虐待而產生災難症候群的人，因此他很熟悉用憂鬱症來呈現受苦的現象。西方的佛法導師，在某個程度上也扮演治療師的角色。如同阿姜・阿瑪洛昨天所說的，佛陀被喻為大醫王。珍，我在想如果從約翰・蒂斯岱的問題出發，來談談你在教學方面的經驗，應該是件有趣的事。你工作的對象是社會大眾，你一定看過許多有心理健康問題的人。在這樣的情境下，你認為禪修的方法是否足以勝任，或是你覺得就某個意義上來說，禪修方法需要被修正，才能夠深刻地觸碰到人的內心？

珍・喬任・貝絲：

我發現許多來禪修的人，他們都很憂鬱。他們把長時間的閉關修行，當作是一種自我藥物治療的方法。到了閉關修行結束時，他們感到好多了；但是當他們回家，他們一下子又落入憂鬱。作為一個醫生，如果我看到人們看起來很憂鬱，我經常建議他們可以嘗試藥物。對於嘗試藥物，他們也許會覺得不放心；但我解釋，這就像糖尿病，如果你胰臟的胰島素用完了，那並不是你的錯。如果你的大腦，在電路傳導或化學反應出現困難，這也不是你的錯。如果這些人吃藥，他們之後會有足夠的能量來進行禪修。他們能拾回希望和心靈的清明。因此，暫時性地透過藥物解除受苦，能夠激勵人們開始朝向解脫之路邁進。結合藥物和禪修的做法是很好的。

憂鬱症不是一個新的問題。在巴利大藏經中，馬拉用一種我們所謂的內在批評家的聲音，向佛陀說話。當佛陀經過一整天的禪修之後，躺下來休息，馬拉來到他跟前，說：「你是如此懶惰！你為什麼不為解脫而努力修行？」佛陀回答：「是的，我正躺著進行禪修。」接著，相反的狀況發生：當佛陀在禪修的時候，非常地努力，馬拉到他面前說：「你太過努力了！你應該要放輕鬆，你應該要盡情享受生活。」這些在人類內心之中，批判、輕蔑和絕望的聲音是非常冷酷的，佛陀也經驗過這些聲音。

在佛教，這樣的內在批評家被稱為**猶疑不定**，它能夠毀掉一個人的靈性實踐。每一個宗教傳統都存在不同形式的內在批評家。天主教的內在批評家說：「你可能會犯罪，卻全然不知！」新教徒的內在批評家說：「你工作努力不夠，要努力工作！」直到努力工作變成一個問題。猶太教的內在批評家說：「你的媽媽不快樂！你做的事情，是錯誤的。」人們問我佛教徒的內在批評家說什麼。我想佛教徒的內在批評家會說：「嗯，這不是一個開悟的想法。那不是慈悲該有的樣子。」

從這些自我批評的能量中，去得到一些觀點，將會是有幫助的。我將憂鬱症看成被困在第一聖諦。人們受困於受苦當中，沒有辦法接受能夠從受苦中解脫的好消息。佛陀把地獄定義為身體和心理的受苦，不抱解脫的希望。當失去希望時，人們就如同活在地獄中。藥物、電流刺激或正念認知治療，這些處置都給人們希望，因此他們能夠朝向第二、第三和第四聖諦移動。

我也發現心靈的每一個面向，都有一個真理的核心，即使它已經變得神經質，並且讓我們生病。有一個具創意的研究發現，有憂鬱症的人他們對機率遊戲的預測，比較準確。這不是很有意思嗎？如果你很悲觀，但卻比較有現實感，至少你在玩機率遊戲的時候，機率遊戲不就像真實的生活——如果我們能夠從憂鬱症汲取其真理的核心，並將其淨化。我們知道人類的受苦是存在的，我們需要的是務實的態度，用一定的耐性來面對它。

憂鬱的人經常具有一定的耐受性。如果現實感和耐受性可以被提升，這兩個品質對禪修和日常生活，都是很有幫助的。

我也非常關心媒體傳播，我覺得人這個有機體，只能夠承受這麼多的苦。幾千年前，我們住在小小的部落或村子裡，整個村落可能就只有一、兩百人。但是現在，經由媒體報導，我們似乎受到更多的人類受苦所轟炸。為了適應這樣的狀況，並擁有自由快樂的生活，我們需要特殊的協助，不一樣的醫療。我感受到佛教能夠提供這種非凡的協助，這是我們這個時代迫切需要的。

喬・卡巴金：

看來我們應該要聽聽傑克・康菲爾德的想法，他是一位備受喜愛、廣受尊敬的禪修老師，傳承上部座佛教傳統。傑克，我們都很高興能夠在這個對話中，聽到你的話語和智慧。你有非常豐富的經驗，和因為不同理由而接觸佛教的人相處，事實上，你也對整個心理健康的領域很熟悉。從你經驗中，什麼樣的途徑導致健康，而什麼東西又構成障礙？

傑克・康菲爾德：

我的工作和訓練背景，是一位臨床心理學家，同時我也是一位禪修和佛法的老師。我希望從修行的角度，來參與我們的對話。當然，這些領域彼此之間是是不可分割的，很多尋求佛法指引和禪修訓練的人，他們也有療癒創傷及處理憂鬱、焦慮和恐懼的需求，在禪修的訓練過程中，這些問題也會自然地浮現出來。

神經科學的發展日趨精細，現在我們談論的不只是大腦，更能夠研究不同結構、區位和大腦不同的面向以及活動之間的關係。同樣的情況，在這個對話會議中，我們所需要的是對禪修產生日益精細的瞭解。我想要強調的是，沒有一種東西稱之為禪修。有許多不同的禪修心理訓練，這是一個比較好的說法，因為沒有單一的禪修狀態。有許多種正念的訓練——身體的正念、身體元素的正念、感官的正念以及感覺、思考、認同、關係……等等的正念，還有經引導的和非經引導的正念訓練。也有幾百種的專注力練習：視覺化的專注、咒語、正面情緒的發展、靜觀……等等。對我們的科學發展來看，我們要清楚知道，我們在研究的是哪一種心理訓練，我們在研究的，是該種禪修產生的狀態，還是它的長期特徵。

在佛教心理學，心理健康被簡單地定義為：心靈不健康狀態的減少以及心靈健康狀態的增加。阿毗達磨（Abhidharma）闡明在五十二個心理狀態中，有一些具有不健康的狀態，包括：仇恨、執著、嫉妒、疑惑、固執、沉迷和擔憂。在另外一方面，則是定義健康的心理性質，在這些定義之中，正念是一個關鍵因素，健康的內涵包括：有彈性、清明、愛、無懼和輕安。佛教心理學的訓練或治療，將我們從不理想狀態——糾纏在疑惑、沉迷、固執等等，移向正常狀態，讓我們的心理健康大幅提升。最後，我們能夠獲得非凡的心理健康、內在自由和安適。我們需要做的是，去研究不同的訓練方式，如何能協助我們達成的不同能力，以及人們如何協助另一個人，達成這樣的訓練。

除了內在訓練之外，另一個佛教心理學的原則，就是使用集體修行的方式，在一個支持的網絡關係中，由一個人將修行傳達給另外一個人。我的朋友，一位作家安妮•拉莫特，他曾經跟我說：「我的心像一位壞鄰居，我盡量不要單獨去那裡。」心理健康是不可能孤立的。連結到僧團或社區以及人類轉化的集體面向，這是讓心理健康成為可能，並能持續的一個重要做法。

現在讓我們談談自我認同（identity）。辛德講到釋放帶有負面想法和感覺的強烈自我認同。在佛教心理學，有兩種自我認同。一個是將經驗當作自我：「我的想法」、「我的車」、「我的國家」。另一個，就像阿毗達磨提到的，是有比較性的社會認同：「我比較好或比較差……」自我認同的建立是神祕的，也是瞭解人類自由的一個核心。作為一個科學家，研究我們轉換自我認同的方法將會是重要的。在佛教心理學中，一系列的修行方法都是要協助人們從身體、情緒、痛苦和社會制約，來釋放我們的自我認同。在發展禪修神經科學這個新的領域，自我認同的研究將具有革命性：我們如何建構，如何能夠改變、轉移和在擁有自我感的狀況下，釋放自我認同。

用佛教心理來達成療癒，有四個面向需要被關照到，這四個面向隨著四念處（four foundations of mindfulness）而來。首先是身體的正念。創傷、憂鬱和焦慮被保留在身體，透過注意力而顯露出來。當人們描述他們的憂鬱或創傷，我會問：「在你的身體中，你感受到什麼？」身體的注意力開始用正念的方式，釋放記憶和情緒，正念帶來轉化和慰藉。接著，具有療癒的注意力要專注在第二念處：愉悅、不愉悅和中性感覺。這些感受是什麼？它們如何內在地被經驗到？人們是如何處理脆弱、哀傷、憤怒或是恐懼，這些情緒如何被轉移？有時候，焦點就在第三念處：心理思考過程，認知和論述一個人不斷想要說故事的心，不論這個心是在收縮、認同、信任或是釋放的狀態。第四念處是法的正念，亦即將注意力放在經驗的法則或原理。在這個層次的正念，我們看到條件的形成歷程是客觀、無常和空性的形成歷程，我們就能獲得洞察力。當我們持續科學地研究正念時，我們需要去指出，我們要處理的是正念的哪一個面向。我們也必須認識到，如果正念的其中一個面向被遺漏了，療癒和轉化無法完全成功。如果你只注意身體，或只注意到認知思考，而沒有包括其它面向，那麼你就無法真正達到整合和解脫。

在佛教的認識中，另一個主要的原則是強調意圖或是動機的品質，這是形成我們未來經驗結果的關鍵。動機能變得非常的細微。在佛教心理學，意圖是用毫秒或百萬分之一秒來估算。訓練良好的注意力追溯個別的意圖，覺察到意圖和同時發生在心理層面的感官知覺、認識、記憶、認知和反應之間的關係。有一些有意思的方式，可以讓我們開始探討意圖如何作用。比方說，我就很期待有研究，可以探討同樣的動作，但背後意圖不同，那麼神經生理的反應會如何？或者當我們訓練並轉化我們的意圖，大腦又如何改變。

沃爾夫談到大腦的共振和同時性效應，有一種類似的內在修行方法，能協助我瞭解這個面向。在一些寺廟，有一種密集的禪修訓練，教我們如何用振動的方式，去經驗我們的世界。當注意力能熟練地進入這個層次，而心能專注時，聲音聽起來就好像是一連串在耳朵中的振動，然後到心裡的振動。接著，視覺和思考也能用振動的方式被經驗到。你甚至可以感受到你即將要思考，有點像是快要打嗝，就是一種思考前的振動，這如同一個信號，表示一個想法即將從潛意識或是心靈浮現出來。這些人學會如何刻意地將內在振動同步化，或用某些方法來使用意識的振動，若能對他們做研究，將會是一件有意思的事。

當我們談到慈悲或是愛的時候，我們傾向把這些狀態都放在一起。但其實有許多種慈悲——慈愛、喜悅、感恩、寬諒和寧靜，每一種都有它不同的深度和訓練方式。我很期待有研究可以將它們區別開來。當你教導憂鬱的人做喜悅禪修的時候，相對於你教他們去觀想友誼，或在心裡練習感恩，彼此之間有何不同？我們可以採用不同的修行方法，然後看看在不同情境底下，哪種方法最有效。

基廷神父談到靜觀。在佛教傳統中，我有一位導師，跟我描述了二十一個層次的靜觀，包括：黑暗的靜觀、光明靜觀（身體和空間都被光所充滿），以及有內容和無內容的靜觀。同樣地，我們可以去探究、區分，不同的靜觀方法會和什麼樣的大腦狀態和特徵有關連。最重要的是，他們指向廣闊的內在可能性。西方心理學長久以來，專注在病理和對疾病的治療，以至於我們都忽略了人類的潛能。我很想要看到有研究進一步地探討這種最大程度的心理安適狀態，並且最終我們可以探討意識的本質。從修行實踐中，我們能夠學習許多和意識有關的議題。在禪修中，我們能夠將自我認同從經驗內容，轉向意識本身。我們可以檢驗意識，學習如何從意識中放下自我認同，達到一種超越任何狀態的自在感。

從辛德、喬、李奇和其他人來說，他們最初幾年的工作，我們已經看到連結神經科學和佛教修行知識的豐富研究成果，我相信研究修行傳統的其他面向，將會開啟我們心靈和心理健康一個嶄新的理解。

亞倫・華勒斯：

這幾年來我非常榮幸，能夠和達賴喇嘛的私人醫生怡西東滇（Yeshe Dhonden）醫生一起共事。一般來說，在西藏的脈絡下，我相信在傳統的印度也是一樣，當人們有身體問題或是心理疾病，治療主要會落在醫生手上。藥草被使用在憂鬱症，以及各種心理不平衡的狀態。在不同場合，有幾千個小時的時間，我協助怡西東滇做翻譯，他對有著嚴重心理問題的人說，不要用藥，因為藥物可能會加速他們正在經驗的問題。

一般來說，在傳統的脈絡下，當一位病人在心理上低於正常狀況，醫生會開傳統的西藏藥方，或是印度傳統的阿育吠陀（Ayurveda）藥方，來治療我們這個會議上所討論到的各種疾病。我完全贊同法王的想法，用以前尚未使用過的方式，來運用正念為基礎的治療，這是恰當的，而我們需要靈巧的方法、具有創造性和新思維。

但在這裡我也要為有創意和進一步的研究設下警戒線，而回到海倫所提到的，有關於大腦和憂鬱，第二聖諦的生理基礎。如果有人認為，人們所經驗到各種形式的受苦，它是沒有神經生理的相關存在，或是沒有造成受苦經驗的先前生理事件，這會我讓我感到震驚。在佛教的世界觀中，總是會有一個生理的原因，導致人們的受苦、喜悅等等。但如果把那樣的生理指認為是第二聖諦——苦的來源，這將會造成誤導。有幾點是非常清楚的，比方說，像是腦傷或是嚴重的化學不平衡，在這些的情況中，改變一個人的世界觀、轉換態度，或是練習禪修，將是無濟於事的。有時候這些生理的決定因素，會凌駕任何談話治療或禪修所能做的事情，生理因素在那樣的臨床狀況底下，是導致某種受苦最重要的因素。

對於各種形式的憂鬱或心理問題來說，受苦的主要原因並非出自於腦損傷。我可以想像現在大概有數以千計的巴基斯坦人，正感到憂鬱。他們經歷過巨大的悲劇。你可以對他們每一個人做大腦掃描，而沃爾夫可以定位同時性的發生，那麼你就可以找出大腦對應的相關區域。但是，如果說他們的受苦，是因為他們的大腦有如此的反應，這是個完全沒有意義的答案。即使有一個理由在那邊，對他們的治療卻是給他們食物或幫他們重建家園、照顧他們對失去愛人的失落感等等。這是其中一個例子，指明導致憂鬱症最重要的因素，不是神經反應的形態，而是環境因素。

在某些情況下，可能因為一個人的態度、自我概念或世界觀，激發了大腦機制的反應。也有可能是一個人被撫養的方式，或是所住社區的影響。回到我們鍾愛的威廉・詹姆斯，他是我心中的英雄，在一八六〇年代，當時他正在接受醫學訓練——在他做了生命中許多偉大的事情之前，他是一位醫生。即使在他所受的醫療訓練中，他的教育讓他相信，大腦是所有心靈事件的唯一解釋，心靈對大腦沒有由上而下的影響。他因此感受到力量被剝奪了，他說他覺得自己好像不是身體的主人，他是一個受作用的人，而非一個主動的人。他陷入一種深沉、持續的憂鬱，而實質上，他在精神上的緊張，是受到將人的整個認同化約為大腦活動這種世界觀的催化。然而，在那個時代，他們對於大腦的活動實際上是一無所知。因此，當他談論憂鬱症時，他在談的是自己的親身經驗。唯一將他從這種深度憂鬱的狀態解救出來的方法，就是轉換他的世界觀。到了一八七〇年，也就是在他二十八歲時，他在日記中寫道，當他閱讀法國哲學家查爾斯・雷諾維葉（Carles Renouvier）的一篇文章之後，他才開始相信自由意志並非幻覺，他可以用意志來改變他的心理狀態。他不需要做一個生理命運之下的奴隸，這是他在醫療教育中所相信的。「我第一個自由意志的行動，」他寫道：「就是相信自由意志。」從那個時候開始，他就積極地採取心理方法，來對治他的苦惱。

海倫・梅伯格：

讓我對我的報告做些更正。作為一個佛教初學者的其中一個危險，就是你是一個初學者。我想要將憂鬱症和治療，連結到四聖諦的微薄企圖，顯然不是一個很高明的想法。我使用的比喻經常讓我陷入泥沼，我想這是其中一個例子。

你所說的基本上是真實的。我們進入這樣的哲學爭辯：我們怎麼知道我們知道？什麼是原因，什麼是效果？是雞先生蛋，還是蛋生雞？心靈在大腦之外嗎？但我想我不是一個恰當的人選來做這個討論。作為一位神經學家，我非常的具體。你必須要很具體才能夠成為一位神經學家。我嘗試要說明的是心理狀態具有神經上的相關，而非起因。這是我的錯誤，將它不正確地比擬為第二個四聖諦，也就是受苦的起源。在大腦中有一個印記，給我們這樣的訊號。

「憂鬱」是一個很有問題的說詞，我們都相信我們知道什麼是憂鬱，因為我們很容易就將它脫口說出來。「喔！我很憂鬱，我長統襪的線鬆脫了。」但同時，當我們描述嚴重的心理病理時，我們假設因為這個字是描述性的，它也提供了一個定義。我們就進入下一步，假設因為我們能夠對大腦照張相，可以「看到」憂鬱，它就真的在那裡。

這種狀況愈來愈頻繁地發生在我身上，不只是從這樣的談話中，也在我的工作上，當大腦處在明顯的不同狀態，而《精神疾病診斷與統計手冊》（The Diagnostic and Statistical Manual of Mental Disorders）說它們是同樣的病理，也許我們對心理病理的定義太過粗略。我們需要重新定義受苦的性質，來瞭解它是否更接近苦的狀態，而不是一種有生理起因的疾病，就如同大腦損傷那樣的明確。

這樣說並不是要否定有真實的心理病理存在，或者說我照顧的病人沒有因為大腦疾病而受苦，我強烈相信他們是這樣。但是我也看到病人，藉由專注注意力和學習新的技巧，能夠讓自己從憂鬱中走出來，就如同威廉・詹姆斯當他決定要將注意力從內在轉向外在一樣。能產生專注注意力的能力，意謂著你的大腦處在一種不同的狀態。也許我們應將這樣的狀態，視為不同的疾病定義。我從這裡和大家學到的是，也許我們應該對這些狀態，做更清楚的區分。這麼一來，我們就能將注意力放在如何處理我們生命中自然就會存在的受苦；也讓我們不要對生理上有問題的人貼上標籤，這是兩件不同的事。

喬・卡巴金：

海倫，聽眾有一個問題要請教你：「在大腦系統的異質性底下，是否存在著『單一疾病實體』，像是憂鬱症，能在功能性影像中被看見，以協助我們預測不同的對象，來進行深度大腦刺激、認知治療或藥物治療？」

海倫・梅伯格：

我希望提這個問題的人，將會是我上週再度送出的計劃審查人。我想在臨床醫學中，我們浪費很多時間相互攻擊，堅信自己的治療是最有效的。一旦我們確認大腦掃描的異質性是真實的，而不是某人太笨而不知道如何分析他們的資料，這個結果將我們放到不同的位置，而問出非常不同的問題。異質性存在，這意謂著，我們對臨床憂鬱症的定義必定不足夠，或至少不夠精確。那麼接下來的問題會是，大腦掃描所顯示出的差異，能否在實際上預測什麼樣的人，對何種治療有最佳的反應。答案是，看起來似乎是這個樣子。

因此，我們要看大腦對一個刺激的反應狀態，在我個人的研究中，扣帶第二十五區是問題的核心。

大腦的其他部位如何對一個刺激物做反應，這和你的早期生活經驗、你的基因和性情有關。這個反應意謂著，大腦所顯示給我們的，不是疾病，而是大腦如何試著要去恢復平衡。我們可以透過不同的教導或不同治療，來增強這個部分。

用心臟病來做比喻，我們都知道，你不應該抽煙，高膽固醇是一項不好的危險因子。你應該運動，不應該吃太多起司漢堡。但是當你的心臟病發生時，很容易就可以診斷出你的心臟肌肉已經壞死。在那個時候，你不再需要擔心機率的問題。相反地，某個特殊的測驗會被用來決定你的問題的性質，然後找到恰當的治療。比方說，如果你有一條心臟動脈被堵塞，你需要讓這條動脈被打開。如果另一個人有五條心臟動脈被阻塞，他就需要另一種不同的治療。心臟本身就告訴我們，它應該如何受到治療。當然，你會想要答應多做些運動、少吃點起司漢堡——但是只有在你能夠存活下來，並完成你所需要的開刀時。在心臟病學，用測驗來指認出如何使用最好的方法，以恢復短期或長期的健康，這是沒有問題的。既然我們目前知道，瞭解腦中的訊號，潛在上是有幫助的，我們對於大腦也採取相同的方法。大腦的狀態的確是反應，而不是原因。它給我們一種訊號，讓我們知道如何使用最好的方法，讓它恢復到正常。這是一系列我們正在進行的實驗。

傑克・康菲爾德：

類似的診斷過程，在禪修教導和以領悟為主的治療，也都需要。當人們來見一位導師，他們提出具體且獨特的困難、創傷、生活情境中的問題，或在心靈和人格中的掙扎。有技巧地教導需要一個細微的評估過程，去感受在許多的練習方法之中，哪一種對某個特定的人來說，將會是最有效的。舉例而言：對於有強烈自責和批判性想法的人來說，禪修指導的一個必要的部分，將是他們要如何處理這些想法。如果老師沒有注意到這個問題，有問題的人可能做了各種的練習，但是自我批評的狀況，依舊重複發生；「你沒有做正確」，而結果是，他們所使用的練習方法，可能是沒有效果的。

珍・喬任・貝絲：

我想要建議，我們可以研究一個介入方法，我將它稱為媒體齋戒。如我所說，我們不是被設計成為一個能夠承受全世界受苦的有機體，只有在我們開始菩提心的修行，能採用一些修行工具來協助我們承擔受苦，我們才做得到。在協助受虐兒童的工作中，我如同扮演受苦的解藥，但我瞭解到我需要減少在受虐兒這部分的工作時數，並且增加我禪修練習的時數。

我曾嘗試跟學生們一起進行媒體齋戒，這樣做非常有幫助。接受從我們感官而來的訊息，我們不是滋養我們的大腦，就是攻擊我們的大腦。當我們接收如此多的受苦和人類殘酷的行為，這就好像教我們的年輕人去殺人，去打破所有宗教的主要戒律，對於整個人類，我們正犯下一個大錯。我在修道院時是不看電視的，但當我住在旅館，我會看電視。我的先生說：「關掉電視！」但電視協助我瞭解每一個人正在接收什麼訊息。所有透過電視灌注到我們心靈的聲音，真的就像可怕的飲食一樣，特別對小孩子而言更是如此。然後我們教我們的年輕人，二十幾歲、三十幾歲，這些即將要繼承這個世界的人，故意去殺人……一旦你有意圖地殺了另外一個人，那麼，理所當然你也可以說謊、偷竊、折磨人並且破壞財物。從那裡，你開始走下坡。因此，我認為媒體齋戒這個解藥，能對我們個人和集體的心理健康，產生非常有效的治療。

我也關注另一件事。在治療一些像是憂鬱症的疾病，我們做得非常的好，透過我們在醫藥上的發現，如認知行為治療或腦刺激。現代的醫療可以做到這樣，真的是很棒，但它也設置了一個微妙的期望，也就是所有的受苦，最終能夠透過技術、醫療或生理化學的方法，而獲得解除。我想我們得在相對的受苦解除，和終極的受苦解除之間劃下清楚的界線。相對受苦的解除的確是醫療的領域，它的價值不應該被低估。這樣的結果本身就很重要，這樣做最終能夠使人們轉變成為我們所謂終極受苦的解除，而這就是靈性的道路。

海倫・梅伯格：

我肯定贊成你所說的話。接受大腦刺激的病人，最能夠幫我瞭解這一點。透過刺激，我們協助病人回到他們可以參與生活的狀態，也有一些他們之前未有的覺察。我不會誇張地認為刺激是覺察的來源，但是它讓其餘思考的腦、有自我覺察力的腦，回到平衡，這麼一來，這些病人意識到他們需要做一些積極的事。作為醫師，我們得協助人瞭解，在康復的路上我們是引導者，能夠協助他們恢復到某種程度，然後再將他們交給其他導師，繼續引導他們前進。那麼，從醫學的觀點來看，我們雙方都減輕了痛苦，而從靈性的觀點來看，我們心靈安適的程度也提升了。病人期待我們，協助他們回到一個中性的狀態。

約翰・蒂斯岱：

我希望能夠看到下一版的《精神疾病診斷與統計手冊》，能夠擴充到病理範圍之外。即將到來的修訂，應該要有整個部分是關於人的潛能和成熟的安適狀態。我們應該要擴展我們的視野，不管在個人方面或在集體方面。什麼是一個有智慧的社會，什麼又是一個有智慧的人，處在一個有智慧的社會當中？深刻的內在平靜、喜悅、創造力和自由，這些心理健康的重要內涵是可能存在的，也是我們共同要努力的方向。

辛德・西格爾：

我們這個對話的其中一種美，就是我們開始瞭解到，使用各種方法來探討疾病、心靈或大腦狀態本身的異質性，這是非常有必要的，即使是一種疾病也是如此。如同法王的建議，人這個物種的一個明顯特徵就是，我們都是如此不同；而同時，又是如此相似。

問題在於，我們是否能夠在實際上發展出一種介入技術，當治療師本身持續在他們心靈軌道上成長時，這樣的技術能夠持續地被精細地調整？在我的經驗中，正念減壓或正念認知治療，的確提供這個可能性，結合普遍性和個別性，能夠在大規模的公共健康層次發揮作用，並有可能影響到無數人的生命。作為一位臨床工作者和老師，我們是否能夠發展敏感度的品質，超越正常、基準線的敏感度？而這樣的敏感度，讓我們能用更深刻的方式去看見和存在，也能夠回應其他人或是病人，他們類似的能力和品質？如此一來，我們是否就能夠同時認出人們的受苦和他們的天賦或本性，他們的能力去認出他們已經有的東西，這些東西已經是不錯的、是完整的？

珍・喬任・貝絲：

使用藥物來治療憂鬱症的其中的一本書叫做《傾聽百憂解》（Listening to Prozac）。當我讀這本書時，有一位病人讓我感到震驚，在使用藥物之前，他的生命都處在憂鬱狀態。他改變之後，告訴醫生：「這才是真的我，現在我是真正的我。」我在想，他怎麼知道的？許多人在禪修中也有這樣的經驗：「喔，這是真實的我，真正的我！」

因此，我就很好奇，如果我們可以發展一項技術，讓人們可以藉由藥物使用，或調整刺激器上面的刻度表，來改變他們的心靈狀態，人們會選擇什麼？他們會選擇讓自己有點難過，因為那是比較熟悉的狀態？還是他們會選擇中性，因為那是個平衡狀態？或者他們會選擇快樂？一位精神科醫師跟我說，他允許病人改變他們自己的藥物，而他們選擇快樂。這符合法王的想法，每個人都追求快樂。

【場間演說】

引言

早晨和午後的會議之間，達賴喇嘛到白宮訪問美國總統。在第四部分前的序曲，由理察・戴衛森主持，亞倫・華勒斯做了動人而精闢的演講，講題是人類生命圓滿的佛教科學（the Buddhist science of human flourishing），三個主題為：社會層面的生命圓滿，跟社會和環境有關；心理層面的生命圓滿，培養四個方面的心理平衡；心靈的生命圓滿，則是對覺知本質產生經驗上的體悟。報告之後，就是觀眾提問時間。

理察・戴衛森：

今天下午我們有一場特別的演講。亞倫・華勒斯是「心靈與生命學會」的董事會成員，在他回到美國，拿到史丹佛大學宗教學研究的博士學位之前，他曾經出家超過十年的時間。自從一九八七年，「心靈與生命會議」成立以來，亞倫一直都是主要的成員。他也是我們的共同研究人、伙伴和一位翻譯者，是一位在研究上，會鼓勵、挑戰，並且會激怒我們的人。

僧侶們住在達蘭薩拉附近的山上，在十幾年前，當我們開始這個工作時，我們和法蘭西斯科・瓦瑞拉第一次拜訪這個地方。當時，亞倫還是在印度的一位僧侶，和那裡的人都很熟識。如果不是因為那裡的修行人，對亞倫很信任，我們大概就無法開始今日的研究工作。

讓我用深深的一鞠躬來介紹亞倫，他將要演講的主題是讓人類幸福的佛教科學。

充滿人性的佛教科學

亞倫・華勒斯

傳統的佛教禪修練習不只是用來緩和一時的疼痛或受苦，也用來培養幸福感或是人的生命圓滿。這需要透過一種整合的方式，包括：轉化看待現實的眼光、實際禪修練習，以及培養一種倫理的、利他的生活方式。藉著這些方法，一個人能夠藉由倫理的方式，培養社會幸福感；藉由禪修培養心理幸福感，藉由修行產生的領悟，培養靈性的幸福感。在現代社會，科學被認為是對自然世界獲得知識的唯一方法。雖然，在物質和能量的客觀世界中，科學已經獲得巨大的成效；佛教的理論和禪修練習，在瞭解意識的性質和潛能，以及在培養生命的圓滿方面，提供更多的方法。

到目前為止，當我們談到禪修科學，指的就是禪修的科學研究——禪修對大腦和健康的影響、對特定禪修方法的臨床運用、禪修練習以及它在無數個領域所帶來的好處。我們也要問的是：「對於佛教徒呢？他們如何使用禪修？」顯然，如同我們在這個對話會議中所學的，禪修在傳統上並不是被用來減輕憂鬱或生理困擾。因此，我在這裡要強調的是禪修的佛教科學，也就是達賴喇嘛經常提到的佛教心靈科學，特別是它在加深人類生命圓滿的經驗，所扮演的角色。

我現在從一個比較特定的傳統來談。佛教已經有兩千五百年的歷史，也被無數的文化所吸納，例如在韓國、阿富汗、蒙古、東南亞……等等。我沒有辦法談及所有的流派。因此，在談禪修的佛教科學這個主題時，我特別從那爛陀（Nalanda）傳統出發，這是法王經常會提到的一個佛教支脈，它和現代世界可以說非常的相關。

那爛陀是一所偉大的修道大學，它在一千到一千五百年前，曾有一段黃金時期。例如在公元五世紀的時候，它是一所信譽卓越的大學，大約有一萬名的學生和一千名的教職員，以及一座有十一層樓的中央圖書館。學生們研習五個主要的知識領域、五個次領域，而非佛教課程。學生們學習不同的靈性、哲學和認識論的傳統，禪修、詩歌、表演藝術……等等，非常多的科目。它是一所真正的大學，吸引從亞洲各地來的學生。

大約在八到十三世紀，那爛陀是西藏人到印度學習的幾所修道大學之一。西藏人翻越喜馬拉雅山，來接受印度佛教文明——不只是為了一個宗教、一種哲學或是一套禪修方法，而是一種文明的開化。他們大概花了五百年，才將這樣的文明帶回西藏。大約在西藏人完成這個工程時，在印度發生了集體大屠殺的事件，這些寺廟也全部被殲滅。從那時候開始，那爛陀傳統就在西藏被保留下來，並且發展了幾個世紀。最近在西藏所發生的悲劇，是一個很大的挫敗，但同樣的修道場所，又重新被建立起來，有一些在印度，而讓我高興的是，有一些實際上在西藏被重建起來。

我想要用一段達賴喇嘛所說過的話，來開始我今天的主題：「我相信我們生命的目的是追求幸福，不管我們有沒有宗教信仰，不管我們相信這個宗教或那個宗教，我們都在尋求生命中更美好的事物。因此，我認為生命的移動就是要**朝向幸福**。」這並不是達賴喇嘛特有的觀點，整體來說，這是佛教傳統的特點，而在基督教和其他的靈性傳統，也有同樣的看法：生命的意義就是要追求幸福。這似乎是一個很快樂的想法。

但是問題在於這是什麼樣的幸福。當奧古斯丁（Augustine）、阿奎那（Aquinas）、佛陀、達賴喇嘛以及許許多多歷史上的偉大人物都說：幸福就是生命意義的時候，到底他們指的是什麼呢？在古典希臘、佛教和現代心理學的想法裡面，對於這個主題有一個交集，它們都區分了在正向心理學領域所指出的：享樂的愉悅（hedonic pleasure）或是享樂的幸福（hedonic well-being）。在這樣的意義下，快樂的追求被瞭解為對愉悅刺激的追求。能夠讓我們感受到享樂的愉悅，這些事物像是我們所喜歡的人、環境、工作，或像是一套醫療計劃、銀行裡有一定數目的錢、有幾個小孩、身體健康；在某些情況下，像是藥物；這些刺激能夠提供我們一個愉悅的狀態，或至少減除受苦。這就是對愉悅刺激的追求，同時避免不愉快的刺激。

這種對快樂的追求，可以被比喻為文明中狩獵到採集的階段，當時人們和一小群人住在一起，一起尋覓糧食，試著去尋找可以讓他們感到愉悅的事物。在這個比喻中，這是人追求快樂的一個方向：進入世界，找到讓你快樂的東西，在你所愛的生活中，去保有這樣的東西。

我不認為這樣的快樂會是達賴喇嘛，或是人類歷史中的偉大人物所認同的。這些偉人們所想的，比較像是現代心理學所謂的幸福感（eudaimonic well-being），這個字從希臘字幸福（eudaimonia）而來，也就是人類生命圓滿（human flourishing），一種存在的方式，會讓一個人有種不斷的實踐和獲得意義的感覺。我把追求幸福感定義為一種內在快樂的整體追尋，一種安適的感受，從你的內在、從你內心的質地、你的心靈和覺知中湧現出來。這種對於內在快樂的追求，並不需要依靠在讓你愉悅的事物之上。而是這樣的快樂會和對真理的追求、對生命實相的瞭解，整合在一起。無關乎你是否有宗教信仰，它也會和我們對美德的追求整合在一起，我們所重視的美德價值，如：慈悲，同情、慷慨……等等。

幸福感並不是你可以走出家門，去尋覓的東西。他不是因為你找到對的人、對的場合，或擁有大房子、名車，就能夠擁有。我採用人類文明的培養者階段，來做比喻。這個階段中一大群人住在一起，努力地培育土壤，而不只是從自然界掠取物資。較小的一片土地，卻可以支持更大的一群人。

在梵文中，禪修這個字叫做「bhavana」，意思是「培養」。它所指的並不是任何難以理解或是神祕的東西。禪修的意義就是去培養你的內心、你的心靈。在梵文或巴利文中的「citta」，或「sem」，在藏文指的是「內心」（heart）或是「心靈」（mind）。當你在培養你的慈悲時，你就是在培養你的心。這就是你存有的一個部分。

在這裡，一個基本前提是，一種安適的感受從內在湧出，這就是一個平衡、健康，整個內心以至於心靈的表徵，即使沒有愉悅的刺激由外面進來，即使在完全中性的刺激之中，就只是安靜地坐在房間，亦或是在不愉悅的刺激當中。

在逆境之中，有可能感到圓滿嗎？即使在疾病或困頓時，有可能經驗到一種幸福感，一種有意義和自我實現的感受嗎？我們已經聽到許多關於禪修會如何減輕疾病的報告，這些都很好。但是如果疾病不會離開，那怎麼辦呢？那麼在末期疾病發生時，醫生說：「我們幫不了你了，你快要死了。」那我們又該怎麼辦？在面對死亡之際，我們能夠活得圓滿嗎？

在梵文，「法」這個字的意思，隨著脈絡不同而做改變；但在很久以前，我問我的一位西藏老師時，他說法的意思是，去培養從內在升起的一種持久的安適狀態，同時藉由克服內在受苦的原因，而減輕受苦。這是對真正的幸福感的追求。

在一千五百年前，也就是那爛陀傳統被建立之前，幸福感已經在一個成熟的傳統中被描述出來了。佛陀活在兩千五百年之前，人們不只從現實中、從經驗中，或從佛陀的教導中體驗到幸福感；從一千年來的哲學家、修行者和各種不同的學者身上獲得瞭解；也從一個古老的佛教文明中獲得瞭解。而在佛陀之前，亦已存在著豐富的修行傳統，特別是在注意力訓練，而佛陀也是汲取前人的經驗。因此，那爛陀傳統有著非常堅強的智慧傳承，它是實證的，也是跨學科的；但所有的一切，都歸向法，也就是對真摯幸福感的培養，或者達賴喇嘛所稱的，**自在喜樂**（liberation）。

這個具有豐富結構和多重面向的實踐方法，它的架構由三個部分所組成。第一是理論或世界觀。理論意謂著從某個角度來看待現實，不管這個角度是從宗教、哲學或科學出發，你的位置總是在你的理論之外。舉例而言，佛教理論是一種看待現實的方法，它源自於不斷深化的修行經驗，也促進一個人在實際生活的探索。

許多佛教理論看起來似乎和科學的世界觀很不同，因此它很容易被視為是一種形上學的觀點。比方說，當我們談論禪修的臨床運用，我們就會說：「讓我們先把形上學的問題放一旁」。但是「形上學」這個字很有趣，不是嗎？形上學（metaphysical）所具有的意涵是超越物理，也就是不實證、沒有經驗。這樣的說法，是從某個位置而來，而不是無中生有。它以科學革命之後的四百年為基礎，科學革命主要沿著物理學的方向，哥白尼並沒有將他的注意力，用在探索內在的意識領域，而是用於外在的天文現象。在前三百年，科學的注意力幾乎都是在意識之外。

關於心靈的科學研究，一直到哥白尼革命的三百年之後才開始。從一八七〇年到一九〇〇年，科學家試著要發展瞭解心理現象的實證方法，他們稱之為內省法。但成效並不好。約在一九一〇年，他們放棄處理主觀的現象，他們承認自己在這方面不太行，之後行為主義就盛行起來。行為是物理的，我們可以處理得來。現在我們發展認知心理學，使用很多精細的方法，藉由行為來探研究心靈；而輝煌的神經科學，則是用神經相關性來探討心理現象。事實上，有三十年的時間，我們試著科學地使用內省法，而後來的停止，並不必然意謂著，沒有人能夠更好地使用這個方法。

在兩千五百年的過程中，佛教傳統從來沒有發展關於大腦的理論，更不用說發展大腦科學。這裡有一個好理由：當你磨練你的注意力技巧，你對於一萬個小時，甚至四萬個小時的內省訓練感到熟悉，探索了一個接著一個的心靈面向，揭開了下意識一層一層的面紗；很顯然地，這其中你沒有發現的一個東西，就是你的大腦。你無法對你的下意識做非常深度的內在探索，用一種微妙的方式來進入你的心理歷程，以至於會讓你發現到腦中的海馬迴、杏仁核、邊緣系統或前額葉皮層。這是不會發生的。佛教對心靈的性質，有非常詳盡、細緻的理論，但對大腦卻沒有。然而，佛教徒卻非常擅長對心理現象做精密、嚴謹，如同受過高度訓練的內省研究。

因此，以佛教觀點來說，達賴喇嘛和傳統的佛教徒，包括在座的僧侶，你們對科學家們所說的大腦堅信不移。我認為這是你們當之無愧的信仰，也是我所分享的信仰。但是從佛教徒的觀點出發，除非你願意投入許多年，嚴謹、持續地進行神經科學訓練，一直到那樣的信仰轉變成知識，否則我們所聽到有關大腦的知識，都只是在經驗之外。它是「心理之上」(metamental)——這就像是將形上學的西藏語，翻譯回英文。

總之，什麼是形上學？這是科學還不能夠去研究的。在十九世紀末，原子的性質還是形上學。雖然，當時的化學家和物理學家有他們的理論，但是因為還沒有實證研究可以確定，哪一個理論是正確的，所以原子在當時還屬於形上學範疇。當時的科技還跟不上。活在西方文明所創造出來的小小玻璃魚缸，我們很容易就以為形上學是一種本體論範疇，還盤旋在半空中。對我們來說是形上學，但是對其他人來說難道也是這樣嗎？也許不是。也許在兩千五百年前，第一個做探問的人，他可能發現看起來像形上學的認識；在佛教傳統，卻變成純然的實證。所謂的形上學，只是到目前為止，你還沒有辦法用科學儀器測量到它而已。

理論是從一個人靈性實踐而來的架構，同時也是靈性的實踐。那麼，第二個構成要素，就是禪修本身。在禪修的佛教科學中，禪修是走在最尖端，也是一種實證上的探索。禪修包含心靈轉化的練習、探討經驗的世界、心靈的本質，以及心靈和身體與環境之間的關係。第三，它是行為。有些生活的方式能夠傳導到內心與心靈，並且能夠支持心靈的培養；同時有些生活的方式，對禪修卻是有妨礙的。理論、禪修和行為，三者深刻地交織在一起，他們相互依存，也都非常重要。

如同阿姜•阿瑪洛之前所提到的，佛教修行的本質，包含三個部分：倫理、修行、心靈訓練以及智慧。**倫理**是根本，它是一種生活的方式，能夠帶來社會和環境的生命圓滿，讓我們能夠跟自然環境和諧共存，也和人群和諧共存。沒有倫理，什麼都沒有，之後你會進入無政府狀態，混亂和苦難。

在倫理的基礎上——我認為這是所有靈性修行的基礎，當然也是所有佛教修行的基礎。整個修行的型態，來自於三摩地這個大的概念，也就是專注注意力。廣泛而言，這跟心理平衡有關，也跟心理健康的發展有關。如此所產生的是心理上的生命圓滿，讓我們變得心智健全。那麼，在這樣的基礎之上，一個人能夠使用他特殊的理智、平衡、專注的注意力，來培養智慧。就是靠著智慧的培養，人們可以發現更深一層的幸福感，在那靈性生命圓滿的領域，我們找到法王所說的自在喜樂。

在這裡我只做扼要的介紹。這三個領域中的每一個，都可以是一門科學，你可以純粹用實證的方式來探討，而不需要教條的負擔，也不需採納這個信仰系統。在達賴喇嘛《新千禧年的心靈革命》（Ethics for the New Millennium）一書中，他精闢而深入地提到，以倫理行為為基礎，佛教科學才能促成社會層面的生命完滿。什麼樣的行為是有利於自己和他人的環境、社會、心理和靈性的生命完滿呢？什麼樣的行為卻又有損個人或是他人的幸福感？這是整個科學要回應的問題，而佛教在這個地方貢獻良多。

在心理的生命完滿部分，佛教提供非常多的材料，各式各樣的禪修練習方法，能夠協助人們平衡心理。各種不同類型的禪修訓練，有一些是以探索、研究為導向，有一些則是以轉化或平衡為導向。有一部分心理的生命圓滿，是要努力達到平衡，它與渴望和意圖相關。我們如何培養自己的願望，讓它們能夠有利於自己和他們人的幸福？我們如何能夠逐漸地放下或是減少破壞我們自己或他人幸福的願望、決定或動機？這本身也是一門科學，而它需要的是後設意圖（metaconation），也就是能夠覺察到當下是哪種願望或是意圖，正從我們的心中升起。

此外，注意力的平衡是一個非常豐富的區塊，從注意力缺失／過動疾患（attention deficit：hyperactivity disorder）開始，一直到最高層次的三摩地，所要克服的是，注意力不足或是過度活躍的問題。關於注意力，佛教所提供的理論型態和練習方式特別的豐富，這幾乎是現代的西方社會所沒有的。因此在這一點上我們有很大的合作機會，就如同三摩地計劃一樣。

心理的生命完滿也包括認知平衡。我們是不是經常將自己的投射、希望和未發覺的恐懼，強加到現實狀況，因為將我們的投射和現實合併在一起，而造成許多問題？我們是不是經常對自己的現實狀況，並沒有善盡職責？就好比喬喜歡說的，如果你沒有練習保持正念，你就是在練習心不在焉。如果現實正在敲你的鼻子，而你卻沒有看見，注意力缺陷可能是個問題。認知平衡意謂著，跟眼前正在發生的事情同在，清楚、鮮明地看著它。

情緒平衡又是另外一個豐富的領域。這並不是說要進入某種平穩、像懶人一般的情緒呆滯狀態，而比較像是帶有浮力、輕盈、有恢復力的情緒健康狀態。有時候人總是會哀傷、會喜悅，但並不是情感不平衡下的精神官能症、精神病或是情緒的固著。

最後，達成心靈生命完滿的佛教科學，這其實是佛教的終極目標。三摩地這種高度發展的注意力技巧，對心靈來說就好像望遠鏡一樣，它讓心靈變得非常專注，穩定、清晰、鮮活且具有延展性的，並且用靈活的方式，參與無數的現象——潛在的任何現象，但特別是心理現象。因此，我們首先發展的這個工具，就是被精練過的注意力，如同望遠鏡一般。然後，我們再用這樣的能力探索意識的本質、意識的現象經驗，以及它和整個宇宙的關係。這麼一來，我們克服了心靈的晦澀、苦惱和不平衡，而我們也充分地培養了意識的潛能，觸動我們幸福感的內在泉源，從直接經驗和培養美德當中，瞭解到目前能夠被瞭解的生命實相。

當我反觀我們自己的文明時，令我驚訝的是，在我們現代的世界中，這三個追求——幸福的追求；在瞭解實相當中，對真理的追求；以及對美德的追求；它們往往被視為沒有相關。這是廣告業者所期望的。他們販賣快樂給你，告訴你不要擔心真理，也清楚地讓你知道，幸福與美德無關。然而，科學和真理緊密相關，但是科學不強調人類生命圓滿這樣的深度課題，也不強調科學和倫理的相關，這會是個問題。當我試著去展望一個有意義的生命，有三樣品質尤其讓我感到他們在本質上是很有意義的，而將它們做整合也非常有必要。在現實情況中，很大的程度上，他們是分離開來的，而我認為這樣的結果會是個災難。二十世紀所見證的是知識和力量如指數般地成長。對科學和技術來說，這是個輝煌的世紀，但從人用不人道的方式對待其他人——我也強調性別及從環境惡化的角度來看，這卻是個災難的世紀。人類如何能夠知道這麼多、擁有這麼大的力量，卻用可怕的方式相互對待，用粗暴的方式來對待環境？

在這裡，療癒是需要的。我將危機時刻，看作是一個巨大的機會，讓禪修的科學研究和心靈的冥想研究，產生合作的可能性。藉由將世界上偉大的修行傳統，不只是佛教，跟科學結合在一起——不是教條對教條的結合，而是實證主義跟實證主義聯姻，我們就能夠協助人們重新整合，重新和自己清晰的智性、和自己的完整性做連結，能夠讓在全球各社區的大腦們，同時性地一起工作，來解決我們共同的問題。當今我們所面對的不再是區域化的問題，不再是美國或是西藏的問題，我們將要一起努力，重新整合自然科學、人性關懷以及其他我們清楚意識到的各種對立，以便療癒我們自身、療癒我們的國家、療癒這個星球。我想這是大有希望的。

場間對話與討論

在下午的部分開始進行之前，有一段時間是用來回答聽眾問題的。這部分的回應人是：阿姜・阿瑪洛、理察・戴衛森、喬・卡巴金、基廷神父、海倫・梅伯格、馬修・李卡德、辛德・西格爾以及沃爾夫・辛格。

喬・卡巴金：

現在我們要來回答聽眾們的問題，有一個問題問道：「神經回饋，也被稱為腦電圖（EEG），對於調節情緒是一個有效的工具，有人可以談談這件事嗎？它是否跟禪修一樣有效，會讓人很快地平靜下來？」沃爾夫，既然你提到在大腦的同時性的回饋作用，也許你可以接下第一個問題，從我們已知的大腦運作，來回應這件事。

沃爾夫・辛格：

如同我昨天所指出的，有可能我們能向上調整某個大腦區域的活動，即使受試者不知道研究者調整的是那個區域。藉著對錯誤的嘗試摸索，受試者直覺地去活化大腦的某個區域，這是有可能的。同樣的方式，要去影響某個頻率帶或電極振盪活動的頻譜，也是有可能的。比方說，我們對受試者播放約在十赫茲左右的 α 頻率波段，受試者經過試誤學習，就能夠找出如何增加每個單位時間中，α波的比率。

在α波回饋的例子中，受試者是跟隨內在感覺狀態而做調整的，而受試者覺得放鬆。目前就我所知，這種方法還沒有在比較高頻的頻率帶嘗試過，一部分是因為技術的因素。而另外一個吸引人的假設是，西方對於禪修的捷徑是選擇恰當的頻率和恰當的電極，讓受試者學會引發某種大腦狀態，而不必去經歷痛苦的禪修練習。

但是這麼做的可行性令人懷疑。我們知道學習需要專注注意力，以及內在學習系統之間的相互影響。在功能性磁共振影像的實驗中，受試者學會活化特定的大腦區域，但我們預期的事情卻沒有發生。即使受試者活化的區域，被認為跟情緒的產生有很密切的關係，但受試者卻一點也沒有感覺。因此，這個問題還沒有明確的答案。

馬修・李卡德：

有一種稱為內省式的自我回饋。當一個情緒要浮現出來的時候，通常我們都被它帶著走，不會去想到之後的效果。但藉由非常細膩地去檢視你的心靈狀態，比方當你感到慈悲或生氣的時候，你就可以獲得立即的回饋。你在每分鐘都可以觀察到，嫉妒會導致人不得安寧的效果是什麼。某個程度上來說，如果你能夠清晰地將情緒視為一種變動的現象，不要去認同它，而是清楚地看見你處理情緒的方法，可以激發更多情緒，或減少情緒，自省式的回饋就能夠被建立起來。

理察・戴衛森：

我認為在目前科學的進展階段，很重要的是對於我們已經知道的或尚未知道的現象，我們要很謙卑。儘管我們已經發現，和某些禪修方法相關連的神經反應，但這並不表示，這些相關能夠代表導致不同狀態產生的重要因素。如果我們可以做神經回饋研究，同時評估相對應的內省歷程，這將會是有意思的研究。但我也要謙卑的說，我們所研究的現象是很複雜的。現在我們所使用的方法，比起十年前，的確比較精確，但它們還是很粗糙。我們還需要許多基礎研究，來評估哪些訊號，跟修行的時間長短最有關連，人因禪修練習而獲得多少的改變。對這些重要的議題，目前我們的瞭解還很不夠，也因此對於在還不成熟的狀況下，就急著使用神經回饋，我覺得我們要很謹慎。

阿姜・阿瑪洛：

在靈性的方法中，佛陀所依循的一個典範是：「這個方法是否減輕受苦？」無論理論背景為何，效果是什麼？因此，我的一個座右銘是：「如果它有效，這就是正確的事情。」我從未用外在的方式，使用過生理回饋，但如果人們認為它實際上可以減輕受苦，讓他們感覺到更加和諧平靜，或對生命有更多的瞭解，那麼這就是件好事。馬修剛提到的品質，就是在巴利文中，所謂的深刻審察（vimamsa）。也就是四種成就之法（iddhipada），或「四神足」（four bases of success）：興趣、精進、冥思以及回顧或回饋。而這裡指的回顧，就是考慮你的行動所產生的後果，這一點被認為是在任何的任務上，會導致成功的一個重要元素。如果沒有回饋，無論是內在的，或從一點小訊息而來的回饋，你就無法真正知道，你的行動所造成的結果是什麼。

理察・戴衛森：

下一個問題，修行人可能比較適合來回答。這位伙伴問：「禪修會不會產生什麼有害的效果，像是用比較負面的方式，失去了自我感？這樣的禪修它的危險性在哪裡？去檢視你的內心，有時候會是痛苦的經驗。」

亞倫・華勒斯：

禪修是一個廣泛的詞，它好像意謂著用一種持續的方法，跟你的心靈閒混在一起。心靈，就如同神經系統或是大腦，它是非常纖細的。如果你靠自己的力量禪修，一路順利，那你是幸運的。但是如果你很密集地做某種禪修練習，這就好像你坐著一條小船，離開港口。雖然一開始只有一度的偏差，最後你開到的地方，可能離你原先要去的地方有一百哩遠。

在我過去三十五年的禪修經驗中，我遇過一些人，他們碰上比較嚴重的心理問題，包括精神病。通常，這些人在禪修練習過程中，缺乏有技巧、知識和慈悲的老師來做引導。和老師之間的一種開放和信任的關係，提供一張安全的防護網。如果一個人每天靜坐十或十五分鐘，要產生問題的機率是很小的。如果你一天練習了十或十二小時，你就會需要有技巧的引導，而同時也需在練習中保持很高的智慧。

基廷神父：

我想做任何事情都可能有危險性，你可能在街上走，也會被磚塊敲到頭。就我所知，禪修並不會比你生活中的其他事情還要有危險性。我認為比較危險的是不去禪修。這就好像你將車子開到一條充滿坑洞的路上：你可以決定把車子停在路邊，一直等到政府將坑洞填平，或是你可以小心翼翼地往前開，避開坑洞。

經常在禪修過程，你感受到錯誤、心痛、無聊的時刻或是毫無進展。但如果你每天都練習，或最好一天兩次，就會讓狀況改觀。之後它就會變成一種神聖的治療，也讓我們發現兩件事：它自發地肯定了我們內在的善，也因此讓我們看到在西方文化中，相當普遍的低自尊的全貌。另一件禪修讓我們發現的事是，我們一輩子在潛意識受到壓抑的情緒垃圾，這些廢棄物好像堆在身體這個倉庫裡面，並且造成各種的問題。

或許朝向快樂最重要的一個步驟就是，我們要能夠承認幸福和愉悅，是不同的兩件事。兩者之間存在著巨大的差異。愉悅是對我們天生需求的滿足。就如同我們還是嬰兒的時候，錯把愉悅當作幸福，因為當時我們並不知道，在心理或是靈性上我們要如何做選擇。在禪修中我們學到的訊息是：允許潛意識受壓抑的經驗、過去的情緒創傷、成癮行為，或是負面的想法，讓它們可以進到意識層面，然後被清除，這點非常重要。身體把進入深度的禪修狀態，當作是一種允許，讓不應該被儲存在我們的神經系統或身體裡的種種情緒及能量，能夠被清理出來。這是禪修能夠對健康產生的好影響。

馬修・李卡德：

有一次，我遇到一個年輕人，他說：「我不想要探討我的心，因為我會害怕我在那邊所找到的東西。」我把這件事跟法王說，法王回答：「喔，那一定比去看電影還要有趣，因為你的心裡有這麼多事情發生，它一定很有趣！」

人們對於探討自己的心靈、探討內在的快樂和受苦，總是感到遲疑。令人驚訝的是，對於瞭解心靈如何運作，我們所花的時間、所做的關注竟然是這麼的少。我們花了這麼多的時間受教育、找工作、上美容院、健身房……等等，卻花這麼少的時間，關照我們心中那個「被寵壞的小傢伙」，你也許會說，那個成天闖禍的小傢伙。

喬・卡巴金：

這邊有另外一個問題：「要讓一個有高度憂鬱的人，產生動機去禪修，這經常是很困難的，尤其是在與人隔離的狀態下；比方說，在個人的心理治療。在正念認知治療中，從群體而來的社會支持，也是你工作的一部分嗎？在這部分你是不是看到良好的效果？」這個問題似乎提到傑克・康菲爾德今天早上所說的：不同的因素，如何構成一個情境，讓一個人可以去探討自己的內在經驗。換句話說，我們如何能夠創造一個適切的環境，讓任何禪修的經驗產生最佳效果？

辛德・西格爾：

這是一個好問題，我要再強調的是，我們需要區別正處在非常憂鬱的人，以及已經脫離憂鬱、正在找方法不要復發的病人，雖然他們可能還有些輕微的憂鬱症狀，而他們每天的生活好像如履薄冰一般。正念認知治療是很短暫的，就只是八週的訓練，加上回家每天練習，然後就結束了？成員們抱怨，他們欠缺的是一個非宗教的社群，讓他們可以固定、方便地去參加。的確，這點似乎很難。

在醫院我們提供一個每個月一次、或甚至每週一次的團體，讓人們可以一起靜坐。但是許多人他們都不希望回到醫院。它們希望能夠將靜坐，融入到他們每天的整體生活當中。這讓我想到，他們習慣去社區心理健康中心，或許那裡可以有團體讓他們隨時加入。這就是我們所需要的地方，讓人們覺得有歸屬感，可以從社區這樣的場所中，獲得所需的社會支持。從更大的角度來看，就是約翰・蒂斯岱所說的，把我們的工作傳播出去。而像社區心理衛生中心這樣的資源，就是必須的。

海倫・梅伯格：

即使不考慮禪修，當病人從憂鬱中恢復，他們康復到可以和人互動的時候，家人變得至關重要。病人就如同每一個人一樣，他們需要周遭關心他們的人，給他回饋。康復部分的原因來自於——你知道自己不是孤單的。這樣的想法需要被強化，不管它是被禪修老師或是醫師所增強。

即使是我們那些接受深度腦刺激的病人，雖然治療將他們腦中的噪音移除、也減緩疾病強度；但真正確保病人好起來，並且參與到社區的是——從他人而來的回饋。正念的方法是很棒的，因為你不需要去想為什麼自己生病了，就可以讓自己的注意力集中，也因此可以強化你的康復之路。

馬修・李卡德：

海倫，上週在史丹佛，我們一起參加一個以受苦為主題的會議，你提到當病人的狀況改善，一種和他人的連結感就會被恢復。

海倫・梅伯格：

我想這是我看到最戲劇性的改變之一。有一個病人對他自己的疾病有深切的瞭解，他不只是沒有辦法睡覺、吃東西或工作；更嚴重的是，當他抱著他的小孩時，他無法產生感覺。有些醫生認為這像是種精神病。事實上，這個疾病最終導致的是，他和別人的連結能力受到了干擾。

當這位病人在開刀房，接受大腦刺激手術時，令他訝異的是，他察覺到自己能夠和醫師產生連結的經驗，讓他大吃一驚，因為缺乏和他人的連結感受，是疾病對他造成的最大困擾。因此，很重要的是，我們將這個訊息傳遞給他的家人，而病人在疾病恢復的早期，就能夠表明這樣的感受。並非所有的病人都知道，連結感是他們所失去的。而這一位病人教我的是，這一點是多麼地重要。這一點所關乎的不只是你自己、或是你的痛，更重要的是你能夠和周圍的人自在的互動。無論我們生病與否，這是我們共同追尋的一種生命本質。

馬修・李卡德：

辛德，我想你未必完全同意以下這一點；但是有人問到，在嚴重的憂鬱症中，沒有能力去感覺、或去付出愛，這是復原的主要障礙之一。

辛德・西格爾：

我不同意在現象上這是非常真實的。我對這一點的瞭解是，人們尚未準備好，他們是否值得接受他人的愛，所以他們就在心裡面，讓自己和稱讚他的人，或是想要跟他連結的人，保持一段距離。對他們來說，最大的障礙是他們無法給自己更多的愛，讓自己從自我設限的困境中走出來。

馬修・李卡德：

另外一件相關的事，就是要去指認出自己有改變的潛能。當人們痛恨自己時，認為自己沒有改變的空間，這樣的想法就會被強化。或許承認，在實際上人的潛在轉化能力是存在的，這樣的想法會有幫助。

第四部

臨床研究（二）：禪修與身體健康

引言

科學研究發現，許多「身體」疾病受到心理過程的調節，像是生活中的壓力事件和情緒、身心互動的機制，已經成為科學的研究對象。對於這些機制逐漸瞭解之後，我們將禪修用來作為某種身體疾病的介入方法時，它的原理就更讓人信服，在現代科學研究中，它也有更穩固的基礎。這部分由以斯帖・史坦伯格主持，主題是將以禪修為基礎的介入方法，運用在心血管疾病和醫療狀況，包括原發性的免疫成分。

以斯帖・史坦伯格：

在上一個部分，我們聽到有關禪修和受苦的心理狀態，像是在憂鬱症時，我們的心理和大腦歷程。在這一部分，薩波斯基醫生和我們開始探討壓力，以及當我們受威脅時，它所發生在大腦的狀況，如何影響身體和生理的健康。在這個部分，我們將這樣的狀況做進一步的討論。也要更深入探討，在我們受到威脅時，大腦分泌壓力賀爾蒙，它們如何影響到心臟和免疫系統的功能。

我們很幸運邀請到這個領域的兩位專家：大衛・謝普醫師和約翰・謝里登醫師。大衛會先演講，他是佛羅里達大學醫學院（University of Florida College of Medicine）心臟學的副主席，將要跟我們報告，心理壓力如何影響心臟。

正念減壓與心血管疾病

大衛・謝普

心理壓力能夠顯著地減少流向心臟的血流，戲劇性地增加心源性猝死的風險。這個演講要描述一個美國國家衛生研究院資助的研究計劃，我們以心臟影像和生活品質為指標，探討當心臟病患者有心理壓力時，正念減壓訓練如何影響血液流回心臟的反應。本研究的初步資料也會在此呈現。（編者按：這個研究已經完成，但是因為各種理由，資料尚未被分析，研究結果在本書出版時，還沒發表。）

我要談的是負面的心靈狀態，我們稱之為「心理壓力」（psychological distress），如何影響心臟。我將敘述一個正在進行的研究，我們希望能夠透過正念減壓課程，來扭轉生理反應所造成的有害影響。想到壓力對身體的影響，就讓我想到曾經看過的一部卡通，一位病人整個頭髮都豎起來，他的醫生說：「我猜你的問題和壓力有關。」不幸地，大部分醫生都不知道，他的病人是否處在壓力下，除非醫生有發問。大部分的病人也沒有讓自己的頭髮直直地豎起來，因此，這也對我們構成一個挑戰。就如同壓力是在我們文化下所特有的，心臟病也是一樣。為了強調問題的嚴重性，我可以觀察到的是，超過一千兩百萬住在美國的人有冠狀動脈疾病。一年有三十三萬五千人突然死於冠狀動脈疾病，這是二〇〇五年所做的統計。

有一個很重要的流行病學個案控制研究，調查主題是心肌梗塞，也就是心臟病發作，該研究從五十二個國家蒐集資料，並發表在《刺胳針》（The Lancet）。這個心臟研究（INTERHEART）發現心理壓力造成將近百分之四十的心肌梗塞風險。這對男性、女性以及各種不同型態的人來說，在各地都一樣。這是非常大的問題。在一個研究中，有冠狀動脈疾病的病人，在心導管實驗室中，他們的冠狀動脈被注射染劑，我們可以看到生病的血管窄化。當病人被要求從一百開始，做連續減七的心算，這短暫的心理壓力完全切斷了血液循環。

從流行病學或人口研究中，我們知道壓力對許多人有害。當災害發生，像是地震或戰爭時受到飛彈攻擊，這會造成高度的壓力，也讓心臟病發和人群中的突然死亡的比率增加。這樣的發現有一致性。其他的研究顯示，光是個人的憤怒發作，也會增加心臟病發。

為了在實驗室研究這個問題，我們讓受試者做運動，或是給他們心理壓力刺激，然後再測量各種不同的心臟功能指標；諸如：回流心臟的血量，我們將其稱為灌注（perfusion）。我們能測量病人是否有胸痛、室壁運動（wall motion）異常或泵血功能（pumping function），之後我們可以做心電圖。

在實驗室我們使用的一種壓力源，叫做公開演講。當我們量病人的血壓和心電圖時，我們要求病人去想像，他們如何對日常生活的負面情境做反應，例如有一位熟識的親戚，在護理之家被虐待。病人有兩分鐘可以準備講話，有三分鐘可以演講，然後我們將病人的講話錄下來。我們對病人注射沒有傷害的物質，根據血流量，這些物質會聚集在心臟。

在百分之三十到五十有冠狀動脈疾病記錄的病人中，這個公開演講的任務，會造成局部缺血，一種心臟血液供應不足的狀態。通常這是一個明顯的局部缺血，和胸痛沒有關係，即使病人沒有覺察到發生了什麼事情。比起標準運動測試，這種缺血狀況在心跳速率閾值較低的時候發生，並且經常無法被實驗室的心電圖標誌偵測到。有幾個機制可以解釋這個狀況。一個是在大的冠狀血管中，血流降低。另一個是在較小的顯微血管的血流降低。第三個可能是由於血壓升高，氧氣需求量增加，這樣的反應很常見。

我們在幾年前執行一項由國家衛生研究院所贊助的研究，名為心肌缺血的心理生理研究，這個研究有類似的設計，探討有冠狀動脈疾病和運動測試異常記錄的病人，包括男性和女性。我們測量左心室泵室（left ventricular pumping chamber）的反應，即室壁運動，將其當作壓力引發缺血反應的指標，之後我們再追蹤他們的心臟狀況。

在這個測試之後，我們追蹤病人五年；這些在演講過程中，有異常心臟功能反應的病人，比起有正常功能反應，或在壓力下沒有心臟缺血發生的病人，異常反應的病人在五年內，有三倍高的死亡風險。

因此，壓力能夠造成有心臟病的病人產生心肌缺血，而這是不健康的。接下來的問題是，我們如何治療這個問題?藉由國家心肺與血液研究所（National Heart, Lung, and Blood Institute）的贊助，我們對有這種狀況的病人，設計了一個用正念減壓來降低心理壓力的研究。我們將一百五十位病人，分成正念減壓組、一般照顧組和教育控制組，後面兩組病人和該組的指導員互動的時間，跟正念減壓組一樣，但他們接受風險因子和其他相關的衛教，而不是學習正念減壓。

我們選擇正念減壓，因為它是一個廣泛被用來做壓力減輕的訓練。正念減壓有良好的標準化程序，先前研究顯示，參與者在訓練結束後相當長一段時間，還能夠維持正向的結果。此外，指導者接受統一的訓練，如果從這個研究獲得好的結果，這個方式就可以被普及化。當這個研究結束時，我們希望能夠回答以下三個問題：第一，經由正念減壓訓練，正念禪修是否能夠改善心臟對壓力的反應，像是因為壓力所誘發的心臟缺血？第二，心跳對日常生活壓力的反應，是否有改善？第三，正念減壓是否能增進一般的心理健康和生活品質？目前我們的研究正做到一半，還沒有任何的結果，但我們希望在幾年後有好消息。

以斯帖·史坦伯格：

現在我們要請謝里登醫師來演講，他是心理神經免疫學（psychoneuroimmunology）的先驅，也是俄亥俄州立大學行為醫學研究所（Institute for Behavioral Medicine Research）的副主任。他要談的是，壓力對免疫系統的影響，以及壓力是否會讓你生病。

約翰・謝里登

神經免疫交互作用

各種形式的壓力影響特定的腦系統，透過改變這些迴路，免疫功能將能產生深度的改變。這個報告要對現代的研究做一個概觀的描述，探討不同種類的壓力，對特定免疫過程的影響，以及透過何種機制產生影響。研究的內容闡明，禪修可能影響免疫系統疾病的機制。

對作為一位科學家的我來說，上台報告卻沒有好好保護我（未發表）的資料，這似乎很不尋常；但還好我被要求的是，在概念上談談我過去十五年來的工作，有關免疫系統如何保護身體、壓力和神經因素如何影響免疫功能。

我有三個主要的論點。我工作的對象是有免疫系統的身體，但免疫系統本身卻受大腦控制。最近幾年，我們也意識到身體會回饋訊號給大腦，因此有雙向的溝通存在。大腦跟身體講話，身體對大腦回話。在處理感染病的挑戰時，這一點非常重要。

我要說的第二點是關於壓力如何透過大腦而影響免疫系統。比方說，當我們有必須要完成事情的期限時，我們可能沒有時間去禪修、運動，或有足夠的睡眠。當我們如期完成之後，會發生什麼事？我們可能因某種疾病而病倒了，經常是某種傳染病。

我第三個論點是，並非所有的壓力都是一樣的。有些會帶來負面結果，有些會有正面結果；雖然壓力源相同，我對這個壓力的經驗，可能不會和你的經驗一樣。這其中有各種可能的元素在作用，但最終我想知道的是，一個人對於環境的知覺，如何會影響他的免疫系統，也因此容易讓他生病。

作為一個免疫學家，我感興趣的是，細菌或病毒如何產生感染、組織受傷如何引起發炎和免疫反應，以及免疫反應如何終止病原體的複製，進而解決發炎的問題。這個過程需要幾天的時間。歷年來，我們瞭解到很多的因素——環境、行為和心理社會，能夠影響免疫系統如何對發炎產生反應。我們把這個學科稱之為心理神經免疫學。它所探討的是行為領域、內分泌功能和免疫系統之間的交互作用。

我們知道壓力能影響疾病，也瞭解到一些受到活化的機制和路徑。我們也明白，壓力調節免疫系統，而我們要去找出這個機制。在我們從事的有關人類和老鼠的研究中，我們一直在探討的是，當你有壓力時，哪些免疫系統的細胞，會受到神經和內分泌系統的作用。

免疫系統會跟大腦對話，比方說，當你被感染，巨噬細胞會移動到感染點，傳遞一整個系列的新基因訊息，以製造稱為細胞激素（cytokines）的新蛋白。這些細胞激素進入血液，之後被帶到大腦，然後再進一步影響到行為。昨天，羅伯特・薩波斯基討論到，壓力反應為何對生存是必要的。我們所謂的生病行為就是這個狀況的一部分。疾病行為受到生產出來的細胞激素所驅動，細胞激素在身體的某部分被生產出來，之後送到大腦。

這些細胞激素會打開大腦的某些區域，包括大腦對壓力反應的區域。當大腦認出這個訊號時，然後活化下視丘—腦垂體—腎上腺軸（hypothalamic-pituitary-adrenal axis，簡稱HPA軸），那麼雙向溝通就產生了。腎上腺軸構成神經內分泌系統的重要部分，神經內分泌系統調節許多生理過程，例如：消化、代謝、免疫和對壓力的反應。最後，為了回應壓力，腎上腺軸釋放促腎上腺皮質激素，再造成葡萄糖皮質素（Glucocorticoids）的釋放，如可體松（cortisol）。葡萄糖皮質素是類固醇，它能夠強力地調節分子。葡萄糖皮質素的反應，對維持健康扮演重要的角色。這樣的雙向溝通——身體對腦，以及腦對身體，改變了葡萄糖皮質素的反應形態，也對免疫細胞之中的基因表達，產生巨大的影響。雖然這樣的反應是具有適應性的，但這些過程受到慢性、歷時幾天到數週的持續壓力的影響，而產生戲劇性的改變。

羅伯特・薩波斯基提到，急性壓力是促進興奮、一個活化的過程，對生存有幫助。在許多情境下，急性壓力增進免疫系統。但是當壓力成為慢性，它就會壓抑免疫力。在我們做過的兩個研究中，我們探討是否免疫反應能夠被慢性壓力影響。藉著我的同事珍妮斯・凱寇爾特・葛拉瑟（Janice Kiecolt- Glaser）、雷諾・葛拉瑟（Ronald Glaser）和其他在俄亥俄州朋友的協助，我們測試了照顧者的壓力。這些照顧者是罹患阿茲海默症的配偶，他們的平均年齡是六十八歲，照顧病人的工作充滿壓力，一天二十四小時，一星期七天，為期三年。

我們的問題是：這些配偶他們對疫苗的反應，是不是和對應的控制組相同。我們發現百分之七十的控制組成員，對疫苗有反應，他們身上的抗體濃度增加四倍，這對防止病毒入侵來說，可以說是非常重要的保護。然而，在照顧者這組，只有約百分之三十五的人，達到這樣的反應，換言之，有一半的人沒有到達控制組成員的反應。

總之，慢性壓力似乎影響一個人對疫苗的反應。我們目前已經對A型肝炎、B型肝炎和肺炎鏈球菌做測試。如果觀察結果仍是同樣的狀況，那麼這些人就有比較高的危險性會感染疾病。

幾年前我很幸運遇到喬・卡巴金和理察・戴衛森，他們邀我參加一個使用同樣方法的研究，來看看是否正念禪修，會影響受試者對疫苗的反應。我們發現接受正念減壓訓練的人，他們在抗體的反應有少量的增加，且已經達到統計上的顯著。我們的確需要重複，並且延伸這個實驗，以疫苗的例子來看，它顯示了在大腦對周邊的溝通上，禪修能夠產生好的影響。

作為一位免疫學家，我的問題是對於能夠抽樣的部位，我的限制很嚴格。我可以抽你的血，如果你願意的話，以及在你皮膚上做一點組織取樣，但這就是我所能夠做的。在研究病毒或細菌感染的最大挑戰在於，要去看整體的免疫系統，而不是只有暴露在疫苗中的反應。要去看整個免疫系統是比較複雜的，我們不能在人身上測試，因為不能讓整個人被感染。因此，我們就發展了幾個動物實驗模式，將建立好的病毒或細菌感染，跟幾個不同的壓力形態結合起來。這幾種壓力形態所強調的重點在於，並非所有的壓力源都會對免疫系統產生同樣的影響。我們能夠選擇使用不同的壓力源，來調節動物的免疫系統，然後就只是簡單地問，是否動物比較容易或比較不易受到感染。你可以看到為什麼我們要在動物身上做這樣實踐，因為會有實際上的風險。

其中一個例子就是被關起來的壓力。我們將老鼠放在管子中，和他們的同伴分開一個晚上，然後再將他們放回去。幾個晚上之後，我們讓老鼠受到流行病毒的感染，然後觀察他們的自然殺手細胞的反應。在基因遺傳上，自然殺手細胞是我們對疾病產生阻抗的重要元素。它們在前二到三天，對於抑制感染扮演重要的角色。在我們讓動物受感染之後，自然殺手細胞的活動，是測量感染反應的一個好方法。如果在被感染的這幾天，我們對動物施予壓力，就能夠抑制自然殺手細胞的活動。

由於使用的是動物實驗，我們就可以做其他的嘗試。我們可以問，在大腦和身體之間的哪一個路徑，發出訊息來抑制免疫反應。我們對動物施予藥物，以阻斷葡萄糖皮質素，或者是其他的訊號，例如鴉片物質（opioids）或兒茶酚胺（catecholamines）。兒茶酚胺是由交感神經系統為因應壓力釋放的，被認為是種攻擊或逃跑（fight-or-flight）賀爾蒙。在這種情況下，我們使用的是壓力抑制模式，也就是活化下視丘—腦垂體—腎上腺軸的活化，導致鴉片物質的產生。

鴉片物質是一種賀爾蒙，它的作用在於知覺和壓抑疼痛，但另一方面它也抑制自然殺手細胞的反應。如果我們將鴉片物質接受器阻斷，我們就能夠恢復全部的自然殺手細胞反應，並且恢復動物的健康。我們觀察到，當壓力抑制自然殺手細胞的反應，會導致更嚴重的感冒病毒感染。在這個模式，因為壓力而造成對天生抵抗力的抑制反應，會導致更多的疾病。這意謂著，壓力通常會導致對微生物感染的敏感性。

在大部分的情況下，每個人會認為壓力是不好的，只有少部分是為生存的需要。因此，我現在要告訴你一個採用社會互動的模式，說明壓力會導致正面的好處，同時實際上增強對疾病的抵抗。如同所有的哺乳類動物一樣，老鼠喜歡群體生活，它們會建立一種階層性，而成為一個穩定的家庭。如果我們之後加入一隻大隻的雄性侵入者——就像是你的院長或主任到你辦公室一樣，對於在學術界的人來說——它打亂了籠子裡的平衡。如果你每幾個晚上隨機放入大老鼠，這種平衡的瓦解會產生很大的壓力。動物會藉由激發所有的壓力賀爾蒙，作為反應，並且他們的行為也會改變。

在一個有這種壓力的晚上之後，你可以測量老鼠的行為改變，並且看到壓力的增加。除行為改變之外，你也可發現內分泌改變：有很高水平的葡萄糖皮質素。葡萄糖皮質素通常是大自然抑制免疫力的物質，也對多數的基因表達有抑制性。然而，在這種情況下，高水平的葡萄糖皮質素無法抑制腫瘤壞死因子、白細胞間介素（-1）、和參與免疫反應的細胞激素。在我們所做的這些動物當中，我們發現社會壓力行為增加發炎反應。

接著，我們進一步用大腸桿菌刺激這些老鼠，並且測量在循環系統中的細菌數目。控制組的老鼠，慢慢地擺脫掉細菌，但肯定超過幾個小時；而在有社會壓力的那一組，細菌清除增加。這組的老鼠對細菌感染更具抵抗性，這是壓力互動的結果。這個結果意味的是——特定的社會壓力，可能增加對細菌感染的抵抗性。然而，我們不能夠簡單地在不同物種間做推論，因此我不會將這樣的結果，從老鼠推論到人類，但這是很有可能的。

總的來說，在人類模式和動物模式、在大腦和免疫系統之間的雙向互動，對健康來說是有意義的。並非所有的壓力，對這個溝通都產生相同的影響，或甚至同方向的影響。有些實際上是有幫助的，要瞭解這個複雜的互動，我們還有蠻長的一段路要走。

佛教與科學的對話4

除了法王、報告者、翻譯者和主持人，這部分的討論人包括：珍．喬任．貝絲，理察．戴衛森，瓊．哈力法斯和瑪格麗特．凱曼妮。

以斯帖．史坦伯格：

謝謝約翰和大衛的報告，你們提到當我們暴露在各種威脅的時候，所有的這些被釋放出來的賀爾蒙和分子，如何影響到身體、心臟和免疫系統。從約翰這邊，我們聽到壓力賀爾蒙、葡萄糖皮質素將免疫細胞對抗感染的能力關掉。從大衛這邊，我們學到這些壓力能夠擠壓冠狀動脈，減低到心臟的血流量，並增加死亡的風險。小小的壓力，例如從一百連續減七，或是對聽眾講話，也會對健康產生深遠的影響。

法王，午餐時，我們有一個非常熱烈的討論，許多人強調當我們跟您討論時，我們是否應該使用「壓力」這個詞彙。據我所知，在西藏文中，沒有一個代表壓力的字，來表示我們所謂的壓力。我想這也指出了一個很重要的問題，在西方傳統，我們如此依賴客觀、具體的思考，對健康的定義只是沒有疾病產生。我們覺得每件事情都有它的機制，總是要弄清楚事情是如何運作。這看來很棒，也是科學得以進展的原因，但我們如何和您對話，如果我們使用的是不同的名稱？那麼我想請您評論一下，我們使用不同名稱這件事。在西方醫學，我們有很多不同種類的壓力，社會和生理的壓力。您如何思考壓力？在您的傳統中，有像壓力這樣的概念嗎？

達賴喇嘛：

「壓力」這個字，以臨床的使用來說，沒有確切的西藏翻譯……

圖典・金巴：

我們昨天在報告的中間，有一個小小的討論，試著找出西藏文中，最接近英文的「壓力」這個字，但似乎這在西藏文中沒有對等的詞來表示壓力這個概念。

以斯帖・史坦伯格：

我想這是很重要的一點。因為如果我們將要有一場對話，首先我們需要做的就是，知道我們使用的是非常不同的語言，不只是英文和西藏文的差別，而是我們的概念架構不一樣。我們試著將對話拉回臨床應用和對疾病的治療——這是本次會議的標題。然而，我們跟您所學到的是，在西藏傳統，這並不是唯一的目標。我想請您說明，從您的觀點，禪修的目標是什麼。

達賴喇嘛：

在傳統佛教的脈絡中，心靈修練的目標，就是阿姜・阿瑪洛所摘要出來的三個訓練架構：持戒（道德自律）、培養專注，也就是禪修的修習和依據以上兩者所培養的深刻領悟。

在開始階段，因為我們的衝動行為是具有破壞性和傷害性的，我們需要找到方法來約束自己，不要參與這些衝動、產生破壞的行動。在第一階段的訓練，我們刻意採取一套戒律，或生活守則來作為道德自律的訓練。

既然衝動、破壞的行為是由不安與內心的散漫狀態而來，我們需要找到一個方法，來直接對治這個狀態。但是我們一般的心理狀態，是散亂和遊蕩的，以至於它無法直接處理心理的問題。因此，我們必須先培養一定程度的心理穩定，也就是專注的能力。這就是第二項訓練，專注或是禪修的由來。

在這樣的基礎上，一旦我們有一定程度的穩定，之後我們就能夠使用我們的心，用專注穩定的注意力，來處理破壞性的情緒和慣性的思考模式。洞察力就成為能夠克服心靈具破壞性、產生消極傾向的解藥。

以斯帖・史坦伯格：

我想這應該會是我們下午議程的目標，就是瞭解我們是否能夠將這些在您的傳統中已經發展得很好的練習，運用到我們所謂的壓力。我想我從您這邊聽到的是，當我們講到壓力，這就是發生我們身上的事情；而當您說禪修，就是您主動去訓練您自己的一個方法。

達賴喇嘛：

這裡我們要瞭解佛教如何看待道德的本質。道德自律的定義，不只是克制自己不要做立即傷害他人的行為，也包含可能潛在的傷害行為。當你參與訓練時，在道德自律的核心，是你真正地對環境產生回應。你避免傷害他人，同時試著去過更為細心留意的生活。掉以輕心被認為是其中一個主要的狀態，會導致各種破壞性的行為。

對於專注的訓練，特別是在第三種訓練，就是洞察力，這是非常佛教式的訓練。就洞察力這一點來說，每一個靈性傳統可能會有不同的內容。顯然地，對一些人來說，一神論的取向，認為有一個造物者的想法，對他們是比較相應的。在佛教和其他古老的印度思想體系，並沒有造物者存在的想法。因此，你進入的是一個非常不同的靈性傳統。

如我們昨天所說的，我們在這裡試著要做的是，將焦點放在普世的慈悲和普世的價值。如果我們只將目標訂在某幾個特殊的領域，就會產生很多的障礙，也沒有太大的幫助。

以斯帖・史坦伯格：

我想在西方也許我們把生活弄得太過複雜。

達賴喇嘛：

當你聽到神經科學的解釋，不只是大腦，還有大腦的許多部分，每一個部分都有許多精密、複雜的名稱。

理察・戴衛森：

就好像阿毘達磨。

達賴喇嘛：

也許在心理學領域，佛教有更多的專門術語。現在科學主要處理的是物理或是外界的事物。我們需要這些，現代科學是非常非常的重要。但是同時，我們也有經驗和感受。印度古代的思想，廣泛地處理情緒和心靈，那也是有用的；因此我們應該要將兩者結合起來，以到達某種程度。然後，還有來生或是極樂世界！這是佛教徒特別會談到的東西。但不管是天堂或是地獄，這是有神論者的事情，不是我們該關注的事。我想我們最好採取一個非干預的政策。

以斯帖・史坦伯格：

那是個很難的討論方向。我要請瑪格麗特・凱曼妮進入我們的討論，並將主題帶回跟自我相關的議題。壓力涉及到對自我的威脅，這些威脅如何影響身體健康。瑪格麗特・凱曼妮是一位精神科的教授，也是加州大學舊金山分校的健康心理系主任。他是心理神經免疫學的領航者之一。

瑪格麗特・凱曼妮：

法王，我要將討論焦點稍做轉移，我希望您會對討論佛教之於自我和社會自我的概念，感到興趣。就我所知，這兩個概念可以是不同的。我很想要知道佛教對自我的看法，因為目前有許多的資料顯示，威脅到自我感的狀況，會引發壓力賀爾蒙和免疫過程，如同約翰所報告的，如果這種狀況成為慢性，就會對健康產生負面效應。對自我的威脅感，似乎就是激發這些反應，穩定而有力的活化劑。

如果你將人們放到一個他們需要去表現出困難任務的情境，然後他們的表現會被他人評量，這個狀態會引發他們生理系統的反應，造成焦慮、有壓力的情緒。也會造成對自己有負面的感受，覺得別人都對他不好。此外，也會導致自我意識的情緒，如：尷尬、羞恥和屈辱。

但有趣的是，並不是每個人都會顯露出負面的生理改變。在這樣的情境下，感受到自己很差勁、覺得尷尬、屈辱，若認為自己不足的人，才會表現出生理的改變。我認為，在我們的文化下，我們可能對這些威脅到自我的東西難以招架，因為我們的焦點在個人，而比較不在團體或集體。我想要瞭解佛教對自我的觀點，是否佛教對自我的觀念能增加我們對脆弱性的瞭解。比方說，禪修或修行如何減低人們在這類狀態下的脆弱性，我想瞭解佛教對自我的觀念，會是有幫助的。

達賴喇嘛：

在佛教裡頭，無我（no-self）的哲學概念，是一個非常獨特的佛教概念。為什麼瞭解無我是很重要的呢？因為我們認識到，在沒有受過訓練的心靈狀態中，各種問題的發生都來自於自我虛假的抓取。佛教認為人在心裡面所製造的所有煩惱和人遇到的種種問題，其中的機制是相當複雜的。我們的問題真正起源於心靈的苦惱，心靈創造一個散亂、不安的狀態。在這不同的苦惱光譜之中，有一些是偏向情感的，例如依附或是敵意，兩者可以直接關連到某種對象，這也包含了我們用某種特定的方式，關連到這個對象。

這些苦惱比較是在粗糙意識較為明顯的層面，而其他的苦惱，被認為是根植在更深的層面。它們被認為是失能的，屬於到智能這個類別，而不是反應性的，或是情感的類別。在眾多苦惱之下，是對自我虛假的相信，或對自我的抓取。也就是因為這樣，佛教才會如此強調對無我的瞭解——沒有一個被假定為恆久、絕對的自我。

佛陀說到，克服這些煩惱的過程，不是只有發生在當每件事散亂掉，讓你產生對無我的覺醒，這個單一的事件。相反地，它是一個長期、漸進的歷程，因著各種因素的匯聚，一個人逐漸地克服在智性上所習得的苦惱，另一方面也克服較自然、深植在內心的苦惱。即使，一個人幾經對無我產生頓悟，在某個層面上還是會經驗到這些苦惱。

當我們談到對無我的教導，我們並不拒絕自我和他人的真實性。即使幾經對無我產生頓悟的人，也會經驗到自我和他人之間的差別。基於這樣，你也會產生想法、感情等等。

我熟識的一位偉大學者和修行家，他事實上對於無我（anatta或no-self）已經產生深刻的頓悟，有一次他告訴我，當他試著對死亡做冥想時，意即我們所指的，對無常整體層面的禪修，他說這真是給他很大的壓力。

瑪格麗特・凱曼妮：

現在，法王也使用「壓力」這個字，是嗎？

亞倫・華勒斯：

法王用的字，被翻譯為壓力，實際上它指的是因為平衡而從心理跑出來的能量。這裡需要一點註解，它的意思從傳統的西藏醫療而來，源自於阿育吠陀（Ayurveda）。傳統西藏醫療談到三種體液：風（wind）、膽（Bile）、涎（Phlegm）。從西方醫學觀點，他們聽起來完全是象徵性的；但從西藏醫療觀點，他們一點也不是象徵性的，而是直接的經驗內容。它們能夠直接透過脈搏和尿液分析，而獲得診斷。

身體存在各種不同的體液，或是能量，它們可以從第一人稱的觀點，或被訓練有素的醫生給區分出來。身體內一種特殊的能量，它跟心臟有緊密的相關，它實際上位於胸腔的中央，但也跟肉體上的心臟有關連。巨大的壓力，不管是因外在創傷而來，或是內在使用過多的心力；比方說，太過用功，或對某物冥想而產生存在焦慮，都會造成這種心臟能量的不平衡。這種狀況外顯出來，就像焦慮、憂鬱、坐立不安、容易生氣、失眠或是沒有胃口。換句話說，就是壓力。

以斯帖・史坦伯格：

所以我們事實上是談論同樣的東西，只是使用的語彙不同。

達賴喇嘛：

的確是，每一個人都有同樣的經驗，不管是佛教徒，還是非佛教徒，不管是基督教徒，還是沒有信仰的人。人的身體有同樣的經驗。

以斯帖・史坦伯格：

另一個我們有同樣經驗的領域就是慈悲，而對我們所有人來說，真正的目標就是變成更有慈悲的人。我們持續將主題回到這一點，同時詢問培養慈悲如何能夠對健康有幫助，即使這樣的推斷並不在佛教傳統之中。我想要問的是，是不是一位醫治者，藉由用這種方式學習禪修，能夠獲得慈悲，因此而更能夠幫助生病的人。同時，慈悲是否能夠緩和發生在大腦中的壓力事件。

達賴喇嘛：

這是真實的。我的一些朋友相信，倫理道德必須立基於某種宗教信仰，但是從廣義上來說，佛教的觀點是一種人文主義。佛教的起始點是真實的本質和人的存在經驗、人類的基本處境。因此，佛教觀點強調的是：感情、慈悲、照顧感和關懷感。人類是哺乳類動物，在生命的一開始，他的存活完全要依賴在他人的照顧之上，某個程度上，這對於許多其他的哺乳類動物也是真實的。因為這個天性，我們傾向在心理上將照顧和關懷的要素，結合在一起，而將它稱之為感情（affection）。沒有感情，我們如何存活下來？這跟宗教一點關係也沒有。

因此，我們試著將這樣的潛能維持下來。我們人類有這樣的智能，去認出感情和慈悲是有用的，同時我們有能力來維持這些品質。其他的動物也有類似的心理要素，在一開始，當需求還存在時，將這些品質維繫在一起。當它們成長到不需要彼此互相照顧的時候，那麼情感就不再存在了。但因為人類有智商，我們能夠維持，甚至增強這樣的品質。我認為佛教的概念是以人性為基礎，也因此讓沒有信仰的人也能夠接受。

由於佛教的起始點是生命的實相和人類的存在處境，許多佛教的靈性方法，就是以處理存在事實的問題為目標。從佛教徒的觀點，道德或倫理不需要有宗教信仰作為基礎。也許這讓佛教修行的方法，能夠適用到健康領域之中。

以斯帖．史坦伯格：

謝謝您的這些話，我想最終臨床醫學的目標和治療者的目標，就是對病人慈悲。我們昨天簡短地談到安慰劑效果。在醫生和病人之間的慈悲互動，會產生一個強大效果，在一些現代醫療的取向中，我們已經看不到這個效應。我們需要在科學和技術上的基礎訓練，這帶給我們許多進步，但我們也不能夠忘記慈悲。

達賴喇嘛：

即使是現代醫療也認可慈悲。在喬．卡巴金前兩天的報告，他提到的希波克拉底誓言，這就是對慈悲基礎的一種隱含的認可。

以斯帖・史坦伯格：

我想要請瓊・哈力法斯從他的專業領域來做些評論。他是新墨西哥州聖達菲（Santa Fe, New Mexico）烏帕亞禪修中心（Upaya Zen Center）中心的創辦人、院長和主要教師，他服務臨終病人。瓊，我想請你評述一下你將慈悲取向應用到壓力預防和減輕臨終過程的受苦。

瓊・哈力法斯：

我認為去承認人會死亡這個事實，是醫生工作中一個很重要的部分。不確定性、失去存在的基礎和無常，這些都是我們需要去深刻思考的主題。但除此之外，醫生的訓練尚需要包含對健康的觀點，這個觀點不只和心理或身體有關，也必須要包含靈性、社會領域和環境。

和醫師的心理訓練有關的另一個重要面向，是在注意力平衡、情緒平衡、後設認知（meta-cognition）、復原力和健康的心理品質，例如：同理心、慈悲、平靜和利他主義。當這些心理品質受到培養和發展時，它們能協助醫生用更有技巧的方式，來履行他們的職責，也能夠預防一些病狀的發生；例如：心力耗竭、二度創傷、道德困境；從各種方向而來的敵意，這些挑戰都是醫生在照顧他人，或是在醫療環境中工作所要面對到的。我們需要關照的其中一個重要的問題是，如何教育醫生在注意力和情感上保持平衡。禪修是可以預防受苦的一個方法，在臨床醫療中，和同理心、慈悲、平靜和利他主義相關的教育，對醫病之間的互動來說，是極為重要的，這對醫生自己的心理安適與成熟，也同樣重要。

達賴喇嘛：

承認並接受一個人會死這件事情，的確是非常的重要。接受死亡是不可避免的，這是生命的一部分，當死亡真的來臨時，接納讓事情變得較為簡單。當死亡突然降臨，對一個從來沒想過死亡的人來說，這會造成更多的心理混亂。在另一方面，如果一個人對死亡想太多，就像我早先提到的那位西藏僧侶，這也會導致壓力，造成不必要的麻煩。

瓊・哈力法斯：

可能要取決於這個人年紀多大。

達賴喇嘛：

有時候我會認為現代科學是用精確聚焦的方式，鑽研某一個特定領域，嘗試找出絕對、獨立的答案。但那是不可能的！即使是我們愈往最小的粒子去探究，他們個別的存在是依賴在其他的粒子上，並且時時刻刻都在改變。你無法找到一樣東西是絕對和永恆的。即使是在物質或是巨大的能量都是如此，更何況是纖細的心靈。要瞭解現象是很困難的，特別是要在一個孤立的情境，沒有關照各種因素之間的關係，而想要探討心理現象，這就更困難。我們真的需要發展更全面或整合的觀點，而不是試著去找一個絕對的位置。

以斯帖・史坦伯格：

真的很高興聽到您這麼說，因為我們在學術醫學的其中一個目標，就是要去尋找一個全面而整合的方法——不只是整合不同的學科，如同我們已經討論過的，神經科學、精神病學、心理學、免疫學和心臟病學之間的整合，還有整體自我的整合，個人和世界之間的整合。個人和更大的世界，兩者並不相互排斥，它們是一個整合的整體。

達賴喇嘛：

即使經驗一個心理事件，也需要某種物理基礎存在，因此它們是相關連的。

以斯帖・史坦伯格：

作為科學家，我們可以深入細節，只要我們保持我們的慈悲、喜悅和在發現時刻的肅然起敬，這些是我們都有的。我認為，在內心，我們都是具有靈性的，我們能將兩個世界觀給結合起來。

珍・喬任・貝絲，在之前的評論中，你提到你在做受虐兒童和創傷後症候群的治療，是否能談談禪修與慈悲，如何能夠幫忙這群處在痛苦狀態的人。

珍・喬任・貝絲：

當我們每天都跟疾病、人的受苦接觸時，我們需要為我們找到解藥，而這需要的是心靈的解藥，一種心靈的醫療。比方說，每天禪修協助我去清理我的心和靈。照顧受虐兒童時，我聽到許多駭人聽聞的受苦故事；我每天都需禪修練習，我才能夠清理我的心和靈，以準備在明天看下一個家庭。這是絕對必要的。我也需要去瞭解，正在跟我講話的這個父母，他虐待孩子，使這個孩子或是受傷、或許死亡；而很有可能地，這位父母也曾經是個受虐兒童，輪迴的循環將會繼續。如果我可以將這些父母，看作是曾經受虐的兒童，他們不曾接受過任何心靈的協助，以跳脫自己的受苦，這個看法讓我的心，可以對他們開放。

即使你只有十分鐘看一位病人，而你能夠全然地和這個人在一起，在你跟下一位病人接觸之前，花兩秒鐘來清淨你的心和靈，都是有幫助的。所以每幾分鐘，我們就要練習一次禪修，禪修不是一種要特別去做的事情，我們不是只在禪修營練習，或一年練習兩次，而是我們必須經常不斷要去做的事。

覺察到我們自己是空的，這是很重要的。當一個家庭對我發脾氣，這經常發生，如果我能夠把我自己看作是透明的，或是空的，之後來到我身上的氣，就會穿過我，跑到門外面去。我可能還不是做得很好，但是這是一個很棒的方法，能夠協助我們做這個工作。

達賴喇嘛：

很好。

珍・喬任・貝絲：

法王，我想要請教您一個問題。我有兩個生活，一個是醫療生活，一個是禪宗老師和修行的生活。當有人聲稱，一種藥可以治療各種問題時，我醫療的心就變得很多疑。這就好像聽到有人在賣蛇做的油一樣。在過去幾天以來，我們都聽到正念減壓課程，能夠治療任何東西，從氣喘到心臟病還有牛皮癬。醫療的我的那個部分，又開始有點多疑，好像這講得太簡單了，而當我們進一步去看時，它似乎又沒有那麼簡單。但是作為禪宗老師和修行者的那個我，會認為當人們開始練習禪修，這就好像他們吃了一顆維他命，是某種對健康有益的東西。那麼，禪修練習所提供的東西，就像必要的睡眠或是食物，或是被人所愛。因此，我想知道法王您怎麼想這件事。

達賴喇嘛：

在佛教文本中，有提到阿羅漢（arahants），他們從存在的循環中，獲得完全的解脫。有一些大師也到達非常高的靈性層次，在很久以前，就將四念處做得非常完美，但是他們仍然會生病、會老、會死。因此，我認為如果有靈性大師宣稱，如果你練習他們的禪修，之後一切都會順利，這就太不可相信！心靈的問題非常複雜，所以解藥也就必須要具有全面性。正念修行只是其中的一部分。這並沒有那麼容易。

瓊・哈力法斯：

法王所說的東西是非常根本的，也沒有否認禪修以外的倫理因素，或是深度探究的經驗。

以斯帖・史坦伯格：

這個對話提出了在佛教世界觀、臨床醫療和科學之間，有趣的相似性和相異之處。從定義上看，在科學領域，我們必須客觀，就如同您在最近一本書《相對世界的美麗：達賴喇嘛的科學智慧》中精彩的摘要，我們必須將問題拆解到最小的部分，以便能瞭解它。

達賴喇嘛：

是的。

以斯帖・史坦伯格：

在臨床醫學，我們必須要採取更廣闊的視野。我認為相較於科學，佛教和臨床醫學之間有比較大的合作空間。但這並非意謂著，我們不能將科學和其他的臨床醫學融合在一起，如同你在書中所倡言的，這不意謂著我們不應該將科學和其他世界觀相互交融。事實上，在這個全球化理念的時代，透過我們在科學中所學到的方法，將各個傳統融合起來，這是要對世界產生更充分的理解，所不可或缺的。

理察・戴衛森：

法王，有一個關於身心整合的問題，當我們在今天的午餐討論時，聽眾和講者透過不同方式提出這個問題。許多禪修練習，將注意力專注在身體的某個部位，其他的禪修練習則採用自發性的注意力，來感知身體歷程。在佛教的理解中，當我們將覺察放在身體的某個部位，這個部分的身體，會用任何方式改變嗎？

達賴喇嘛：

這取決於個人對運用持續注意力的熟練程度。如果這個人有高程度的定力，或者是專注力，一般的瞭解是，身體層面的感受也會被改變。舉例來說，一些談論佛教能量理論的文本有討論到，如果一位進階的禪修者，他非常精通對持續注意力的運用，並且能夠將能量聚焦在身體的某個點，維持超過四小時而不動搖，這就會產生生理的效果。一個或兩個小時禪定在某個特定的區塊，不會有這樣的結果。

理察・戴衛森：

我們需要更多年的練習。

達賴喇嘛：

對我而言，分析式禪修（analytical meditation）是比較有用的，就只是分析疼痛。比如說，當你有一個創傷經驗，那樣的經驗就已經發生了。

我一開始的時候有提到，任何問題都是因為無知（ignorance）而產生，無知產生不現實的態度，而不現實的態度帶來各種心理問題。接納現實，用如實的態度來認識它。如果事情還能夠盡力去做，就不需要擔心；如果盡心去做也沒有幫助，那擔心也沒有用。就讓它結束。

問題的其中一個來源，就是想要抓住一個持續的永恆性。另一個問題的源頭是極端的自我中心。對於每一種心理問題，我們需要不同的方式來應對，需要不同解藥來轉化、形塑我們的心。這是我的想法。為了更有效率的運用我的智力，我寧願好好睡一覺，而不是做禪修。

以斯帖．史坦伯格：

我想要達到那個目的，也許您應該要好好睡一覺。

達賴喇嘛：

謝謝！

第五部

整合與反思：迎向全人類的喜樂生活

這部分由班奈特・夏皮羅主持，報告者對本次會議主要闡述的議題做出反思。第一場報告聚焦在禪修的角色，廣泛而言，就是整合取向對提升健康照護所扮演的角色。第二場報告提供一個廣闊的視野，來瞭解心靈與自我的本質，人類對這些概念產生覺知的天生局限，以及人能夠連結修行與科學的巨大潛能。

班奈特・夏皮羅：

對我們所有人來說，這是一場最具有魅力，且最令人感到興奮的會議。我想要對過去幾天所討論的東西，提供一些想法。但我必須聲明，我不是一位神經科學家，也不是心理學家。我是一位醫生，在生物化學和分子生物學的領域中，建立我的專業生涯。我擔任生物化學教授多年，然後進入藥物發展的領域，試圖尋找具有突破性的藥物，來醫治嚴重的疾病。過去十五年來，我都從事這樣的工作，一部分在大型的製藥公司，一部分在生物科技公司。

我曾經在一家簡化生物中心（Center of Reductionist Biology）工作，這個中心對我們看待生命過程的方法，有著巨大的影響。在我職業生涯開始的時候，我完全無法想像，今日我們對生命的本質，和對所有生命體的相互依存，能夠產生這樣的洞見。這些洞見從深度的分析取向而來，大約是在半世紀或更早之前；當時，物理和化學的技術跟理念，被運用到生物學。將如此強而有力的理念和技術結合，的確讓我們對生命本質的瞭解，產生變革；也讓我們能夠發現嶄新的治療方法，來減輕受苦。

將物理、化學引入生物學，而組成的神經科學，實在是進步神速。事實上，整個領域都脫胎換骨。我們現在知道很多關於神經細胞如何工作、如何整合在一起，以及引發他們活動的化學反應。這樣的進步實在是難以想像。然而，對於心靈的瞭解，我們並沒有類似的進步。雖然我們可以深刻地瞭解到腦的性質，我們對於心靈的瞭解，速度卻非常緩慢。有幾個原因，讓西方試圖研究心靈的方法，產生脫軌的現象。其中一個原因就是行為主義所產生的巨大影響。在十九世紀末，很顯然地，人們對於自己的內在狀態，無法完整地呈現，此後心理學進而轉向將外在行為當作內在事件的指標。事實上，在二十世紀的前半，人們幾乎將心理的內在狀態完全遺忘了。只有極少數的心理理論出現，包括佛洛依德和其他人，但主流心理學研究處理的是動物和人類行為。一直到最近二十或二十五年，討論意識這件事，已經變得合法，因為意識是我們存在的核心。

但問題在於，我們如何在這個領域進步？我們需要運用強大的科技和創新的見解。多數情況下，我們對人類心靈產生具體瞭解的主題，都和中風病人或腦傷的病人有關，我們的工作，主要在於從病人的思考和行為來推論，大腦不同部位的功能，並測定是哪個功能喪失。此外，在世界各地，我們以大學部學生作為樣本，在心理學實驗室中，問他們各種問題。在心理系，我們已經使用這一群年輕人，做過無數的實驗，嘗試去推論人類心靈的潛在能力。

當我回想我還是個大學生時，我尚未發揮人類心靈的最大潛能。我不相信多數人會認為，人類的心靈在二十歲左右會達到高峰。一個合理的問題是：我們在什麼地方可以瞭解大腦的潛能？我們都同意，心靈這個強而有力的工具，能對健康和對這個世界所做的貢獻。我們所知有限，我們如何能夠找到方法，來瞭解人類心靈的潛能到底在什麼地方？

對我而言，期待這個領域中深具專長的人，並非不合理。從科學的觀點，最合理的事，就是我們在各自專精的領域中做決定的方式。作為一位化約論分子科學家，對我來說，似乎最合理的方法，就是去探討一個已經花了幾千年的時間在發展心靈的領悟力，就如同佛教或基督教在修行方面所做的努力；或者我們可以尋求，已經花了數萬個小時在禪修的人，他們的觀點。這些人用自己發展出來的嚴謹方法，來探討心靈的不同面向，他們對心靈的描述，使彼此可以瞭解他們所達到的心靈境界，也可重複驗證。這些人的經驗，就等同於拿了四、五個博士學位的人，或和花了很多年在做醫療的專科訓練的人一樣。如果你需要做一項心臟手術，在座的任何一個人，都不可能會去找一位大學生。在此我並沒有貶低大學生的意思，我自己曾是大學生，也做過大學生的父母，但如果要探討心靈的問題，我認為我們應該要很務實。如果我們詢問，像人類心靈的潛能是什麼，這樣嚴肅的問題；對我來說，唯一合理的方式，就是去請教已經在鑽研心靈議題的人。

因此，對於前兩天神經學會（Society for Neuroscience）邀請達賴喇嘛到華盛頓，在他們的年度會議上做演講，我一點也不感到驚訝。如果你真的有興趣，想要挑戰神經科學對心靈研究，是否是認真的，邏輯上來說，你會怎麼做呢？顯而易見地，去面對它就是一個最好的做法。修行傳統已經有多年的經驗，從內在探討心靈。我們何不請教他們呢？除此之外，如果我們對心靈有一個較為清楚的看法，再加上我們在現世已經發展出來的知識，我們就能夠去克服醫療所面對的挑戰，還有存在我們社會中，許多痛苦的事情。

在這個部分，我們有無限的可能。這就好像在一九三〇年代，當物理學和化學開始對生物學產生嚴肅的興趣一樣。所有隨著科技的創新而導致的進步，都有賴於將這兩個重要的學科，結合到一個領域。這是讓你的理解，得以躍進的方法。因此，我們要藉著這個會議，感謝法王、「心靈與生命學會」，還有眾多對這個領域感興趣的人，能夠一起討論心靈的議題，用西方科學所發展出來的，一個完全不同的方法——用提問、合作，然後得到領悟，來看待這些議題。這個對話，對於我們接下來五十年要做的事情，能夠產生同樣深遠的衝擊和影響，就像是物理和化學的結合，改變我們對生物學的瞭解。我們期待兩個主要的知識學門，彼此相互交流，而我們不知道這會將我們帶向何處。

這是一個絕佳的機會，但同時也有很大的挑戰存在。首先是態度上的挑戰，許多醫生傾向拒絕將心靈和身體疾病做機械性的連結。雖然現在有一個合法且重要的期刊，叫做《身心醫療》（Psychosomatic Medicine），當我還在接受醫師訓練的時候，身心疾病不被許多醫生當作是真正的疾病。這對一位從事醫療的醫生來說，是一件很奇怪的想法。

的確，許多的態度需要被改變，而改變總是需要時間。一位西藏的僧侶，能夠帶給神經心理學家什麼樣的訊息？當人們聽到，法王要在神經學會作演說的時候，不少人有這樣的疑慮。很顯然地，在任何具有革命性的想法要產生之前，這樣的態度是存在的。也許抱持這樣的想法，讓不少人感覺比較舒服，他們甚是連思考讓我們的認識產生變革的可能性，都不願意。

然而，實際操作上的挑戰亦存在。對於目前在這裡探討的議題，我是個門外漢，但我的確知道相當多藥物的發展。讓我跟大家談談，當我們試著發現一種具有突破性的藥物，證明它的確對人有效果，我們所要經歷的過程；因為很重要的是，要確定你所使用的，任何新的治療是有效且安全的。當我們進行複雜的臨床實驗，我們使用安慰劑，它們在形狀、大小、味道和你可以看到的各個部分，都和測試的藥物一樣。我們這麼做是因為安慰劑的效果，其實就是心靈力量的替代品，在臨床測試中，它們的影響是很大的。在一個疼痛藥物的實驗中，它的效果明顯。在憂鬱症藥物的實驗中，安慰劑的效果也是高到和測試的藥物一樣，兩者沒有不同。即使在血壓、關節炎的關節腫脹或是尿流的阻塞，都有一定的安慰劑效果。在很多的臨床試驗，如果總效果是百分之五十，安慰劑單獨的效果就占掉百分之二十或三十。我們也使用完全的隨機取樣，確定服藥者的背景和特徵，跟使用安慰劑的人是完全相同的。我們甚至在臨床測試中，使用三盲技巧：病人不知道他吃的是哪種藥物，醫生也不知道，並且計算資料的人也不知道。因此，偏誤就不可能存在。雖然這看起來很不自然，但我們將這個做法視為研究的最高標準。

從這個過程，我們可以瞭解到要將類似的標準放到禪修的研究是多麼困難。我們也看到這些同事在做這類實驗時，所面臨到的挑戰。顯然地。你很難找到一個完全相同的安慰劑組別。一個等待接受治療的人，可能和正在治療或不接受治療的人不一樣，而你也很難去隨機取樣，因為許多自願來參加這些臨床測試的人，他們都熱衷禪修，或過去曾有禪修經驗。此外，對於瞭解他人內在狀態的技術，我們也還處於發展階段，這些技術都還需要進一步加強。我們也在探索，使用生物標示物（biomarkers）和影像技術，來協助我們在這個部分的思考。

顯然地，這些是非常早期的研究，如果我們假定，在第一年對這個領域探索時，技術已經是很完美的，這是不現實的想法。早期研究的人，他們的勇氣和熱忱，顯示著這個領域有著巨大的潛力。在本次會議中，我們聽到許多研究指出，當我們在不同的環境仔細探討時，巨大的心靈力量能夠被看見。我們談到有經驗的修行人，能對禪修研究賦予更多價值，從早期理察•戴衛森和其他實驗室的研究中，我們也開始看到，人的心靈、大腦和身體的潛能，甚至比研究所提出來的結果，更加巨大。

第三個議題，是我們所考慮的倫理問題。今天，我認為所有人都相信，心理訓練是一種極為強大的技術，我真的如此認為。你可以看到當心靈走錯方向時，受傷害就會發生。沒有一樣武器，比人的心靈更加強大。因此，我們真的是如此幸運，我們應該要停下來想想看，這些戒律是包含數萬個小時的禪修，是在宗教傳統的脈絡底下，以道德動機為基礎而發展出來。那並不是一個問題，那是一種祝福。我們可以想像，這些技術被不恰當地使用。我應該要提醒各位，正念減壓的整個計劃，是扎根在同樣的倫理基礎上，因為發展這個技術的人，認可倫理歷程的重要性。但是，人們也有可能發展出類似的心靈訓練技術，但卻沒有考慮到倫理——這實在是讓人不喜歡的結果。

在一個領域發展的早期階段，我們要考慮到在提煉這個方法時什麼問題會出現，以確定當我們繼續向前發展時，我們所堅守的不只是最高的科學標準，我們也用同樣高的倫理和道德標準，這些標準支持著禪修技術的發展，已經有幾千年的時間了。當我們繼續前進時，信守倫理不僅是我們的責任，也是我們的挑戰。

我相信我們正見證著一個新取向的誕生，它讓我們有機會不僅是轉化醫療和健康，如果我們持續有智慧地發展它，它也能用一個非常強大的方式，轉化了人的受苦。我必須對法王、法蘭西斯科・瓦瑞拉、亞當・恩格爾和在「心靈與生命學會」多年的同仁，獻上我個人最深摯的感激，他們開始了這個對話，也開啟了減輕人類受苦的潛能。

今天早上，我們將會聽到兩位非常傑出人士的觀點。我們第一位的演講者是雷夫・辛德曼，他是美國最傑出的醫療領袖和教育家之一，也是位醫生和科學家，多年來，他也一直是杜克大學醫療體系的領導人。他依舊在各個部分活躍地參與健康照護。我們非常高興，拉爾夫，你今天能夠花時間跟我們在一起。

禪修與健康照護的特徵

雷夫・辛德曼

隨著日新月異的科技和不斷開展的知識論被納入醫療實踐，在許多方面都可以看到，醫療正堅定地朝向更為整合的觀點移動。這個報告試圖從臨床和基礎科學的觀點，來探討在「心靈與生命」第十三屆會議中所提出的觀點，如何能夠促進醫療照護、醫療教育和醫療研究的持續發展。這個報告也強調整合取向所具有的潛在能力，來創造更為合理的醫療體制，以促成人的健康和福祉，同時也說明了在促進自我健康方面，個人參與扮演了一個更重要的角色。

法王，對我們來說，這真是一個榮幸，也是重要的時刻，我們每個人從不同的軌道來到這邊，與你相聚在一起。每個人的軌道都是獨特且重要。然而，此時此刻，我們一起在這個空間相聚，希望能夠增進人類的精神品質，減少受苦和從苦惱中解脫。

我從作為一位醫生的軌道而來，我的職志是醫治人身體的受苦。在我四十年的行醫生涯中，我運用西方科學和技術的力量，在很多醫療領域進行研究，最後我發現西方的科學技術的力量和方法，雖然涵蓋面很廣，但對消除人類受苦和增進身心健康，卻是不足夠的。

因為這樣，我和許多同事，相信在座的許多人也跟我們一樣，都希望能從您和您的同僚，學習從流傳兩千多年的內省禪修傳統所傳承下來的智慧，進而思考如何改善人的整體狀態。我們也很感謝，您在「心靈與生命」會議中指出：對科學進一步的認識，也能對學習佛法產生好處。這是很自然的。我們跟對方學到了什麼，而這兩個取向，又如何能夠增強彼此呢？

一路走下來，「心靈與生命」的系列會議，已經進入第十三屆。這次會議的重點，要探討的是：在心靈訓練和正念修習中，我們已經學到什麼，而我們還能夠再學到什麼，以增加我們對大腦和健康之間的瞭解；不只是心理健康，還包括身體健康。從這裡出發，我們要走向何處？我們是否能夠將在這裡所學的知識和方法繼續向前行，並讓未來的事物變得更美好？

在這個會議中，藉由討論從醫療和禪修這兩個極端不同的取向對心靈的瞭解，我們學習到很多，也知道心靈的專注和訓練，能夠對大腦的結構和功能，產生極大的影響。一旦我們運用這個知識，我們就能做一些事情，來改變人類的狀況。我們學到心理訓練和禪修能夠改變大腦的結構，經由神經可塑性，它們能改變大腦的神經網絡，例如修正神經的連結方式。心理訓練能增強跟慈悲相關部分大腦的活動，亦能夠減低大腦控制恐懼、焦慮和憤怒這些情緒的影響力。這真是一個強而有力的訊息。

我們也學到大腦似乎用一些神祕的方法在運作，像是我們在思考時，大腦對訊息的處理是分散式的，沒有一個中央控制中心，心理訓練可以協調不同大腦功能區塊的共振效應。我們也學到具破壞性的情緒，例如：生氣、恐懼、驚嚇或哀傷和各種不同的壓力，它們所造成的改變不只在心理，也包括身體和大腦，而心理訓練能夠改變這個狀況。佛教徒知道這件事情，已經兩千年了；但研究資料現在才顯示，心理訓練實際上能夠改變生理過程，對個人產生好處。

壓力會影響到流入心臟的血流，會造成心臟病或潰瘍，減低對疾病的免疫功能，造成臨床上的憂鬱，而這是最痛苦的心理受苦之一。臨床上憂鬱跟大腦運作功能的異常有關，某程度來說，心理訓練能夠提升功能，對減低憂鬱症有幫助。這也是個很棒的訊息。雖然不是治癒憂鬱症，但卻能對應付這種痛苦的心理疾病，帶來有效的幫助。

透過喬・卡巴金博士在正念減壓的工作，和他的同事們所發展出來的正念認知治療，我們瞭解到禪修訓練對廣泛的一般人——他們不是佛教徒，也不是出家人，也會帶來好處。正念訓練可以減低許多人的疼痛和受苦，運用這樣的禪修方法，來適應慢性疾病，在目前已經引起大家強烈的興趣，也成為一個廣受討論的重要領域。

我過去的行醫經驗告訴我，只有純粹的科學和技術，會將我們帶到某個方向，某程度來說，這是一個死胡同。只靠科學，並沒有辦法解決所有臨床問題，有時候它反而會製造更多的問題。

西方世界的醫療，在過去一百年來有著戲劇性的演進。約在西元五百年前，希波克拉底是第一個在西方醫療建立倫理守則的人。他也是將醫學從神祕學分離開來的人，他將醫學放置到一個客觀的基礎上，我們只從能夠觀察到的東西學習。心臟過去被認為是一個非常神祕的地方，到了西元一千六百年，我們才知道它是輸送血液的肌肉。原先，心臟被連結到跟靈性有關，而這個發現讓我們認為心臟只是身體的一個器官。

賽米維斯醫師（Dr. Ignaz Semmelweis）在醫療史上是位重要的人物，至今他對醫療的重大貢獻，尚未受到足夠的認可。當年，他在奧地利一家當時可說是西方世界最好的醫院工作。他們面對一個大問題：生完小孩後的婦女，經常在幾天內就因為產道嚴重的發炎和化膿而導致死亡。這個問題被稱為分娩膿毒病（puerperal sepsis）或產褥熱（childbed fever）。賽米維斯醫師注意到，由醫師接生的婦女，產褥熱的發病率非常高。如果婦女由助產士來接生，發病率就低很多。當時，醫生藉由對前一天因產褥熱過世的婦女做屍體解剖來學習技術。他們結束後沒有洗手，因為那時候尚未有細菌的觀念。之後他們幫下一位即將生小孩的婦女接生，而這些婦女就得了產褥熱。賽米維斯醫師瞭解到，醫生的手從過世病人身上，移動到正常婦女身上，一定傳播了造成疾病的東西。你會認為其他醫生會說：「哈利路亞！這真是太好了，我們終於明白了！」然而，他們卻否定這個想法。當時，賽米維斯醫師被認為是瘋狂的，被當作壞人。其他醫生相信產褥熱是因為大氣中的沼氣，或是體液的問題，像是膽（Bile）或涎（Phlegm）。這個例子顯示，醫療專業全然拒絕他們還沒有準備好要接受的東西，因為當時沒有任何的架構來瞭解新的觀念。

一直到後來，當羅伯特・科赫（Robert Koch）、路易・巴斯德（Louis Pasteur）和約瑟夫・李斯特（Joseph Lister）清楚地指認出病原體，大家才接受細菌造成疾病的觀念。科赫發現，顯微帶原體是造成肺結核的原因，他很明確地將這個答案展現出來，最後導致醫學的革命。突然之間，科學和技術似乎擁有巨大的力量，一旦我們瞭解到許多疾病是因為感染源所造成，我們就能夠使用強大的新技術，很明確地治療疾病。很自然地，這就形成了「找到它，修理它」的文化。

過去一百年來，醫療科學為我們帶來許多美好的事物。然而，它目前非常強調疾病，我們幾乎沒有將注意力放在健康上面。我們假設，每一種疾病，都有它的缺陷和不足，我們要找到問題以便修復。在人的一生中，我們都不管他們健康的問題，一直到疾病發生。在美國，我們習慣假定人的健康是由醫生來負責，個人對自己健康的掌控，只有小部分的責任。

這樣的態度會產生什麼結果？從一方面來看，在一九〇〇年，平均壽命四十歲，升高到今天的八十歲。這真是件神奇的事。但又從另一方面來看，在一九〇〇年，十五到二十五歲，年輕男性最常見的死亡原因是感染。今天，這個原因變成被殺害、自殺、藥物濫用或是暴力事故。我們已經有很大的進步，但有些進步的結果卻是駭人聽聞的。除此之外，我們也累積了大量的慢性疾病，而多數的疾病都由人們自己的行為所造成。

西方醫療其中的一個問題就是，我們傾向做簡化的假設，認為每一種疾病有單一的致病因素，我們能找到這個原因，並修復它。現在我們知道，經常是多重因素造成疾病，而非是被化約之後的單一原因。人被生下來之後，就會帶著一個基準風險，隨著時間，環境因素會影響這個風險。對於不同疾病，我們易受感染程度也大不相同；然而，我們經常對造成疾病進展的環境因素，有很大的控制力。

我們來想想像肺結核這樣的慢性疾病。每個人生出來之後都會有一個基礎風險，之後他們可能暴露在風險中一段時間。如果在這個會議廳的每一個人，都暴露在造成肺結核的細

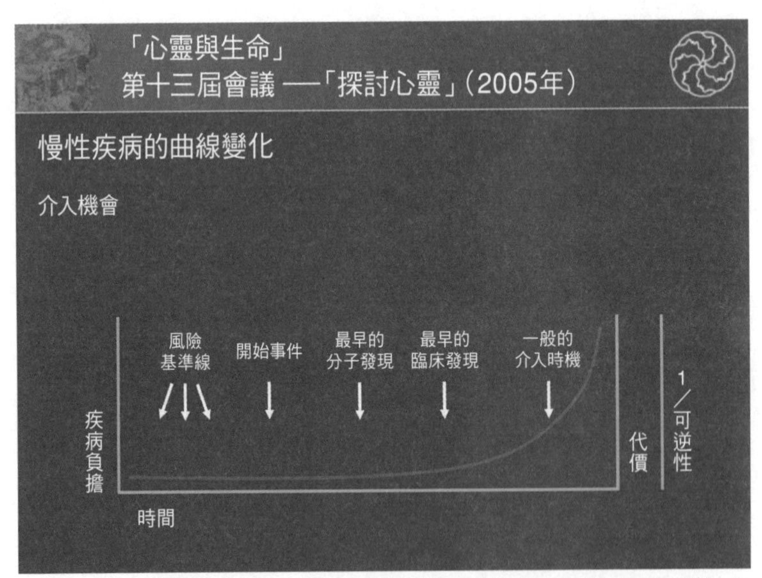

圖十一：疾病的發展是遺傳敏感性（基因遺傳）和暴露於環境因子下（包括生活習慣）交互作用的結果。雖然在許多狀況下，疾病因適當的注意和診斷，而被偵測到；但從疾病的長期發展來看，許多疾病沒有臨床表徵。一旦疾病的徵兆或症狀表現出來，通常是疾病發展的晚期；比起早期介入，這時候疾病被逆轉的可能性就會降低，治療的代價就增高。

菌之下，只有少部分的人會衍生出非常嚴重的問題，以致無法存活。但很多人可能一點都不受影響。介於中間的情況是，每個人對同樣的細菌，會有不一樣的反應。換句話說，即使肺結核菌造成肺結核，但它的影響確實有賴於更複雜的因素，這跟個人的抵抗力和敏感性有關。

事實上，其他疾病也是一樣。疾病隨著時間進展，最後的結果和個人天生的基因、受遺傳影響的敏感性，還有他所暴露的環境及他的整個人生經歷，都有關連。

目前在美國，健康照護系統傾向在疾病發展的晚期，才去面對疾病。隨著時間的推移，治癒疾病的能力降低，減少疾病影響的可能性也降低，而治療的代價增高。然而，我們現在要進入的時代是，我們能夠提早預測到疾病，隨著個人化健康照護的增加，我們重點在預防、並減少疾病。這需要每個人都能體認到他們的健康風險，並採取適當的行為或是治療方法，來降低疾病進展的風險。

我相信，在我們有生之年，我們將有能力在疾病發生在個人身上之前的一段長時間，就確認個人會有的風險。這將給每個人有更多的機會和責任，來因應疾病和控制健康。問題是，至少在美國，人們似乎不想承擔這個責任。在這個新的健康照護的世界觀中，我們可以預測和預防疾病，個人的角色變得更為重要。法王，這就是為什麼我們需要您的忠告。當個人的責任變得更為重要時，我們如何鼓勵人們，讓他們瞭解到健康是一個價值，而他們必須為此負責？我們如何和大眾發展伙伴關係，使人們願意負擔起自己健康的責任，適當地修正自己的行為，以達到健康的目標？我們相信：降低壓力、平靜的心、寬恕的心、擁有慈悲的心，對提升健康來說，都是必要的。如同我們想到禪修所提倡的倫理價值，在我天真的想法裡面，我在想是否一個人能夠好好對待自己的身體、停止傷害自己的身體，也算得上是實踐倫理價值的一項做法。

讓我來摘要一下，至少從我的觀點，我們從這個會議中所學到的，看看是否跟健康照護有相關。我們學習到，禪修或心理訓練，能夠修正我們的神經網絡，協調大腦不同區域的共振反應。禪修是一個力量強大的工具。它調節神經內分泌的功能，也就是實際上對身體的每一個系統，都有重要影響的賀爾蒙。我們也學到，禪修增進我們的覺察，透過增加免疫系統功能，潛在地影響我們的健康，實際上它也可能限制疾病的進展。從喬・卡巴金對牛皮癬的報告，以及其他報告者談到有關心靈對病理的影響，我們瞭解到，至少心靈能減低從疼痛而來的受苦。我們聽到被箭射到一次，卻痛了兩次的故事。身體受傷讓我們感到疼痛，但使用禪修和正念，這個強大的工具能幫助我們避免心靈將疼痛扭曲，而變成讓我們受苦的第二隻箭。

法王，我想請教您和您同僚的問題是，哪部分的禪修練習，能夠增進慈悲，將慈悲內化到我們自己和我們的身體之中？我們可以使用哪方面的心理訓練，讓人們在他們有生之年，參與到自身的健康照護？

最後我想要說的是，對我而言，能夠和大家在此相聚，是我一生最美妙的時刻，我要感謝在場的每個人，能讓我一起和大家在這裡探討心靈的奧妙。

班奈特・夏皮羅：

下一位演講人是沃爾夫・辛格，他曾在我們的第二場會議中報告。沃爾夫是一位傑出的神經科學家，他讓我們對大腦各區位之間的關係產生深刻的領悟。他將要告訴我們，他對我們這個會議內容的看法。

沃爾夫・辛格

演化、心的性質、自我以及對人性意涵之反思

在這場會議中，各種不同的取向相互滋養，在科學和修行兩邊，也出現一些知識論上的難題。在本會議最後的反思，強調一系列的主題，也關注從對話而產生的議題，包括：強烈的自我認同習性很難被發現；我們的所知能力顯然是有所限制的，特別是如果我們從演化生物學、哲學，或是神經科學的角度來看一群神經元或是整個大腦、一個人或一個社會，如何能夠知道，對於一個問題，自己已經到達一種和諧或最佳狀態？我們如何能夠珍視科學盡其所能帶給我們的美；而同時謹記在心的是，科學的極限以及它只是認識事物眾多方式的一種，其他方法也有同樣深度的效力。我們如何用以維持並執行，修行傳統帶給我們的一切？我們如何能夠有智慧而慈悲地處理我們的無助、不確定感以及我們認知上的限制？這次會議中關於科學和修行不同認識方法的合流的豐富內容，如何能夠深化我們對生命的質問，將此轉化為有效的研究策略，並讓我們能繼續向前。

法王，很榮幸我能夠再次回到這邊，再次與您見面。在會議的最後，我要跟大家分享，在聽完報告和討論之後，我的一些想法。

這個會議的許多內容，都立基在具有深度的智慧和知識之上，也因此我想要從幾個知識論上的考量，來開始我的報告。當然，我應該要從神經生理學的觀點出發，因為這是我唯一熟悉的觀點。很重要的一點是，我們對這個世界的瞭解和想像，是有限的，受限於我們大腦的認知能力。我們的大腦是演化過程的產品，它是經過嘗試錯誤的學習安排，以適應我們的世界。這點表明了，大腦大概不是如同康德所說的，被設計來發現現象背後的真理。相反地，大腦採用的是生存的務實策略，使得擁有大腦的有機體，能夠生活在充滿不確定和危險的世界。

為了達到這個功能，大腦得去適應一個以公分或公尺所定義出來的世界，因為這是我們這個生物體，所存在的量尺。這就是為什麼在古典的物理世界中，時間和空間的座標軸是固定的，而不是相對的。這可能也是為什麼，對我們來說，直覺上去想像或瞭解量子層面的歷程，或是宇宙規模的歷程，是如此的困難。對這些歷程我們沒有直觀能力，因為為了生存，我們並不需要去瞭解這些東西。大概也是因為相同的理由，對於複雜、非線性的動態系統，我們的直覺力也很差。我們的大腦所要做的是，對世界的運作方法產生預測，以便採取進一步的行動。我們最好能知道老虎什麼時候會來，而不是當老虎來的時候，我們感到驚訝，然後被吃掉。

然而，只有在線性過程中，因果關係是一個簡單的原則，我們才能做預測。我們似乎擁有一種天生的傾向，假定這個世界是線性且簡單的，雖然它並非如此。當大腦在演化過程中逐漸形成時，當我們還是猴子的時候，對世界如何運作產生一個預先的概念，讓大腦可以運作得很好。這個頭腦簡單的假設，大概也是讓我們假定，在大腦的某處一定要有一個行動者（mover），或是我們所說的自我。

我們也假定，大腦就像是一台線性機器，依照古典物理學所描述的過程在運作，就像是時鐘或是簡單的機器一樣。然而，我們知道線性系統沒有創造力，也缺乏意向性。他們無法主動，也沒有能力產生驚喜。但實際上，我們自己卻是有創造力、有意向性，對未來開放、充滿不確定性，並且是自由的。我們觀察到，其他人也是如此。由於我們做出線性的假定，我們認為在大腦中，一定有某種東西讓這些奇妙特質產生。這大概就是為什麼，我們會假定有這個行動者，並將這個無形的自我所擁有的種種性質，歸諸到這個行動者。

目前的科學方法已經證實，大腦不是簡單、線性的機器，而是一部高度複雜、使用非線性動態運作的自我組織系統。這樣的系統擁有我們所看到的，無形的心靈具有的所有特性。比方說，它能夠具有創造力，並對未來開放。這個系統特別重要的特質是，它能夠支持新性質的出現，這樣的性質無法從各個組成成分的特性推演而來——所謂的性質，像是意向性、或意識、或道德。這是一個很有趣的難題，大腦系統能夠產生所有的直覺、概念及許多奇妙的功能，但卻對自己實際上如何運作，毫不知情。我們感覺不到心靈在工作，這種不對自己做內在評價的狀況，真讓人難以置信。

尤其在西方世界，這種狀況導致一種概念上的二分法或是二元論，也就是能以物質形態顯現的世界，就是能完全被古典物理學所預測的世界；而在另一方面，心理世界，它是非物質性的，沒有任何的限制，完全是未決定性的。目前我們所知的觀點，和西方科學是衝突的，並且和東方的直觀較不衝突。

在某種程度上，世界觀是造成西方文明中兩種非常有特色的態度。第一種是我們非常強調的自我是一切的本質：自主性、自由以及全然負責任的行動者，它可說是全能的，來自概念上的二分法；第二種在西方文明顯著的態度是，這個有意識的自我，認為我們能夠全然地掌控，指揮這個愚昧、簡單和機械化的世界。

令我著迷的是，其他文化，特別是東方文化，對於自我在世界中的地位以及世界的組織，發展出一種非常不同的洞察力。比起傳統笛卡兒式的西方洞察力，東方思維顯然和現代科學較不衝突。我不曉得，這個奇怪的分歧，在文化發展過程中是如何發生的。這是一個有趣的研究主題。

幾年前，我問一位中國籍的同事：「為何你們的文化發展，是這樣的保守？為什麼你們沒有經歷像西方這樣的騷動，從古典哲學和建築，轉移到歌德式、巴洛克，再到啟蒙主義等等？」他簡短回答：「因為我們一開始就有正確的洞察力，所以就不需要進一步的摸索。」他又說，也許這就是為什麼他們不需要發展像西方一樣的分析科學，而是將他們的探索導向內在世界。

那麼，這裡就產生了在文化演進過程中，一個令人難以理解的分叉點，導致兩個文化對人類狀態產生迥然不同的看法；之後的結果就是：對自我的觀念，產生澈底不同的看法，以及運用兩個不同策略，來對世界進行探索。一邊是透過禪修，產生自我探索的靈性技術，這個方法完全受到第一人稱的觀點所支配；而在西方，我們依循科學方法，採取第三人稱的觀點，從外部來分析事物。

這引發了一個有趣的問題：我們如何知道，哪一個觀點是「正確的」？如果這不是一個可以作為開始的笨問題，它可能是一個問得不恰當的問題，因為它將結論歸結為我們有兩個知識的來源：一個依靠直覺力進行自我探索和第一人稱的觀點；另一個則是西方科學，仰賴觀察，進行分析程式和描述。

最終，真正的問題是：正在執行認知功能的大腦，它如何知道自己何時是正確的？這個問題對科學家和禪修者同等重要。大腦如何知道，何時它已經到達正確的狀態？當搜尋的過程交集出一個結果，我們如何知道，這個結果的可靠程度有多少？在本質上，大腦只有複雜的神經活動類型，它如何區辨哪種活動類型是沒有用的？而哪一種類型，又是對解決問題有幫助的？對於這個有趣的問題，我們並沒有答案。回答這個問題需要一整個領域的研究。但是我們可以猜測，當我聽到幾位禪修的修行人在這裡報告時，我想到的是，也許大腦中形成好的解釋，我們把它稱為結果狀態或解釋狀態。這些是非常協調的狀態，有足夠數量的神經散布在大腦不同的區塊，這些神經共同進入一個一致性、穩定的活動形態，這個狀況維持一段足夠長的時間，因此能說服大腦的其他部分，而認為此時這個活動形態就是最好的結果。

我們不知道真實的答案，但禪修狀態有可能促使這樣的解釋狀態發生。我們知道的是，大腦擁有對內在狀態評估的系統，當大腦達成一個結果，這些系統就產生愉悅的感覺。「啊哈」或「賓果」，這類的經驗總是跟愉悅的感覺有關連。我們希望找到解答，禪修可能是大腦用來追求這種愉悅狀態的策略，使得具有爭議性的反應，能在意識或潛意識層面獲得解決。大腦中總是有許多不同狀態，彼此相互競爭，有時候他們必須要妥協。也許禪修是讓許多平行工作的不同大腦區塊，能夠暫時達成和諧的一種策略。

這個想法帶來一些有意思的問題。首先，一個分散式的自我組織系統，如何能將編制好的策略放到自己身上，使得某種解釋狀態能夠產生？這個系統本身是如何做到的？我不知道，這如何成為可能。第二個有趣的問題是，當系統有意圖地培養它自己本身的覺察時，它會朝向好的狀態交會。然而，它有可能變成一個有害的交叉點嗎？

最後，在會議中，曾經間接被提到幾次的問題是：是否我們得要依賴東方禪修者的技巧，從他們千年來嘗試錯誤所累積的智慧，我們才有辦法做得正確？當然，當我們這麼做的時候，我們應該要受到仔細的督導，就如同我們學其他技術一樣。有人說，你不會找一位研究生來處理你心臟的問題。

然而，也許有不同的可能性。在演化的過程，有可能讓大腦產生自我穩定的機制，因此，如果我們讓大腦在自動設定的模式運作時，它總是會安全地進入一個良好的狀態，就如同我們將大腦從混亂的外在世界分離開來，讓它自己運作一樣。也許這樣做，甚至會是更好的。

在最後的總結，我想要提出一個思想實驗，希望可以在兩個複雜的系統間建立連結關係，這兩者系統有著非常不同的規模尺度，一個是大腦，一個是我們的社會。即便看起來不同，但兩者有非常相似的特性。這個實驗清楚地指出，我們應該要將科學和東、西方的直覺知識做調和，這能夠讓我們對實務和心理上的挑戰，做適當的調適，不管是即將面臨到的挑戰，或是我們正在面臨的挑戰。這個實驗是這麼做的——如果問在大腦的一個神經元：「你正在做什麼？」這個神經元會說：「我正舒服地坐在這裡，身邊有許多神經元圍繞著我，我從一萬個神經元接收到信號，然後做非常簡單的計算，再將訊號傳送給另外一萬個神經元。」這個神經絕對不會告訴你，它是產生意識、同理和感情這部機器的一部分。它沒有任何跟責任有關的概念。

如果問人類社會的一個成員：「你正在做什麼？」你會得到類似的答案。這個人會告訴你：「我置身在一個家庭中，我有孩子，我教育他們，我做這個、做那個……」但是這樣的答案缺乏的是，這個人能夠從地球上生命演化的軌跡，來觀看這整個文化系統。這樣的答案是不完整的，沒有辦法將意義整合到生命之中，就如同一個神經元，沒有辦法看到整個大腦的運作。即使，我們就是行動者，能夠讓生命在地球上移動，讓文化演化，讓生活的狀況改變，但我們並沒有真正知道整體的性質。可以肯定的是，我們缺乏智能來瞭解更大的生命狀態，特別是考慮到我們的認知系統在演化過程的限制，我們不是被設計來認識這個更大的系統。

能夠確定的是，我們不能控制我們的演化系統。即使我們知道再多，我們也不能夠控制它的動態變化，因為它是一個演化系統，它是非線性的。這不是我們在轉螺絲的時候，想著我要讓這個系統朝向某個特定方向移動，它就會往別的方向移動。我們無法刻意去駕馭一個系統，像是經濟系統或是社會系統。在原則上，這是不可能的。這是現代科學告訴我們的，我想我們正在經歷這件事。當這個世界還是很簡單的時候，當時我們的祖先可以活在叢林之間，所有的線性策略還能夠行得通，但是這在現在已經行不通了。

我們開始感受到，我們不再能夠控制人類所造成的動態過程，這讓我們有無助、被遺棄的感受。這特別對西方文明造成嚴厲的打擊，因為我們努力培養出來的幻覺，認為全能的自我可以掌控一切。我認為這在西方社會是件危險的事，特別是在華盛頓這裡，我們可以清楚地看到這種集體憂鬱的徵兆；由於集體感受到無助，接著會產生的是去攻擊鄰居，以獲得抒解，如同我們在羅伯特•薩波斯基的老鼠實驗中，可以看到的現象。

從這一點，我們能學到什麼？我從這個會議學到幾件事，我對此覺得很感激，雖然我不知道，是否我的這些體會，能不能改變我明天早上的生活——當所有神經科學的激烈競爭，又開始運作。我在這裡學到的第一件事，就是讓我們試著變得比較謙虛，因為我們瞭解到有這麼多的東西，是我們所不知道的。作為西方人的我們，應該要減低對萬能自我的強調。我們必須學習跟無助感交朋友或是與它共存，因為它不會消失。如果可能的話，我們得在每一個當下，從自己身上找到平靜，而不是去欺負其他人。我們要學會喜愛開放，能夠對「可能」覺得舒服，不要尋求確定感，因為我們都得不到這些東西。從持續進展的全球化現象來看，這一點格外重要。我們也必須發展我所謂的「長距離的慈悲」：去關懷在遠方的人的能力。這對我們來說，是很困難的。

這個會議很清楚地告訴我們，透過心理訓練，這些特質是能夠被學習的，而我們應該要把握這個機會。當然，我們不應該放棄西方的成就，我們不應該拆解負責任的自我這個觀念。我們應該要減少的是自私的自我，這樣的自我，只有在自我實現中才會滿意。我們也不應該放棄科學。相反地，我們需要科學的存在，但我們需要給它一個適切的位置。科學只是幾個知識來源之一。另一方面，東方社會不應該只追求西方的成就，而犧牲他們自己的成就。

在我們的前方有著困難的責任和義務，必須相互採取策略，來適應在不同文化下，所獨立演化出來的生活。原則上，這些策略都是兼容並蓄的，因為他們在同一個世界演進，為的是要解決每個地方所會遇到的相同問題。

達賴喇嘛：

太好了，太好了。

佛教與科學的對話5

除了法王、報告者、翻譯者和主持人，這部分的討論人包括：理察・戴衛森、喬・卡巴金、湯瑪斯・基廷神父、馬修・李卡德和莎朗・沙茲堡。

班奈特・夏皮羅：法王，您昨天談到自我的概念，如果您可以繼續探討自我這個議題，以及它和其他存有的互動，不管是困惑、傷害或是有幫助的面向，都是非常有啟發性的。在西方社會，個人主義這個想法對我們傷害甚深，也幫助甚多，我們需要將個人這個想法，用正向的方式做整合。我知道在佛教思想中，自我一直是很重要的部分，很期待聽到您對於這些議題的看法。

達賴喇嘛：就像沃爾夫所指出的，人性大概會是最好的答案。我認為人的心渴望瞭解每件事，啟蒙的概念就來自於此。無論如何，這也意謂著我們的知識是有限的。

從沃爾夫精彩的演講中，特別是他指出的一點，就是光靠線性概念、物質論的、決定論的解釋，我們幾乎不可能去說明心理過程是如何出現的，這似乎讓我聯想到，佛教將心理狀態或意識稱為一種能量，不管是大腦內和諧共振所產生，或其他可能的解釋。因為這種狀況，神的概念因而產生，就如同我們認為有一個控制者或自我存在的直覺知識一樣。

在印度，大概在三千年前，有智識的人開始探討「我」位在什麼地方。他們的概念是獨立的「我」必定存在。之後，佛陀認為沒有一個不變、永恆存在的自我。相反地，自我或是「我」在概念上，被認為是一種身體和心靈的結合。它就只是被標示出來，作為一種概念上的投射；因此，我們不能夠將自我當作某物，有它自己的實體或事實性。

這個想法和每個人對真實本質的哲學理解有關，也就是何種事物存在於世界。古老的印度哲學，包括佛教哲學，它們假定除了物理和心理事件之外，一些現象只能從心靈概念的角度被接納。這裡所指的是複合而成的事物或是心理構念，不管是物理或是心理事件，它們的獨特性和真實性，只能透過其他事物而獲得瞭解。

在另一個討論中，我問科學家們，以大腦的表達作為基礎，我們是否有可能去區辨有效的或真實的心理狀態，以及妄想的心理狀態。這就像沃爾夫所問的認知反思活動：大腦如何知道自己是正確的？在佛教認識論中，感官經驗在一邊，思考和情緒的心理經驗在另外一邊，兩者是分開的。就感官覺知來說，經驗內容就只是被覺知到的對象。比方說，如果你對一個藍色的對象，產生視覺和知覺，你對這個經驗不需要產生反思。從佛教觀點，反思是之後產生的，發生在思考的心理層面：「是的，我正看到一個藍色物體，這是藍色的。」這似乎和你對個別神經層次的直覺相當類似，亦即個別神經沒有反思性的品質存在。神經元只要執行它們所能完成的功能即可，因此，第二個層級的認知功能，必須要發生在不同的層次。即使在心理領域，對於心理經驗的個別事件，比方說對某個事件狀態的認識，我們很難產生第二層次的反思覺察，然後證實：「這是真實的，這是正確的。」這樣的驗證確實來自於後續的經驗，或是其他相關的經驗。

在佛教的認識論文本中，特別是中道或是中觀學派（Madhyamaka school），它們討論到特定的認知事件，如何被認定為有效。首先，認知必需和具體的對象有關，不管這個對象是什麼。其次，認知不能夠跟一個人所具有的有效經驗相抵觸。這意謂著，心理經驗的有效性，只發生在被確認過的經驗脈絡之下。第三點，也是佛教標準中所特有的，就是認知不應該跟生命實相的真實本質互相違背。這些點都是和你所提到的自我有關。

馬修・李卡德：

我和亞倫、理察及幾位朋友，我們在之前的討論中，試著去對安適下一個較為明確的定義，以便讓我們對真實有更適切的瞭解。佛教對於「**樂受**」這個觀念，這個字通常被翻譯為幸福，指的是心靈最佳的健康狀態，能夠布滿所有的情緒狀態，當你的生活遇到大大小小不順遂的事情時，它依舊保持健全和穩定。如果愉快和痛苦，順境或逆境，就像是大海表面的不同狀態，有時候有暴風雨，有時候海面平靜如鏡；「樂受」指的就是大海的底部，在表面波浪的底層，在各種不同的變化底下，深度的存有狀態，依舊可以是安定的。這也包含了一種智慧，能夠瞭解深度的存有狀態，並將它和表面的愉悅區分開來。

愉悅是一種感覺，取決於外在對象、時間和情境，它會轉變成為中性狀態，或有時候變成嫌惡狀態。在愉悅裡存在著令人疲倦的要素，如果一首最美妙動人的音樂，你連續聽二十四個小時，它就變成讓人精疲力竭的音樂。愉悅的本質會改變。因此，當你體驗更多愉悅的時候，它的深度不會增加，也不會讓你感到更加滿足。

然而，「樂受」卻恰好相反。它是一種存有的方式，能夠鍛鍊你增加生命的深度和它相關的心理品質，例如：內在力量、內在自由、慈悲、利他之愛。「樂受」這樣的存有方式，雖會受到外在狀態影響，但它卻沒有那樣的脆弱。當你愈經驗到它，明白是什麼讓你內在的安適感變得更為充實，「樂受」就變得更為清楚

深刻和穩定，在這個意義之下，它是我們的真實本性，而非第二本性。

「樂受」所需要的是我們停止扭曲事實。如果我們把短暫的東西當作是永恆，如果我們相信，在我們存有的中心，存在著一個有自主性的自我——而實際上並非如此，如果我們誤以為短暫的歡樂，是永恆的快樂，這是我們對生命實相的誤解，受苦也因而產生。用這種方式看待生命，愚癡、妄念和無效的認知，就變成受苦的根源。

我們馬上可以看到這和恐懼、不安的感覺有何關連。如果你認同並且依賴生活中的起伏，這就好像海浪衝打著海岸一樣。有時候，你得意洋洋，彷彿站在浪的頂端；有時候，你

撞擊到岩石，變得憂鬱。你所需要的樂，是一種內在的安適，絕對不是像衝浪所經驗到的不安全感。

「樂受」也和妄自尊大的觀念有關。一種更為嚴重的妄自尊大，可以說是將每件事都放入自己的關注裡頭，這實際上是造成不安全感的主要原因。如果你總是關注你自己，你就經常變成了箭靶。不只是兩支箭，而是千萬支嫉妒、憤怒和憎恨的箭，所有的箭都朝向妄自尊大這個箭靶射過來，不安全感就產生了。這就是為什麼真正的自信，來自於打破以自我為中心的泡影。當沒有標靶存在的時候，一個人就能真正地產生自信。這和成功的自我無關，而是能夠理解真實，明白人與萬物之間的相互依存。這樣的理解減低不安全感。

在深沉的痛苦和焦慮底下，人沒有辦法去認可或瞭解改變的可能性，體認到這個世界時時刻刻在變動，是一種和他人連結的利他感，為他人付出的深度慈悲就會油然而生。認出自己的內在潛能，就為我們提供了方向感和希望感，這是無望感的解藥。當你覺得你正掉入憂鬱的無底深淵，你所需要的，就像海倫的病人所說的支架，藉由它讓你穩定腳步。而這個支架，就是去指認出你的改變潛能。根據佛教傳統，我們都有這樣的潛能，它是我們心靈最深的本質。這個例子就好比在泥巴裡的金塊，並不會改變它的本質，或者是雲層背後的太陽，當雲被吹走後，就會重新出現一樣。在這個意義上，讓身心的安適充滿你的生活，這是可能的。因此，「樂受」把安適的觀念連結到過度自我重要的問題，以及從自我而來的焦慮和種種苦惱，而這整個更大的圖像，就是佛教修行路徑的核心。

班奈特・夏皮羅：

回到沃爾夫的問題，大腦如何知道它已經對事物產生「真實」或「正確」的看法，我假定你講的是一種內在的感覺，好像雲層突然間散掉了，而你真的到達那個地方的感覺。

馬修・李卡德：

當然，這不是突然的。因此我們需要透過分析式禪修（analytic meditation）和靜觀禪修（contemplative meditation）來增進智慧。

班奈特・夏皮羅：

基廷神父，你思考類似的問題已經有很長一段時間了，而如何處理跟自我有關的議題，也是你的傳統之一。

基廷神父：

對我而言，這是很棒的學習經驗，能夠在這裡，聽到來自不同健康領域的專家，解釋疾病和大腦以及相關的事物。我尤其認同他們開放的心，以及他們對人類心靈面向的開放。雖然已經有人提過，但我想在此強調，在四百年前，宗教和科學是在一起的，彼此密不可分。特別是在這個會議中，我看到你們的工作，好像是把腳趾頭，伸到門的另外一邊，這個門將你我給分開來。我經常參與不同宗教間的對話，而這一次我也看到科學，也像各種宗教一樣，有它的教條和儀式。正是這樣，我欣然接受邀請，來參與這場與科學的深度對話。

在基督教的觀點中，早期在教會的神父接受兩本書的啟示。第一本是神聖的經文，第二本書則是自然。自然是上帝的顯現，就如同新約和舊約中的先知們一樣。今天，科學的工作和技術的發明，就好像上帝對我們的顯示一樣。這些研究的擴展，還有它的深度與廣度，告訴我更多的是上帝，因為我已經從經文中讀到這樣的訊息。我感興趣的是，找出誰是上帝。愛因斯坦說，自然和科學是上帝的想法。就我所看到的，科學家們也用自己的方式，走在靈性的旅程中，這跟在修道院的我們是一樣的。

把這樣的想法放到亞伯拉罕宗教，伊甸園的脈絡底下，無論是多麼神祕，它傳遞的是關於人類本質的真理。在伊甸園，最大的誘惑是，亞當和夏娃很想要變成神，或變得跟神一樣。人類處境的主要劇本就來自於：你要用上帝的話語變成上帝，還是用你自己的話語？如果我們用我們的話語變成上帝，那我們就脫離了伊甸園，我們就離開快樂、失去健康，也不會變成上帝。

這一點所顯示的是，人性的真實是對快樂的終極渴望。這也說明了全人健康的意義，並且設定一個情境，讓我們可以瞭解人類的苦惱——身體、靈魂和心理的分離，這似乎是大家的共有經驗。人們身心靈分離的狀況，對健康照護者是很有意義的。如果我們期望用我們的話語變成上帝，我們就會非常地難受。我們的幻覺就是，如果我們獲得某種東西，我們就會健康或快樂。但是現實的狀況，卻並非如此。

當人類被趕出伊甸園之後，至少在象徵的層面，發生了三件事情，使他們沉浸在幻覺之中：首先，我們不知道在哪可以找到真正的快樂；也因此，第二個效應是——我們在錯誤的地方尋找快樂，而這就成了疾病的根源。最後，如果人們有足夠的智慧，去找到哪裡存在著真正的快樂，他們也變得太軟弱，而做不了什麼事。試著要去成為上帝，要變得快樂或健康，這其中一個很深刻的議題在於人要願意接納自己的軟弱，甘心自己是有限的，感受到有支持他人的需要，也感受到需要為這些同樣在錯誤地方尋找快樂的人類伙伴，善盡自己的一份責任。

這是深度、超越觀念的冥想所帶來的禮物，這就是為什麼它如此重要的原因。在我們開始思考之前，它就將我們開放到真實的狀態。這並不是說，思考不是我們祖先所獲得的進步，而是深度冥想能讓我們超越思考，回到直觀的現實存在，回到理性意識發生之前，我們和世界的連結狀態，而最能夠描述深度冥想的，就是愛。愛是一種瞭解最深層次的知識的能力，這樣的知識超越概念的架構。

在這個脈絡下，基督教苦行者和神祕主義傳統談到，用上帝的話語尋找上帝。你可以用其他的名字稱呼上帝，祂依舊是上帝，或他依舊是上帝，或它依舊是上帝。靜觀傳統的看法是，上帝比起我們，還要更接近我們自己，在這樣的看法下，我們的整個存有，從這樣的基礎而來。對我來說，基督宗教最偉大的貢獻在於：讓我們瞭解我們的存有本身是溫柔的、摯愛的，像慈母一般關心、關懷，給予我們健康，所有我們知道的愛的成分，都進入我們的存有，完全地給予。而上帝，祂作為我們的主人，邀請我們善待其他所有的人類，就好像我們是他們的主人一樣。換句話說，就是將我們不斷接收到的偉大良善，繼續傳遞下去。

我可能有提到靜觀外展（Contemplative Outreach）這個組織，它的目的是希望能夠恢復早期的基督教靜觀傳統。這個傳統受到忽視、不被使用，甚至在一些地方是對它積極地反對的，這麼一來，多數的基督教徒需要改變信仰。當然，我也將自己包括進來，因為在我所屬的系統中，我們誓言要繼續地改變宗教。這種說法表明了，我們不將自己放到一個固定的現實中，我們將自己當作是一個不固定的參照點。因此，它是可以改變、可以成長的，它對真理、愛和快樂的能力，不斷地在擴展。我想佛教徒將此稱之為慈悲。

在我有機會跟其他偉大的靈性傳統對話時，我看到超越宗教之間對話的狀況已經出現，它也許能被稱為靈性之間的對話。致力於轉化過程的人，會經驗到這個常見的連結力。靜觀外展試著使修道院的願景，能夠被活在世界上的人、積極傳教的人所接觸到，也讓這個願景，成為從事困難傳教工作的人，他們的力量來源。

靜默是基督教靜坐訓練的核心，靜默不是空，而是比耳朵聽得更深入，甚至到達比心還要深入的地方。靜默聽的是每個東西出現時的能量，它可能是能量或不是能量，同時它沒有作為，卻又是一切的作為，靜默邀請我們進入它廣大的自由——如果我們能夠坐下來，安靜二十分鐘。我們如何坐著，並不重要，重要的是這麼做，能夠中斷我們在錯誤的地方尋找快樂的舊習慣。就是因為這些思考的習慣維持這個錯誤，因此讓我們感到相當不舒服。

亞倫・華勒斯：

我想要將兩個主題放在一起。一個是從著名歷史學家丹尼爾・布爾斯廷（Daniel Boorstin），他曾寫過過去五千年來人類的發明歷史：《發現者》（Discoverers）。在這本書的前言，他說道，在人類的整個歷史過程中，對於發現最大的妨礙物，並不是無知，而是知識的錯覺，也就是相信我們已經知道某樣東西；但事實上，我們知道的只是一種假設。只要我們一直緊抓著這種知識的錯覺，它便阻礙我們進一步的突破，並獲得真正的知識。

第二個主題是來自法王，他說在一個孤立的認知時刻，要在自己的覺察之內，去決定自己的認識是否有效，這是不太可能的。你能夠藉著他人的協助，去評估認識的有效性，像是你問圖典・金巴：「我看到玻璃，這是真的嗎？」

如果我們用這個比喻來看，我們有一個認知，叫做「過去三十年的神經生理學」，這個學門有它自己的觀點，在它的觀點中有許多知識存在。也有可能存在著知識的幻覺，比方說：關於意識的性質，意識是否只是大腦的功能？問得好。如果一個人完全專注在大腦，那麼他有可能下不同的結論嗎？另一方面，如果你花三十年，或者三千年，致力於心理現象的研究，你有可能下不同的結論。

一個簡單的重點是，多重理論、多重覺察的時刻，會是最有效的；當這些不同看法，能夠被放到我們產生覺察的時刻，或是完全不同的觀點之中。不管我們的觀點是基督教、佛教、古希臘哲學或現代神經生理學，我們要向前進，克服知識的幻覺，依靠的就是來自完全不同領域的人，他們能夠用有深度、恭敬、謙虛的方式，參與相互的對話。

我認為從世俗的觀點來看，人們通常以為世界上的宗教，用自己所宣稱的真理，將彼此相互地取消：基督教、佛教、印度教、道教對不同的事情有不同的看法；所以當你將它們放在一起重新洗牌之後，它們就相互取消，什麼東西都沒有了。在這種觀點下，唯一能夠留下來的認識，就剩下科學的觀點，因為各宗教已經相互取消，無法發展出不同想法。

靜觀傳統也常被認為——它已經知道所有的答案了。你只要設定好你的靜觀路徑，就會被引導到正確的答案。如果你偏離這個路徑，你的老師就會把你帶回正途，然後說：「不是那個方向，我們已經知道正確的答案，繼續靜觀直到你得到正確答案。」這樣的做法和科學的精神完全不相容，科學要尋找的是我們還不瞭解的訊息，也因此比較能對新的東西開放。

當我將各種問題一起放到我心中時，答案似乎就浮現出來了，那就是我們要堅定地回到經驗主義。我們知道什麼，我們不知道什麼？如果跟我們在一起的人，他的心理運作模式和我們一樣，我們就很難找到答案。如同湯瑪斯・基廷神父所說的，基督宗教信仰需要回到經驗主義的精神，回到靜觀經驗，而不是停留在所有教義上的「正確」答案。這對佛教也是一樣。就這一點，我深受威廉・詹姆斯的話所鼓舞：「讓經驗主義再一次和宗教相關，迄今，透過一些奇怪的誤解，它和非宗教產生關連，而我相信宗教的新時代，和哲學一樣，將準備好要開始……我完全相信這樣的經驗主義，比辯證的方法更貼近宗教，或者說它可以成為——宗教的生活。」我們也發現，各種修行傳統，它們或許用不同的架構在運作，但彼此之間的確存在著深刻的交集：聖經、佛經、吠陀……等等。當我們來到最深層的經驗時，基督教徒、佛教徒、道教徒，他們在各自生活中所體驗到的修行經驗，卻是相通的。在不同經驗的交會中，有著人類所能夠觸及到的最重要的真理。

班奈特・夏皮羅：

亞倫，你講得很棒，你所強調的經驗主義，就是這個會議中我們想達到的。我們試著去保持一個開放的態度，瞭解我們所不知道的，跟我們以為我們已經知道的，兩者其實是一樣多的，也因此我們要很小心。我完全贊同，最大的危險是——你高估自己的瞭解，這在醫療領域也是一樣。當你所做的假設，已經超出你的知識領域時，那就是你可能開始產生傷害的時候。對於我們用團體的方式所從事的事情，這個觀念特別重要。

關於人類的善良本質和慈悲的性質，在我們的討論中，一再重複出現。我們似乎瞭解到，這些精神本質，是我們和他人發展更緊密的連結所需要依賴的基礎。幾些年來，莎朗・沙茲堡花了相當多的時間，從事和慈悲相關的禪修工作，也對許多不是佛教徒的團體，教導他們培養慈悲。莎朗，我想邀請你在這個方向上，給我們一些想法。

莎朗・沙茲堡：

當我回顧在這個會議中我所做的筆記時，我發現有兩個字，在每一頁都會出現：「慈悲」和「無助」。每一位演講者不是使用「無助」這個字，就是提到會讓我想到無助的事物。當我們承認，我們多麼需要去發展某種看法，來瞭解事物的自然演變，這同時也是承認我們對外界事物的控制力是很少的。

即使，在西方社會慈悲被當作是一種理想，人們通常對它抱持著懷疑的態度，特別是當它用仁慈的方式，被表現出來的時候。它可以說是種次要的美德，意思是，如果我們不夠聰明、不夠勇敢、不夠優秀，那麼至少我們可以試著仁慈一些，這好像是說仁慈比較拙劣、平凡。但是在人們每天的現實生活當中，我認為仁慈是一種很棒的特質，它不僅讓我們用更好的方式過生活，也讓我們用更寬廣的視野，來看待生命。

明年，我將要在華盛頓這裡，教授一個為期五週的慈悲課程。首先，我想要求來參加課程的人，要先做相關的服務工作。你必須要到發給窮人救濟物品的地方當義工，到遊民之家，或相關的地方服務。負責課程的人問我：「如果照顧生病的父母，這算嗎？這樣的經驗夠不夠？他們一定要到某個地方當義工嗎？」我聽了覺得尷尬，我在想在我認識的人當中，有幾個人正在照顧生病的父母、或有問題的小孩、或生病的朋友。這對我們的確是一項挑戰。這些是我們生活中，每天都要面對的東西，而我們的慈悲、我們的仁慈在哪裡呢？我如何活出這些品質？

回到無助感這個議題，我的課裡面談到不同程度、不同種類的慈悲。有的慈悲和我們能對一個情境做什麼有關，有的慈悲是我們感覺到無能為力。不知道達賴喇嘛是否可以說說這個部分，因為這些都是很重要的考慮因素。慈悲是否會跟隨著這些情境而做改變，或者慈悲能被我們的智慧、我們對空性的領悟所支持？當我們感到無助時，什麼東西能夠支撐我們的慈悲？

達賴喇嘛：

如同你所覺察到的，在佛教的文本中，有一種慈悲，能被智慧能力增強或受到補充。在這個文本中，將它稱為「空性的智慧所賦予的慈悲」。這裡的想法是，當人們的慈悲受到智慧的補充或增強時，他們就有能力去強調並且瞭解導致受苦的原因，也能夠看見從受苦狀態解脫的可能性。因此，受到智慧所補充的慈悲，被認為是具有強大力量的，也是更有影響力的。它是心靈處在一個旺盛的狀態。

一般而言，慈悲的特點在於，它是一種希望他人沒有受苦的心靈狀態。在這種狀況下經驗到慈悲的人，也會感受到無助感。這種慈悲可能是同理心的主要形態，也就是希望他人免於受苦。但是當這樣的慈悲心，不只是希望他人免於受苦，還包括願意去協助他人從受苦中解脫出來時，這種慈悲心的力量就更為強大。在這裡，智慧扮演一個關鍵的角色，使得慈悲的心願，能夠化為具體的助人行動，讓這樣的慈悲變得更為強大有力。

這個文本也談到沒有邊際的慈悲（boundless compassion）和大慈悲（great compassion）。大慈悲被定義為堅強而有力的慈悲，產生利益他人的渴望，為了眾生的利被喚醒和活化。

益，而追求悟道。根據大乘佛教的文本，當一個人在他的內心升起大慈悲時，他的佛性就會

理察・戴衛森：

法王，這是一個難能可貴的會議，您花這麼多時間和我們在一起，我想要表達由衷的感激。我在會議的一開始有提到一個主題，會議的過程也一直扣連這個主題，我想要再回到這一點。在現代神經科學和修行傳統之間，有一個非常值得注意的交會點，那就是人性中許多正面的品質，被視為可以培育的能力。大腦可塑性這個事實，提供我們一個基礎，讓我們瞭解到，人性品質的鍛鍊受到大腦所支持，而大腦用它的改變，來回應我們對它的訓練。

當我在十幾年前遇見法王之後，我就開始很自由地從事這個工作，我發現人們對這個想法的接受度愈來愈高。科學研究在一開始扮演了某個程度的角色，讓人們認同——我們不要被自己卡住這樣的想法，我們不要被我們自己的設定點所卡住；相反地，心靈是可以被轉化的。我可以預見，有一天在美國或其他西方文化中，學校的孩童不只被要求上體育課，也被要求去上一種稱為心理教育（mental education）的課，這聽起來不是很棒嗎？

您的涉入和參與，是如此鼓舞著我們，幫助我們將這個重要的訊息散播出去。我相信，我們所從事的科學工作，也是這整個大訊息中的一部分。

我也想要利用這個機會，來說說我和喬在三十年前的相遇。我們第一次見面是在劍

橋大學，當時我是一位研究生，而喬正從一位分子生物學家，轉變為一位禪修老師。他從一九七〇年代開始，就協助我展開另一種教育，也就是我的心理訓練。因此，對我們來說，在現在能夠這樣一起工作，可以說是畫了一個非常圓滿的圈圈。我想我們兩個都不曾想過，今天會有這樣的狀況，但這感覺上是很完美的。

我也想用這個機會，表達我對亞當・恩格爾的感激之意。這麼多年來，他代表我們，努力不懈地工作，如果沒有他的奉獻和優質的工作，我們就沒有今天這樣的會議。有你在這裡真是太棒了，你在這裡才讓一切變得可能，我們都很感恩！

喬・卡巴金：

法王，此刻，我的心是盈滿的。我滿懷著無限的感激和喜悅，感謝您持續地引導我們，更深刻地去發掘真理；也提醒我們，對真理、對自己，我們的瞭解是這樣的少。我們深信這樣的機會，就如同一個讓人難以置信的邀請，讓我們能夠脫離我們的自以為是、習以為常的看法，這也是一個邀約，讓我們一起超越固有的限制，無論從個人或集體的觀點，對我們是誰，能夠產生更為深刻的理解，而不是產生卻步不前。

讓我們產生無限感動的是，您在世界各個地方工作、不停地工作，將慈悲的能量和人性的智慧，散播到每一處。您就好像一家接著一家，去為需要的人看診，從憲政廳這裡到白宮，再到下一個地方；您不斷地用您的存在，具體地讓我們每一個人明白，什麼是真正的人性。我知道人們將您放在一個顯要的地位，您也說過無數次，您只是一位佛教的僧侶，不過在座的每一位如要成為達賴喇嘛，這可是機會渺茫的！然而，我們的確有一個機會——這個稍縱即逝的機會稱為人的一生，讓我們能夠和我們的本質更加接近。有這麼多的時間，我們活在自己的思想，活在事情怎麼樣、我是什麼人，這樣的妄念之中，而不是像法蘭西斯科・瓦瑞拉所說的「活出正念的覺知」。

在這個結尾，我想要回應湯瑪斯神父對大家懇切的邀請，讓我們記得愛的意義為何，讓你活在愛之中，讓你變成愛。我想到詩人威廉・華茲華斯（William Wordsworth）所說的：「有一種隱密、不可思議的技藝，能夠調和不一致要素，讓它們在同一個社會往前移動。」我想到在每一個時刻當中，大腦的連結形態都在不斷地融合、拆解，然後變得和諧。不管你將它稱之為道、法、上帝，或是一點想法也沒有，能肯定的是，我們正參與到某種非常特殊而神祕的狀態。

在這兩天半的會議中，我們在一起的時間，一個鈴聲迴響在五個報告段落之中。這個鈴聲現在又響起，但它的回聲，卻有著能夠傳到無限遠的潛力。我們不知道，發生在達賴喇嘛這個移動式的客廳中的對話，會產生什麼樣的後果，但不管後果可能為何，它們都會跟這些尚未被回答的問題有關。

首先，我們面對的挑戰是，我們的問題從哪裡來，我們在地球上的職責是什麼，不管它和小孩有關，或是和創傷、軍隊、政府或是其他事情有關；這個挑戰要詢問的是：「此刻，我在這個星球上的職責是什麼？從我是誰，我所知的一切出發，來回答這個問題，同時也將我們在這個對話的內容包含進來。這樣的探詢，不管在個人或集體的層面上，能夠將我們凝聚起來，讓我們步調一致，並且將我們帶入更深一層的體驗，瞭解我們是屬於有智慧的人，而屬於這個物種的真實含意在哪裡？這個物種瞭解事物，同時知道自己的瞭解；換句話說，這是一個有覺察的物種，覺察到自己的覺察。」

我也深受理察的話所感動，我要向他一鞠躬，他帶著深刻的人文精神，在看似不同的神經學領域工作。我十分珍視我們的友誼，也非常感激有這個機會，能夠跟他一起籌備，並且主持這個會議。

亞當・恩格爾：

你們兩位好像有點搶了我的風頭，我正想要談談兩位超過三十五年的友誼。

喬・卡巴金：

你可以從第三人稱的角度來談，我剛剛是用第一人稱來談。

亞當・恩格爾：

法王，我想要來談談我們今天能夠在這裡的機緣，這樣的因緣不斷地讓我感到驚訝。

法王出生在這個星球上最為偏遠的一個小村落，但卻是這個星球上最卓越的心靈導師之一，同時也致力於科學和靈性之間的交流。我覺得這非常地難能可貴，我要代表在座的每一個人，以及曾經參與「心靈與生命學會」的每一個人，致上我們最深的謝意，感謝您讓我們齊聚一堂，共同追求人類的福祉。

我也想要感謝一位，不常在公開場合被感謝的人，也就是您的弟弟天津・秋結（Tenzin Choegyal），在法王的隨行人員中，他是第一位跟我講話的人，我們談到「心靈與生命會議」的可能性。從那一天起，他就成為「心靈與生命學會」堅定的朋友和支持者，同時也是我個人的好友。我也要感謝內務辦公室（Private Office）的成員，他們得要忍受我經常的叨擾，讓我可以瞭解法王的行程計劃。

理察和喬已經提到他們過去三十五年的歷史。這是另一個難得的因緣，這兩個人初認識的時候，還是個研究生，在這麼長一段時間還能相互聯繫，在過去十年來共同努力，而將來也會繼續下去。能和兩位一起工作，是我的榮幸。我也要感謝所有的報告人和討論人。各位很難想像，他們投入多少了心血，開了無數個會議、電話會議，打了多少電話，以及花多少時間準備，才讓這個會議成形。

最後，我要用佛教徒的迴向來結束這個會議。願將這個會議的所有功德，迴向給眾生。

#【後記】

在「心靈與生命」第十三屆會議之後五年，對禪修的基礎與臨床研究之進展：二〇〇六至二〇一一年。

本書的基礎主要來自二〇〇五年十一月的會議。從那時候開始，對禪修的研究就如同雨後春筍般不斷出現，甚至以等比級數增加，這樣的發展，一部分也可說是這個會議的結果。

在總結的部分，我們將重點放在基礎與臨床研究中，提出我們認為最重要的發現，和嚴謹的禪修研究在方法學上相關的挑戰，以及這一波新研究所引發的問題。我們刻意不要做一個澈底的回顧，從二〇〇五年之後，有一些回顧將焦點放在各種不同的文獻。在此，我們要強調的重點是，在這個新興領域中，最具有前瞻性的研究發現，並討論新發現所引發的新挑戰。

基礎研究

此一部分描述基礎研究的發現，目的在於深化我們對禪修相關現象的瞭解，以及它們潛在的生理機制。

認知與注意力功能

在過去五年中，對於各種不同形式的禪修，如何改變認知與情緒歷程，以及潛在的神經迴路，在研究上都有相當的進展。比方說，有一個研究檢視了在僻靜禪修營，三個月密集內觀練習所產生的影響，報告和注意力閃爍有關的行為和神經改變；其中強調的是，第一個刺激會避免讓受試者看到第二個刺激。這個效果的產生，是因為在偵測第一個刺激信號時，注意力過度興奮、或過度投注，以至於遮蔽了發現第二個刺激的能力。在經過訓練之前，禪修組和年紀、性別都相對對應的控制組，兩者表現一樣。然而，在經過三個月練習之後，禪修組有較低的注意力閃爍。也就是在偵測第二個刺激時，有比較高的正確性。這些行為改變的發生，伴隨著可以測量到的大腦功能改變。這三個月的密集訓練，顯然讓禪修者用更為平衡的方式，來分配他們的注意力，這讓他們在這個測試上表現提高。

另一項研究觀察同一群人，看他們在一個注意力選擇任務上的反應時間差異。同樣地，經過三個月密集訓練的人，他們的表現提升，反應時間上的變異性明顯降低。在需要選擇注意力來完成的任務上，反應時間變異性的影響特別重要，時間變異性較大，跟注意力缺失／過動疾患（attention deficit‧hyperactivity disorder）有密切相關。反應時間變異性降低，和大腦功能的明顯改變相關。大腦能夠接收最大量刺激的狀態，是持續的神經共振，與最開始的刺激同時發生。這就好像大腦已經準備好，要開始進行注意。因此，當大腦注意到外界刺激產生，就能立即被這個共振過程所掌握。在這個研究，研究者的報告指出，當受試者被告知要注意刺激時，反應時間變異性降低，這跟大腦皮質區的律動，以及外界刺激的同時期振動相關。

亞倫・華勒斯在他的報告中提到的三摩地計劃，該計劃探討的是三個月密集的專注禪修訓練，也就是所謂的三摩地。比較禪修組和控制組，兩者在持續注意力任務的表現。結果發現，這個訓練使得受試者的認知敏感度和警覺性顯著增加。

在另一個禪修訓練中，它的訓練沒有像三摩地計劃那樣密集，參與者都是禪修的新手，研究發現他們的視覺空間處理和工作記憶也有改善。另一個研究，參與者隨機被分派三到四次的禪修訓練，或聽有聲書的訓練。禪修訓練是以亞倫・華勒斯所發展的課程為主，他是三摩地計劃的禪修老師。研究者的報告指出，禪修訓練導致參與者在視覺空間處理和工作記憶，比起控制組有顯著增加。

另一個較為特別的研究是探討認知功能的選擇性增強，比較兩種不同風格的西藏佛教禪修。兩組參與者皆為資深的修行人，一組修習本尊瑜珈（deity yoga），其方法包括：觀想一位複雜、多種顏色、具三度空間的西藏本尊形象。另一組則為開放禪修（open presence meditation），其方法包括：培養平均分散注意力，不特別將注意力放在特定的對象或經驗。這些方法迥異的禪修，對於視覺空間處理所產生的效果，在禪修練習前二十分鐘、練習後二十分鐘，各被測量一次。比起開放禪修，本尊禪修導致受試者在心像旋轉任務和視覺記憶任務上，產生實質的改善。這個結果指出，短暫時間的禪修練習，足以產生改變，並持續到下一個任務，同時對於視覺訊息的處理，產生選擇性的增強效果。

大腦功能和結構的改變

最近一項重要的研究，探討禪修對於疼痛和神經處理的關連。結果發現，和非禪修的控制組比較，對於暴露在高熱下所引發的疼痛，禪修者在大腦執行功能、評估和與情緒相關的區域，細胞活動的比率減低。此外，愈有經驗的禪修者，在這些大腦區域的細胞活動量就愈低。有趣的是，禪修者同時在產生疼痛感受的主要區域，例如：前扣帶皮質、腦丘和腦島的細胞活動量增強，在執行區及疼痛相關區域的功能連結力降低，讓禪修者產生比較低的疼痛敏感度。這些研究發現意謂著，禪修協助禪修者，將感受到疼痛的認知評估功能和感覺區辨力，兩者脫勾處理。這個現象最先是在正念減壓課程中，從慢性疼痛病人的描述和反應，就能觀察到。

一個研究使用功能性核磁共振影像，來檢視八週正念減壓課程的介入效果。結果證實，有兩條與自我參照相關的神經傳導路徑，發生改變。第一條是以敘述為焦點的傳導途徑，它和不同時間點的經驗連結有關。在解剖學上，這個路徑和內側前額葉皮質，以及所謂的預設網絡位於相同範圍。而這幾個地方被認為和敘說所產生的心理反應有關。因此，它們有可能對敘說的產生，扮演相當的角色。第二條產生改變的神經通路，是以經驗為焦點的傳導途徑，它似乎與當下直接身體經驗的自我參照有關。以敘述為焦點的傳導途徑，和內側前額葉皮質有關；而以經驗為焦點的傳導途徑，則和右側的網絡有關，包括：外側前額葉皮質和內臟軀體感受區，如腦島、次級體感皮層（secondary somatosensory cortex）和下頂葉（inferior parietal lobe）。

八週的正念減壓課程訓練，造成和敘說為焦點相關的迴路的神經活動量顯著減少；而和經驗為焦點相關的迴路，它的神經活動增加。這個反應告訴我們的是，兩個非常不同的自我參照形式，它們通常會同時發生，而透過禪修訓練，兩者的連結卻能夠被解開來。這個發現在臨床上的重要性在於，跟自我中心敘說相關的負面憂鬱想法，專注在自我的潛意識習慣，這些造成受苦、放大受苦的原因，也能因為這個訓練而被鬆動。

未來的研究很有可能會顯示，對於將心靈運作從一個散亂的運作模式，有些人將它稱為心的「做事」模式（doing mode of mind），轉移到正念的覺察，所謂心的「存在模式」

（being mode of mind），正念訓練是有幫助的。此外，隨著更深入的練習，正念訓練也能夠讓人的心，從一個短暫的、游移各處的狀態，轉移成為一個持久而安定的狀態，也就是心能夠安穩地放在當下的經驗，而不是隨著負面的憂鬱思考或是慢性的焦慮，心就起起伏伏、做白日夢，或沉浸在自我幻想的狀態之中。

在這樣的研究基礎之上，一個後續的研究檢視正念減壓課程對於負面情緒處理的影響。這個研究藉著激發悲傷，來引發負面情感。類似之前提到的，情感上的變化轉換，會顯露在某個大範圍的神經網絡反應中，而這個狀況則被認為跟自我參照過程的網絡相關。接受正念減壓訓練這組，比起控制組而言，他們在以敘說為焦點的路徑中，神經的反應減少；而在以經驗為焦點的路徑中，神經的活動增加。在自我報告的悲傷程度相等的狀況下，正念減壓這一組的受試者，他們在和經驗相關的側邊神經迴路，有更多的神經活動，這些活動跟內臟、身體的感覺歷程，以及身體的感官覺察有關連。而這些神經區域的使用，也和正念減壓組的憂鬱症分數降低有相關。

這些發現指出，正念訓練對負向情緒的處理，產生正向的影響，同時改變引發悲傷感受的神經迴路。感受到短暫哀傷情緒的初學者，會去活化以敘說為焦點的神經網絡：在大腦的區域，將悲傷當作問題來分析和解決。另一方面，接受正念減壓訓練的人，活化的是以經驗為焦點的神經網絡：大腦的區域，對悲傷在身體的反應提供回饋。在意識層面的經驗，正念訓練似乎能夠讓個人去看到，我們有可能採取一個完全不一樣的方法，來結束內心不斷要想出策略，卻又不斷感到苦惱的無止盡循環，而這些都是構成憂鬱和焦慮的部分和片段。

最近一個研究使用磁攝影（magnetoephalography，MEG）來檢視，當我們對細微感官線索產生預期時，大腦 α 波的改變。研究者發現，當用訊息線索告知受試者要注意手或腳，比起沒有接受正念減壓訓練的控制組，正念減壓訓練導致受試者在預期階段，大腦皮質區的區域化反應顯著增強。這個發現意謂著，大腦中的某種改變，和禪修訓練增加對身體的特定注意力有關。

最近幾年所興起的一個主要研究興趣，還包括：有系統的禪修訓練，和實際上大腦結構的改變是否有相關。神經可塑性的基礎研究明確指出，心理訓練有可能可以改變大腦的結構。然而，一直到最近幾年，才有足夠的研究證據累積，強烈地支持這個改變事實上是存在的。在最近的一個隨機測試研究，薩拉・拉扎爾（Sara Lazar）和他的同事證實了，正念減壓訓練之後，幾個大腦區域的灰質濃度增加，這幾個區域對學習、記憶和情緒調節很重要，包括：海馬迴和後扣帶皮質。

另一個薩拉團隊所做的相關研究，將接受正念減壓訓練之後，受試者報告壓力的減低，連結到在右邊基底外側杏仁核（basolateral amygdala）灰質濃度的降低。這是對於接受正念減壓訓練之後，在杏仁核產生結構改變的第一個研究報告。未來的研究可測定的是：經正念減壓訓練後，受試者報告的情緒改變，和杏仁核大小的改變，有什麼相關的可能。

自主神經、免疫系統和內分泌的改變

禪修對自主神經系統的影響可能很複雜，並且因禪修類型而有所不同。在二〇〇六年，兩個研究探討在正念減壓課程中所採用的身體掃描，對自主神經功能的影響。第一個研究比較使用正念減壓中的身體掃描這一組，和使用漸進式肌肉放鬆法這一組，以及在等待名單上的控制組。第二個研究比較身體掃描這組的效果，和另一個狀態下的同樣受試者聽一本流行小說錄音帶，所產生的效果。在兩個研究中，身體掃描這組，受試者表現出較高的呼吸靜脈竇心率不整（respiratory sinus arrhythmia），這個指標，反應了副交感神經對心臟的控制（有時被稱為「休息和消化」功能，以對比於交感神經系統所產生的「攻擊或逃跑」功能）。只有在第二個研究，有交感神經系統對心臟的影響。有趣的是，這個研究發現，比起在控制組的狀態，在禪修狀態下，交感神經系統對心臟影響的指標，明顯增加。總的來說，從這個研究發現，支持禪修初學者在進行身體掃描時，交感和副交感神經對心臟活動的影響都會增加。在這裡一個特別有意思且重要的發現是，雖然副交感神經系統和交感神經系統，通常都是呈現相反的關係，但正念練習似乎能夠同時活化兩邊的自主神經系統。

最近的三摩地計劃報告中，研究者測量端粒酶（telomerase）的活動，測量的時間點在三個月僻靜禪修之後。本研究強調的是三摩地這個練習方法，並和在等待名單上的控制組做比較。端粒（telomere）是在染色體末端重複的DNA序列，它的功能是保護染色體中重要的基因資訊，避免它們遭受破壞。端粒酶則是一種酵素，能夠延展或恢復染色體末端的序列。端粒酶的活動是我們主要的研究興趣之一，因為較少的端粒酶活動以及端粒長度的縮短，與在持續面對壓力狀態下，生理年齡的加速老化有關。在僻靜禪修的最後，在三摩地禪修組的端粒酶的活動，明顯高於控制組。研究者觀察到，幾個自陳式報告的人格內容（像是自戀）改變，跟端粒酶在幾個組別之間的活動，兩者有著複雜的關係。在參與禪修的人之中，控制感增加最多，自戀感減少較多的人，在禪修之後端粒酶的活動量也增加最多。

正念練習或強調對身體感官專注的相關練習，被預期會增加內在覺察。內在自我覺察，有時被稱為內省的覺察（introspective awareness），對這個概念的客觀測量方法，已經被發展出來。此外，在神經科學研究發現，內在自我覺察的個人差異，和腦島的活化有關。研究中最常使用的任務是，受試者反應他們能夠精確覺察到自己心跳的程度。有一個研究使用這樣的任務，比較十七位空達里尼靜心（kundalini meditation）禪修者，這是一種操控呼吸的練習，強調將注意力放在身體覺察上；另外十三位為西藏禪修者，他們強調對覺察的開放，禪修者對當下經驗的內容，不做任何反應；以及十七位沒有禪修經驗的控制組。這個研究發現沒有證據支持，兩個禪修組對於心跳的偵測優於控制組。這個研究的受試者，也被要求對自己的表現做評估。禪修組的受試者一致認為，他們的表現會高於非禪修組的人，儘管客觀的表現並無不同。這個研究結果的意義在於，不要過度強調禪修會導致某種特定效果，例如：對身體狀態產生不尋常的敏感度。此結果也強調，自我觀點和世界觀點的潛在差異，這導致禪修者相信他們的表現優於他人，但是客觀的證據並非如此顯示。

臨床研究

在二〇〇五年之後，其中一個重大的發展就是，正念認知治療持續被研究和散播，這個介入方法是以正念減壓課程為模型，也就是辛德・西格爾在第三場所做的報告。這個介入方法目前已經受到英國國家健康服務（National Health Service）的推薦，成為對有三次或三次以上的重度憂鬱病患的治療方法。正念認知治療被設計來協助曾經康復，但目前尚有憂鬱症的病人；協助他們發展正念的策略，產生不同的思考形態，來減低憂鬱症狀，並有效地降低憂鬱症復發的風險。正念認知治療強調，每天正式或非正式地練習正念禪修的方法，包括正念瑜珈。這些練習也能作為持續維持健康的理想策略，特別是對於反覆的負面思考（rumination）。

在一個重要的新研究中，辛德・西格爾和他的同事，測試八十四位曾被診斷為重鬱症的病人，這些人目前在恢復的狀態，並繼續抗憂鬱劑的藥物治療。這些病人被隨機分派到以下三組的其中一組：(1)中斷抗憂鬱劑使用，參加八週正念認知團體治療；(2)持續使用具有療效的抗憂鬱劑治療；(3)終止原先的藥物治療，改用安慰劑。主要的結果測量，就是病人又進入憂鬱期。研究發現，正念認知治療和藥物治療，比起安慰劑這組，前兩者對防止憂鬱症的復發有同樣的效果。因此，這個研究告訴我們的一個重要訊息是，正念認知治療能夠被考慮成為和藥物有同等效果的另類治療方法，協助有重鬱症復發風險，而又不想要繼續使用抗憂鬱劑的病人。

另一個最近發表的研究，探討正念減壓對有社會焦慮症的病人，在情緒調節方面的影響。結果發現，正念減壓讓憂鬱和焦慮的症狀改善，對受試者的其中一小群，也有提升自尊的作用。在正念減壓方法的介入之後，受試者進行一項會引發他們負向自我信念的任務，同時一些人進行專注在呼吸的任務，其他人則進行注意力分散的任務。功能性磁振造影顯示，在進行專注呼吸的任務時，負向情緒經驗降低，而杏仁核的活動也降低。

各種正念減壓課程為基礎的訓練方法，也繼續被發展，特別是著重在物質濫用和成癮行為。以正念為基礎的復發預防（Mindfulness-based relapse prevention，MBRP）是這類方法中發展最好的。將MBRP運用在物質濫用的問題之最完整的研究當中，有一六八位受試者隨機被分派到MBRP組，或一般治療組，該組提供諮商或教育相關材料。在一般治療組，成癮的經驗和憂鬱症狀、物質使用，兩者都有相關。然而，MBRP明顯地改變了成癮和憂鬱之間的關係，使得當成癮的感覺升起的時候，它們不再自動地誘發憂鬱症狀；而這樣的改變，可以預測在介入方法之後的四個月，藥物濫用情形減少。這些研究結果指出，雖然MBRP不能夠直接影響物質使用，但它的確降低成癮跟憂鬱之間的連結，進而可能影響到後續的物質使用。很清楚地，我們需要更多的研究，來將這些複雜的效果做出區分，也要確定已經存在的個人差異，是否跟MBRP的介入方法之後，產生的不同反應有關。

最近一個研究指出，對抽煙者做四週正念訓練，會大量減低香菸的使用，而在訓練後第十七週的追蹤發現，比起從美國肺臟協會（American Lung Association）無菸自由計劃隨機抽取出來的受試者，該研究受試者的香菸使用，也大量減低。在這個研究，正念方法被證明能夠直接減低成癮行為。

方法學上的挑戰

對於禪修所產生的影響，最近一些較為全面性的科學文獻回顧指出，現有研究在方法上的缺失，的確值得我們深思。舉例而言，由美國國家輔助和替代療法研究中心（National Center for Complementary and Alternative Medicine）在二〇〇七年所資助的一項禪修對健康影響的報告，最後的結論指出：「對禪修的科學性研究，並沒有明顯地達到一個共同的理論觀點，它們的特色是欠缺嚴謹的方法。禪修練習在健康照護中所產生的效果，還沒有辦法從現有的證據中，獲得明確的結論。未來對施行禪修的研究，在研究設計和執行，以及分析和對結果的報告上，都需要更嚴謹。」我們全然贊同目前對於這個領域的評估。

有許多重要的方法學議題，和臨床介入的科學研究密切相關，特別是心理學的研究，但這裡我們將焦點放在幾個特別跟禪修研究有關的議題。對於介入性研究，最重要的問題之一，就是控制組的選擇。對正念減壓而言，什麼才是恰當的控制組？這個問題變得日益重要。很顯然地，對早期的研究來說，將在等待名單上的人當作控制組，是相當不錯的選擇；但因為許多正念減壓的介入方法，並沒有特別針對禪修練習，這個設計可能會造成結果測量的改變。如果控制組所控制的變項，可以和禪修組相當，比方說：團體所進行的歷程、對指導者的熱衷程度以及在家練習的時間長短……等等，相信所接受的介入方式，會產生有益的改變；這些變項的控制是很有必要的，這樣我們才能夠說，禪修練習本身是促成測量結果的原因。在本書出版時，尚未有發表的文獻，採取如此嚴格的比較標準。然而，理察・戴衛森的實驗室已經開始採用這樣的比較方法，相信很快地就要發表幾個使用這種比較方法的研究結果。但就以目前而言，我們所能夠做的總結就是，在任何標準的自陳式報告（self-report）的測量結果，在正念減壓組和比較的控制組之間，如果控制了以上提到的變項，兩者的測量結果並沒有顯著不同的存在。然而，有趣的是，在不同組之間，生理測量和疼痛反應，卻有許多的差異性存在，所有的生理測量都發現，正念減壓組顯示出正向的效果。

其他重要的方法學議題，是關於練習時間的測量和過去禪修經驗的評估。就後者而言，在方法上我們亟需發展一套對不同禪修傳統，做正式、結構性訪談的方法，才能對禪修者過去經驗作有效測量。在進行研究期間，測量受試者的練習時間，也是相當複雜的工作，因為有許多非正式的練習，沒有辦法被受試者計算到自己練習時間之中。此外，個人所報告的練習時間是否可靠，這點也很難確定。雖然我們並不是說，受試者在意識上會謊報自己的時間，但大家都知道的是，多數人傾向用比較正面的方式，去呈現自己。而在許多禪修研究中，不可避免地會讓受試者感受到一種期待，就是配合的受試者，就是按照規定去練習的人。因此，我們最終還是需要一個較為客觀的方法，來測量練習時間。理察・戴衛森的實驗室已經嘗試發展一種稱為「座蒲」（zafu）的測量工具，它就是禪修用的蒲團，配備有一個對壓力敏感的測量儀器，以測量一個人真正坐在蒲團上的時間。當然這樣的測量工具也有許多問題，因為正式和非正式的禪修練習，可在任何一個地方發生，不一定要坐在蒲團上。而真正坐在蒲團上的時間，也不一定直接跟禪修練習有關，更不用說禪修的品質。然而，在未來的研究，這也是一個要注意的問題。

禪修研究其中一個重要的問題是，正念是一種正念的行為測量。但自陳式的測量，它的效度並不明確。此外，每個人報告他們內在經驗的能力，並沒有被好好的開發，特別是在早期的禪修練習時。因此，自陳式問卷會反應出一個人內在的偏誤，受試者會報告的是「一個正念的人」應該要有的經驗，而不是他們真實的內在經驗。目前這也是受到熱烈辯論和探討的問題。一種具有良好效度的行為測量工具，會將這些議題列入考量，也能讓研究者較有系統地去檢示個別差異；這樣才能夠決定，在正念的行為測量進步較多的人，在其他的結果測量中，也有較多的進步。如果能兼顧上以上方法學的考量，禪修研究的領域才能夠站穩腳跟。因為，實際上到目前為止，各個研究努力分析的結果，想要表明個人在正念上的差異，都要依賴自陳式的測量工具。

未來展望

在本書的最後，我們要指出，對於禪修的基本研究和臨床研究領域的展望。在臨床領域，我們目前對情緒的中央迴路和周邊生理之間的關係，已經有進一步的瞭解。不斷累積的知識，提供我們一個基礎，來檢視並瞭解不同形式的禪修，如何能夠影響情緒的中央迴路，並接著對特定的健康問題產生影響。如果在某個程度上，身體問題會受到社會心理因素的影響；我們會預期的是，大腦會涉入調節與該疾病有關的周邊器官系統，透過禪修對中央迴路的調節，使得和疾病相關的生理反應受到影響。我們預計未來對於生理疾病的研究，除了找到周邊生理的標示物（makers）之外，也要伴隨大腦功能的測量，這麼一來，相關症狀或生理過程的改變和大腦的改變，兩者之間的關係就能被確認。那麼，禪修研究就能對心靈—大腦—身體，與健康、疾病之間的互動，產生全面性、更有效的瞭解。

在整體人口的層次，我們非常需要的研究是禪修如何影響人們對醫療系統的使用。雖然有些不正式的說法指出，禪修的人對健康照護的使用量比較少，但並沒有嚴謹的研究探討這個議題。這樣的研究，理想上應該由健康照護的經濟學家來做，並且在不同的研究地點來進行。如果禪修能夠降低對醫療系統的使用量，那麼不論對一個國家或對全世界，這將會對健康照護帶來莫大的經濟效益。而這樣的訊息，也會對政府或私人保險公司，提供更為強大的誘因，採用嚴謹的態度，從公共健康的角度，重新思考禪修這件事。我們希望有更具巧思和更嚴謹的研究，來探討以正念為基礎的介入方法，如何影響人們對醫療照護系統的使用。

雖然，最近有一些報告提出禪修對小孩子的影響，然而相關的文獻卻是不明確的，有些介入方法變異性很大，對結果的測量也不盡理想。然而，早期介入以便對特定狀況產生有利的影響，這樣的潛力是比較高的，因為神經可塑性比較大，特別是在青少年之前的這段時間。最近一個初步的研究指出，正念禪修訓練對協助注意力缺失／過動疾患的小孩，有正面的影響。在十二歲到十九歲的青少年階段，超過百分之七十五的死亡來自意外（大多數是摩托車意外）、殺人或自殺。也因此，心理訓練的方法可以幫助青少年，在進入這個高風險的階段之前，就能培養更多的內在平靜、情緒平衡和辨識力，這方法不僅重要，也可能可以挽救生命。協助青少年去洞察無常的存在，不要把非個人因素，歸諸在個人身上，這些內容都是正念訓練的重要元素，也會為小孩子或是青少年帶來益處。

關於基礎研究，有兩個主要在方法學和觀念上的進展，有可能對未來的禪修練習產生影響。一個是新生論（epigenetics），研究的是調節基因表現的因素。目前研究已經證明，環境因素能夠調節基因的表現。這也提高了心理訓練，可以改變基因表現的可能性，雖然尚未有嚴謹的研究強調這樣的議題。初步的證據顯示，放鬆的程序會對基因表現產生改變，但是尚未有研究使用嚴格的控制組，來做有系統的比較。我們預期在未來幾年，幾個研究團隊將會探討禪修所造成的基因改變。雖然，人類能夠提供基因新生研究的細胞形態很有限，但禪修能夠在周邊生理產生改變，這樣的事實應該可以提供研究者，一些和基因改變相關的線索。從麥可‧敏尼（Michael Meaney）和他的同事們深具突破性的研究來看，糖皮質激素（glucocorticoid）受體基因是一個明顯可以探討的地方。

其他主要在方法學和概念的進展，跟人類的連接體（connectome）有關——這個計劃能夠比對出人類大腦在功能和結構上的連結。現在的方法已經能夠標示出，每個大腦體積容量（也就是用三個向度的映象點來表現，亦即立體向素），或是每個立體向素之間，結構和功能的連結。如此豐富的訊息，可能就包含了足夠的敏感性，能夠協助我們瞭解，不同形式的禪修對神經迴路所產生的影響。比起將焦點放在對單一活動區域的分析，連結性的測量對於大腦結構和功能迴路，提供更豐富、有力的資料，這些測量的結果，很可能讓我們對禪修如何影響大腦和心靈，產生更多的瞭解。

當第十三屆的「心靈與生命會議」在二〇〇五年召開的時候，現代科學對禪修的研究，可以說才剛開始進行。過去五年，在基礎和臨床研究上，這個領域可以說有巨大快速的進展。我們預期在未來的五年，可以看到以正念為基礎的臨床介入與基礎研究，會有更興盛的發展，包括：對於研究假設的擬定、理論模式的建立、研究設計（包括控制組的選擇）、周邊生理和行為的測量，都能夠採用更嚴謹的標準，同時也能夠對禪修練習本身，有更精確的描述。我們預期在未來的幾年，這個領域的研究會更有成效，甚至超過過去的整個研究，而禪修也會進入神經科學、心理學和醫療的主流，能夠反映出二〇〇五年「心靈與生命會議」的精神，甚至能夠深化科學與禪修兩大傳統的合流。

我們的希望是，這本書能夠催化各位對於禪修，產生進一步的興趣、研究和瞭解，希望這場會議在今天，也能夠扮演類似的功能。最後，正念覺察的持續發展、正向情緒的培養，包括對他人的仁慈，這些品質的展現，在字面上或在隱喻上，再再都展現了心靈能夠成為自己的醫生，為想要深度地傾聽自己心靈、身體和生命流動的人，提供源源不絕的能量。科學也已經指明，整體來看這是可能的，甚至更重要的是，我們看到無數修行人的親身經驗，在禪修的價值和訓練之下，他們活出了生命的品質、健康和幸福。

關於「心靈與生命學會」

「心靈與生命學會」是在一九八七年，由達賴喇嘛、企業家亞當・恩格爾和神經科學家法蘭西斯科・瓦瑞拉所創立。主要的目的是希望在現代科學、世界上活躍的禪修傳統以及人文及社會科學之間，創造嚴謹的對話和研究合作。我們相信多科技之間的整合研究合作，是對於探討人類心靈、對自然的真實產生更為完整的理解、減輕人們的受苦之最有效的方法，並且能夠提升人類的福祉。

過去二十五年來，在培育整合型研究、發展研究領域、探討以修行為基礎的練習、大腦、生理和行為上的效果……等方面，「心靈與生命學會」已經成為世界領導者的角色。

在「心靈與生命學會」裡，我們知道這世界最嚴重的問題，例如戰爭、環境的汙染、貧窮、不平等和社會上的不公平，都源自於人心。此外，研究顯示，心理因素和態度，皆可能導致個人的疾病。在未來，我們所期盼的世界，是能對心靈訓練的重要性產生深刻的理解的；並能夠發展內在資源，來減輕受苦，而不是造成受苦。在我們所期盼的世界中，每個人都能夠接觸到適合他的年紀和文化的方法，來促進自己內在的發展。

「心靈與生命學會」的使命是：

・發展策略和概念架構，以嚴謹、多科技整合的方法，來探討心靈，將第一人稱和第二人稱的直接經驗，結合成以第三人稱進行的現代科學面的探究。

- 發展全球性的科學和學術社群，來進行相關研究；以全球的經濟社群，來提供資源以支持研究。
- 描繪並開展具體的概念驗證研究計劃，策略性地促進這些新興的研究領域。
- 傳遞研究發現、並為實際操作方法和訓練計劃提供科學基礎；訓練計劃能夠增進生命和社會的品質，而實際操作方法，能培養人們注意力的品質、情緒平衡、仁慈、慈悲、信心和幸福。

為了實現我們的願景和使命，我們已經發展了一系列具有整合性的策略提案：

- 和達賴喇嘛進行「心靈與生命會議」（從一九八七年開始，已進行二十三場會議）。
- 「心靈與生命」以出版方式傳達這一系列的對話內容（十一本書、五套DVD和一個網路錄影）。
- 「心靈與生命」的暑期研究學會（Mind and Life Summer Research Institute），訓練在修行科學和研究這個新興領域中的科學家和學者（從二〇〇四年之後，八個講習會共服務過約一千人）。
- 「心靈與生命／法蘭西斯科・瓦瑞拉研究獎」（Mind and Life Francisco J. Varela Research Awards）對修行科學與研究的先驅研究者，提供探索性研究獎助金（從二〇〇四年獎助九十個研究，總金額達一百萬美金）。

- 「心靈與生命」的人性與社會科學提案（Mind and Life Humanities and Social Sciences Initiative），確保修行科學和研究這個興新領域，是多學科參與，並整合第一、第二和第三人稱的研究模式。
- 「心靈與生命」發展科學研究網絡（Mind and Life Developmental Science Research Network），探討以修行為基礎的介入方法，如何影響人的發展，尤其在注意力缺陷的問題。
- 「心靈與生命學會」的協同合作提案（Mind and Life Institute Collaborative Coordinator Initiative），在新興的研究中心和實驗室之間，提倡修行科學和研究的合作。
- 修行研究國際座談會（International Symposia on Contemplative Studies），為關於修行科學與研究的年度交流和訊息分享會議。
- 論文發表，討論在修行研究中的最佳方式。

更多關於「心靈與生命學會」的訊息，請參考我們的網站：www.mindandlife.org

「心靈與生命學會」是非營利組織，免稅的五〇一（C）（3）組織。

707 Winchester Circle, Suite 100
Boulder, Colorado 80301
303-530-1940

參與者

丹增・嘉措（Tenzin Gyatso），第十四世達賴喇嘛，是藏傳佛教領袖、西藏流亡政府領袖，也是備受世界尊敬的精神領袖。他在一九三五年七月六日出生於印度東北，一個名為塔澤（Taktser）的小村落。他出生農家，二歲時，被依西藏傳統指認為十三世達賴喇嘛的轉世。達賴喇嘛是我佛慈悲的體現，他們透過轉世化身來造福人類。達賴喇嘛於一九八九年獲頒諾貝爾和平獎。他致力於推動用慈悲與和平，解決人類的紛爭，並獲得全世界尊崇。

達賴喇嘛足跡遍佈世界各地，發表演說的主題，包括：普世的責任、愛、慈悲和仁慈。外界鮮少注意到他對科學有強烈興趣。他曾說過，如果他不是喇嘛，他希望成為工程師。他年輕時在西藏拉薩（Lhasa）的布達拉宮（Potola Palace），經常被找去修理壞掉的機器，像是時鐘或車子。對於學習科學的最新發展，他有著高昂的興趣，倡導對科學發現的人文應用及直觀方法學上的細緻化。

阿姜・阿瑪洛（Ajahn Amaro）是英國阿姆拉維提（Amaravati）佛寺的住持，也曾擔任北加州無畏寺（Abhayagiri）的共同住持。他在一九七七年時獲得倫敦大學心理和生理學學士的榮譽學位。一九七八年他定居一個位在泰國東北部、傳承泰國禪師阿姜・查（Ven. Ajahn Chah）的森林禪修寺院。一九七九年他回到英國，住在阿姜・蘇美多禪師（Ven. Ajahn Sumedho）在薩塞克斯（Sussex）新創立的森林寺院。一九八三年他步行了八百三十英哩，找到位於諾森柏藍（Northumberland）的分院。一九八五年後，他在阿姆勞帝寺（Amaravati）住十年，協助教書和行政工作。在那邊的最後二年，他擔任副住持。一九九〇年開始，他每年在美國執教數月。他一九九六年在加州的門多西諾縣（Mendocino County）建立無畏寺（Abhayagiri Monastery），直到他二〇一〇年受邀回英國擔任阿姆拉維提佛寺的住持才離開。

他一生最重要的工作就是在森林中修行，教導並訓練別人從事森林修行。他寫過八本書，包括：Finding the Missing Peace（2011），一本關於佛教禪修的手冊；Rugged Interdependency（2007），評論美國的佛教生活；Small Boat, Great Mountain: Theravadan Reflections on the Natural Great Perfection（2003）。此外，他寫過

無數文章，也參與很多書的寫作及編輯，包括：The Island: An Anthology of the Buddha's Teachings on Nibbana（2009）；The Sound of Silence: The Selected Teachings of Ajahn Sumedho（2007）；Food for the Heart: The Collected Teachings of Ajahn Chah（2002）；Broad View, Boundless Heart（2001）；Dhamma and the Real World（2000）。他的許多著作可以在這個網站www.abhayagiri.org上免費閱讀。

珍・喬任・貝絲老師（Roshi Jan Chozen Bays）是位兒科醫生，他的專業是評估受虐待和遺棄對兒童的影響。從斯瓦爾特摩爾（Swarthmore）大學畢業後，他到美國聖地牙哥受訓。在奧勒岡州波特蘭的兒童醫院（Legacy Children's Hospital），他在受虐兒童應變與評估中心（Child Abuse Response and Evaluation Services）擔任醫療主任，達十年之久。一年約超過千名兒童及其家人，因兒童受虐和遺棄等相關問題，向醫院求助。他在許多醫學期刊和書籍，都曾發表與兒童受虐相關的文章，包括：藥物濫用和虐童，以毒品虐童，以及誤認為虐童的狀況。

珍・喬任・貝絲自一九七三年開始研習和修習禪學（Zen Buddhism）。他被任命為日本前角博雄禪師（Taizan Maezumi Roshi）的禪僧（Zen priest）。一九八三年他獲得教書資格。他和他的先生哈根・貝斯（Hogen Bays）一起在奧勒岡的禪中心（Zen Community of Oregon）以及宏願寺（Great Vow Zen Monastery）教學，此為奧勒岡州克拉茨卡尼（Clatskanie）地區的密集禪修中心。他曾經在《三輪與佛法》（Tricycle and Buddhadharma）雜誌上發表關於禪的文章。他的著作包括：How to Train a Wild Elephant and Other Adventures in Mindfulness（2011）；Mindful Eating: Rediscovering a Healthy and Joyful Relationship with Food（2009）；Jizo Bodhisattva: Guardian of Children, Women, and Other Voyagers（2003）。

理察・戴衛森（Richard J. Davidson）於麥迪遜威斯康辛大學的情感神經科學實驗室（Laboratory for Affective Neuroscience）、魏斯曼功能性腦部造影與行為實驗室（Waisman Laboratory for Functional Brain Imaging and Behavior）以及健康心靈研究中心（Center for Investigating Healthy Minds）擔任主任。他是紐約大學心理學學士以及哈佛大學心理系博士。研究大腦與情感的關係是他學術生涯的重心，現為威斯康辛大學心理與精神科的教授。他參與十三本書的寫作與編輯，最新的作品包括：The Handbook of Affective Sciences（2009）；Visions of Compassion: Western Scientists and Tibetan Buddhists Examine Human Nature（2003）。

戴衛森教授發表超過二百五十篇文章，刊登於期刊和書籍。他的作品得獎無數，包括國家心理衛生研究院（National Institute of Mental Health）頒發的研究科學家獎（Research Scientist Award）；美國心理學會（American Psychological Association）頒發的傑出科學貢獻獎（Distinguished Scientific Contribution Award）；並獲選為美國藝術與科學院成員（American Academy of Arts and Sciences）。他是國家心理衛生研究院的科學顧問成員之一。他在一九九二年參加了從「心靈與生命會議」延續出來的一個研究計劃：從神經科學研究資深西藏僧侶的特殊心智能力。

約翰・德吉奧亞（John J. DeGioia）是在一九七九年獲得喬治城大學英國文學的學士學位，並在一九九五年獲得喬治城大學心理學博士學位。他在二〇〇一年七月一日，擔任喬治亞大學第四十八任校長。自從一九七九年以來，他就擔任學校的資深行政人員，同時也擔任教職。喬治城大學是一所非常優良的學校，具有深厚的天主教和耶穌會信仰傳統。這所大學受宗教和多元文化主義的影響很大，也因此重視靈修，並熱切參與公共領域活動。他是喬治城大學第一個非神職的耶穌會大學的校長，德吉奧亞博士非常重視喬治城大學，對天主教和耶穌會的認同，以及它肩負推動公義的責任。他是馬爾他騎士團（Order of Malta）的成員之一，這個非神職的組織和羅馬的天主教堂，共同致力服務病患和窮人。德吉奧亞博士不遺餘力地推動宗教間的對話。

為了培養年輕人成為全球社群的領導者，德吉奧亞博士擴展不同宗教與不同文化之間相互對話的機會，邀請各界領袖到校園，並且召開國際會議，討論這些具挑戰性的問題。他是聯合國教科文組織與美國國家委員會的成員，也是教育委員會的主席，並曾代表喬治城大學出席世界經濟論壇（World Economic Forum）以及外交事務委員會（Council on Foreign Relations）。德吉奧亞博士目前仍是心理系的教授級的講師。最近他的授課內容是關於道德與全球發展。

亞當・恩格爾（Adam Engle）是律師、商人和企業家。除了經營營利事業外，也從事非營利工作。他獲得哈佛法學院的法律學位後，取得史丹福商學院的企管碩士學位。他以律師開始他的職業生涯，在比佛利山莊、阿爾伯克基（Albuquerque）、聖塔芭芭拉（Santa Barbara）和德黑蘭（Tehran）等地執業十年。不當律師後，他創立投資管理公司，代表個人客戶管理他們的全球投資組合。他在美國和澳洲等地也有好幾項創業。

一九七〇年開始，恩格爾展開非營利部門的工作。一九七四年他和西藏社群首度取得聯繫後，就開始合作。一九八七年他和達賴喇嘛、法蘭西斯科・瓦瑞拉（Francisco Varela）一起創設「心靈與生命會議」（Mind and Life Dialogues）。他在一九九〇年創立「心靈與生命學會」（Mind and Life Institute），並從那時候開始擔任該組織的主席以及執行長至今。在一九九三年，他建立了科羅拉多州西藏之友會（Colorado Friends of Tibet）。設立於波爾德（Boulder）的西藏科羅拉多西藏之友，是支持西藏的全國性組織。他也在史丹福大學商學院，創立一系列的講座，以商業行為的正直與憐憫為主題。他也是社會創業網絡（Social Venture Network）組織的發起人。

瓊・哈力法斯（Roshi Joan Halifax）博士，是位佛學老師、作家和社會運動者。他從一九七〇年開始照顧臨終病人，他是生命末期照護臨床教育的先驅。他是新墨西哥州聖塔菲市（Santa Fe）烏帕亞禪修中心（Upaya Zen Center）和學會的創辦人。他建立歐加基金會（Ojai Foundation），發起與臨終者在一起的計劃（Project on Being with Dying）、烏帕亞菩薩寺監獄計劃（Upaya Prison Project）以及監獄靜觀計劃國家網絡（National Network of Contributors Contemplative Prison Programs）。他也是禪宗僧團（Zen Peacemaker Order）的共同發起人。他的學術成就斐然。他曾獲得國家科學基金會（National Science Foundation）提供的視覺人類學獎學金；獲邀在哈佛大學的畢巴底博物館（Peabody Museum）擔任榮譽研究人員；在加州整合研究中心（California Institute of Integral Studies）擔任Rockefeller主席，並在哈佛神學院擔任Harold C. Wit主席。他的著作包括：Being with Dying: Cultivating Compassion and Fearlessness in the Presence of Death（2008）；Being with Dying: Compassionate End-of-Life Care Training Guide（with Barbara Dossey and Cynda Rushton，2007）：The Fruitful Darkness: A Journey through Buddhist Practice and Tribal Wisdom（2004）：A Buddhist Life in Amarica: Simplicity in the Complex（1998）：Shamanic Voices（1991）：Shaman: The Wounded Healer（1988）；以及The Human Encounter with Death（with Stanislav Grof，1978）。他的演說出版為有聲書，其中六片CD名為「與臨終一起」（Being with Dying），由他本人錄製（Sound True出版）。

他從一九六五年開始修行佛學，並且在一九七六年皈依崇山大禪師（Zen master Seung Sahn）。一九八〇年，他受聘為觀音禪院（Kwan Um School of Zen）的老師。一九九〇年，他獲得一行禪師（Thich Nhat Hanh）

的傳燈錄。一九九七年，他被伯納・葛拉斯曼（Roshi Bernie Glassman）任命為曹洞宗（Soto）的住持。一九九九年，他成為伯納・葛拉斯曼的法脈傳人。

圖典・金巴（Thupten Jinpa）受教於正統的西藏寺院教育，並且獲得最高的拉藍格西（Geshe Lharam）學位（相當於是神學博士）。金巴也是英國劍橋大學心理學學士以及宗教研究博士。他在英國擔任訪問學員三年。從一九八五年開始，他就是達賴喇嘛主要的翻譯，曾經伴隨達賴喇嘛到美國、加拿大和歐洲。他翻譯並且編輯許多本達賴喇嘛的著作，例如：二〇〇一年出版的紐約時報暢銷書《新千禧年的心靈革命》（Ethics for the New Millennium）。

他的作品包括探討西藏文化、佛學、和哲學等不同主題的學術論文，包括：Encyclopedia of Asian Philosophy（2001），這是一本西藏哲學的入門書。他最新發表的作品包括：Self, Reality, and Reason in Tibetan Philosophy: Tsongkhapa's Quest for the Middle Way（2002），還有與傑斯・艾爾斯奈（Jas Elsner）共同翻譯的作品Mind Training: The Great Collection（2006）以及Songs of Spiritual Experience: Tibetan Poems of Awakening and Insight（2000）。他是在北美、歐洲和印度的教育和文化組織的諮詢委員，也擔任《當代佛學》（Contemporary Buddhism）的書籍評論編輯。《當代佛學》是一份佛學和當代社會對話的跨學科期刊。他現在是西藏經典學院（Institute of Tibetan Classics）的主席及總編輯。西藏經典學院是非營利的教育組織，致力於將重要的西藏經典翻譯為當代語言。

喬・卡巴金（Jon Kabat-Zinn）是正念減壓（Mindfulness-Based Stress Reduction，MBSR）的創辦人，他也創辦了「正念中心」（Center for Mindfulness in Medicine, Health Care, and Society）。他同時也是馬薩諸塞大學醫學院的榮譽退休教授。其著作包括：Coming to Our Senses（2005）；《當下，繁花盛開》（Wherever You Go, There You Are）（1994）；Full Catastrophe Living（1990）。卡巴金也是很多著作的共同作者，包括與馬克・威廉斯（Mark Williams）、約翰・蒂斯岱（John Teasdale）、辛德・西格爾（Zindel Segal）合作的《是情緒糟，不是你很糟：穿透憂鬱的內觀力量》（The Mindful Way Through Depression）（2007）；以及與他太太蜜拉（Myla）合寫的Everyday Blessings（1997）。他的著作被翻譯超過三十種語言。他在一九七一年取得麻省理工學院的分子生物博士學位，是諾貝爾獎得主薩爾瓦多・盧里亞（Salvador Luria）的學生。

他發表一系列關於正念臨床運用的研究論文。他將正念的概念教導給法官、商業領袖、律師、天主教神父和奧運選手團體，並且在烏斯特（Worcester）市中心和麻州的州立監獄，指導為期多年的計劃。他到全世界為醫療護理人員演講，舉辦工作坊和正念減壓的禪修訓練計劃。他的努力獲得教育和醫療中心的肯定。二〇〇八年義大利杜林大學（University of Turin）的認知科學中心頒發給他「心靈與大腦」獎（Mind and Brain Prize）。他是費茲學院（Fetzer Institute）的創辦人，也是行為醫療學會（Society of Behavioral Medicine）的研究員，以及整合醫學學術研究健康中心聯合會（Consortium of Academic Health Centers for Integrative Medicine）的召集人。他是「心靈與生命學會」的董事，也是「心靈與生命會議」第三階段的發表者之一。

湯瑪斯・基廷神父（Father Thomas Keating）是福德姆大學（Fordham University）學士。一九四四年一月，他進入位於羅德島瀑布谷的熙篤會（Cistercian Order in Valley Falls, Rhode Island）。他在一九六一年被選為位於麻州，斯本塞的聖約瑟修道院（St. Joseph's Abbey, Spencer, Massachusetts）的住持。他是歸心禱告運動（Centering Prayer Movement）的主要推動者。這個運動起始於一九七五年的斯本塞修道院，是當代的基督教靜觀傳統。一九八四年他建立了靜觀外展公司（Contemplative Outreach Ltd.），這個公司現在已經成為國際基督徒學生合一組織（International Ecumenical Organization），教導歸心祈禱和基督教靜觀傳統，並投入許多資源，舉辦工作坊和禪修，支持已經在靜觀途上的人們。

一九八一年從斯本塞修道院退休後，他搬到科羅拉多州的斯諾馬斯（Snowmass），在那邊創立了十天的密集禪修計劃，練習歸心禱告，這是一種當代的基督教靜觀傳統。他在一九八三年協助建立斯諾馬斯跨宗教會議，也曾經擔任美國理解寺（Temple of Understanding）和僧侶宗教間對話協會（Monastic Interfaith Dialogue）的主席，以及其他活動的主席。他的著作包括：Divine Therapy and Addiction: Centering Prayer and the Twelve Steps（2009）、The Human Condition: Contemplation and Transformation（1999）、Intimacy with God（1994）、Invitation to Love: The Way of Christian Contemplation（1992）、Open Mind, Open Heart: The Contemplative Dimension of the Gospel（1986）。

瑪格麗特・凱曼妮（Margaret E. Kemeny）是精神科醫生，也是舊金山加州大學健康心理計劃的主任。畢業於加州柏克萊大學，他獲得舊金山加州大學的健康心理學博士學位，並且在洛杉磯的加州大學，完成四年免疫與心理神經免疫學博士後研究。凱曼妮的研究重點是在認定心理因素、免疫系統、健康和疾病的關連。他的研究對於我們理解心靈的運作方法，做出重要的貢獻，讓我們了解到想法和情感如何影響生理、壓力和創傷。

過去二十年，他研究特定的心理反應，在預測和健康相關的賀爾蒙及免疫力的變化，所扮演的角色。他的研究範圍包括病患（包括愛滋感染者和免疫系統失調病患）和一般健康狀況良好的人。最近他著重於研究疾病發展過程的發炎反應。他對於可以改善壓力的心理反應和關係到健康的神經免疫學，特別感到興趣。在這樣的脈絡下，他檢視對身體疾病的安慰劑反應，以及疾病進展的角色期待。他積極參與數個對病因進行干預的研究，用禪修和靜觀的方法，來促進情緒和心理健康。凱曼妮博士發表超過一百篇關於心理學與醫學的文章。

傑克・康菲爾德（Jack Kornfield）在泰國、緬甸和印度，接受佛教僧侶的訓練。他從一九七四年開始教授冥想，他是其中一位將上座部佛教（Theravada Buddhist）修行帶入西方的老師。他的著作著重於將東方的靈性教導，以一種被西方社會接受的方式，整合到西方社會。他畢業於達特茅斯學院（Dartmouth College）的亞洲研究所，之後獲得塞布魯克大學（Saybrook University）臨床心理學博士學位。他的博士論文是最早處理正念禪修的心理學著作之一。傑克是美國西岸兩個最大的禪修中心的創辦老師——內觀禪學社（Insight Meditation Society）和精神磐石禪修中心（Spirit Rock Meditation Center.）的創辦人。

傑克發表許多探討東方與西方心理學如何交互作用的文章。他的著作包括：Bringing Home the Dharma: Awakening Right Where You Are（2011）；《智慧的心：佛法的心理健康學》（The Wise Heart: A Guide to the Universal Teachings of Buddhist Psychology）（2008）；Living Dharma（1995）；《佛陀的法音》（Buddha's Little Instruction Book）（1994）；《踏上心靈幽徑——穿越困境的靈性生活指引》（A Path with Heart）（1993）；《狂喜之後》（After the Ecstasy, the Laundry）（2000）；《原諒的禪修》（The Art of Forgiveness, Loving-Kindness, and Peace）（2002）。共同著作：Seeking the Heart of Wisdom（1987）；另編著：Stories of the Spirit, Stories of the Heart: Parables of the Spiritual Path from Around the World（1991）；《平靜的林湖：阿姜・查的內觀禪》（A Still Forest Pool: The Insight Meditation of Achaan Chah）（1985）。

海倫・梅伯格（Helen S. Mayberg）是艾默瑞大學（Emory University）醫學院精神醫學和神經學的教授，以及精神醫學神經影像與治療（Dorothy C. Fuqua）的主席。他是洛杉磯加州大學的心理學生物學學士，也是南加大的醫學博士。他曾經在紐約哥倫比亞大學醫學院神經科學研究中心擔任住院醫師，也曾經在洛杉磯郡南卡羅來納大學醫學中心的內科實習。之後他在約翰霍普金斯的核子醫學中心完成博士後研究。海倫・梅伯格任職於約翰霍普金斯大學，和聖・安東尼奧的德克薩斯大學健康科學中心（University Contributors of Texas Health Science Center at San Antonio）。他是多倫多大學羅特曼研究所神經精神病學（Neuropsychiatry at the Rotman Research Institute）的首任主席。

他的研究計劃的中心議題，是利用功能神經影像學，定義在健康和生病的心理狀態下，調節正常和異常的主要神經路徑。他在一系列的研究中，發現重度憂鬱症的神經系統模式。這個模式的研究，至今仍在進行中，包括：探討諸如認知行為治療和藥物治療學的作用機制；以及探討對其他治療反應不佳的病人，給予新型腦部深層電刺激的治療。二〇〇四年，他換到亞特蘭大的愛默瑞大學，研究領域擴展到神經生物學標記，預測對治療的反應、復發狀況、抗藥性和容易發生憂鬱症的原因，他的目標是要提出一個以影像為基礎的研究，以便區別出不同的病患族群，並為個別病患找出最適當的治療方式。

愛德華・米勒（Edward D. Miller）受聘為約翰霍普金斯大學醫學院執行長，他在一九九七年一月，擔任第十三屆約翰霍普金斯大學醫學院院長。他負責醫學院校園的改建和更新計劃，包括二棟最高水準的醫院、新的威馬大樓（Wilmer）及醫學院教育大樓，還有很多其他的計劃，都在他任內完成。他指導實施一個多元性計劃，將多元化和包容性，成為約翰霍普金斯醫學院的核心基礎。米勒創設了一個新的課程，名為「從基因到社會」。他也領導醫學院繼續獲得國家健康研究院最多的研究經費補助，並且推動改善病人安全的創新方法。

他是美國國家醫學研究院（Institute of Medicine）的成員之一，以及皇家內科學院的榮授院士、皇家麻醉科醫學院院士。他發表超過一百五十篇科學論文、摘要和書籍專章。

馬修・李卡德（Matthieu Ricard）博士，是住在尼泊爾的佛教僧侶。一九七二年他在巴斯德學院（Pasteur Institute）完成細胞基因的博士論文之後，就在喜馬拉雅山致力於佛學研究。他出版了許多本書，包括：

Why Meditate? Working with Thoughts and Emotions（2010）；《快樂學——修練幸福的24堂課》（Happiness: A Guide to Developing Life's Most Important Skill）（2007）；《僧侶與科學家——宇宙與人生的對談》（The Quantum and the Lotus）（2004）；以及《僧侶與哲學家——父子對談生命意義》（The Monk and the Philosopher: A Father and Son Discuss the Meaning of Life）（2000）。四十年的時間，他攝影的對象包括靈性大師、風景和住在喜馬拉雅的人民，他也是好幾本攝影集的作者，包括：Bhutan: The Land of Serenity（2009）；Motionless Journey: From a Hermitage in the Himalayas（2008）；Tibet: An Inner Journey（2007）；Buddhist Himalayas（2002）；以及Journey to Enlightenment（1996）。

他積極參與科學研究，討論禪修對大腦的影響，參與「心靈與生命學會」。自從一九八九年起，他擔任達賴喇嘛的法文翻譯。他是卡魯納基金會（Karuna Shechen）基金會的主要負責人。卡魯納基金會是非營利和非政治性的組織，在尼泊爾、西藏和印度等地，推動超過一百項人道援助計劃，他的著作版稅和出席會議的出席費，都捐給這個組織。對於卡魯納基金會www.matthieuricard.org的網站上有更多資訊。

莎朗・沙茲堡（Sharon Salzberg）：從一九七一年開始學習禪修，從一九七四年起在全世界領導僻靜禪修。他教導修行的密集覺知練習（內觀或內觀禪修），以及深入的培養慈心和慈悲（四無量心）。

莎朗的著作包括：紐約時報暢銷書Real Happiness: The Power of Meditation: A 28-Day Program（2010）；The Force of Kindness（2010）；The Kindness Handbook（2008）；《不要綁架自己》（Faith: Trusting Your Own Deepest Experience）（2003）；Lovingkindness: The Revolutionary Art of Happiness（2002）；A Heart as Wide as the World（1999）；Insight Meditation, a Step-by-Step Course on How to Meditate（with Joseph Goldstein）。

他也是《內心之聲》（Voices of Insight）（2001）的編輯，這本書為西方內觀老師著作的編年史。

莎朗是麻州巴瑞市（Barre）內觀禪修社（Insight Meditation Society）的共同創辦人。也是將亞洲的禪修方法帶到西方的重要推手。他的著作以古代的內觀佛教修行（正念）和慈悲觀（慈心）為基礎。他相信每一個人都有真正的能力去愛、去原諒、有智慧和憐憫，而禪修可以喚醒這些本質。所以，我們這些參與者，可以為我們自己發現獨特的快樂，這是我們與生俱來的權利。更多關於他的資訊請參考www.sharonsalzberg.com。

羅伯特・薩波斯基（Robert Sapolsky）是史丹福大學生物科學和神經科教授，也是神經科學的教授，他也是肯亞國家博物館靈長類研究所（Institute of Primate Research）的副研究員。他的著作包括三個主要的領域：壓力和壓力賀爾蒙如何傷害神經系統，以及它如何破壞神經元，使神經受到傷害的能力；設計基因治療策略，來保護神經元系統，免於受到神經與精神異常疾病；從東非野生狒狒的長期研究，探討統治階級、社會行為、人格與壓力相關的疾病模式之間的關係。他發表超過四百篇技術論文，及數本著作，包括：Monkeyluv: And Other Essays on Our Lives as Animals（2005）；A Primate's Memoir: A Neuroscientist's Unconventional Life Among the Baboons（2002）；The Trouble with Testosterone: And Other Essays on the Biology of the Human Predicament（1998）；《為什麼斑馬不會得胃潰瘍？：壓力、壓力相關疾病及因應之最新守則》（Why Zebras Don't Get Ulcers）（1994）。

辛德・西格爾（Zindel Segal），博士，是卡梅倫・威爾遜之憂鬱症研究（Cameron Wilson Chair in Depression Studies）及多倫多大學精神系情緒和焦慮疾病計劃的主持人，他也主持成癮與精神健康中心的認知行為治療診所，並且是多倫多大學精神系教授。過去三十五年來，西格爾廣泛研究並出版關於憂鬱症的心理治療，特別是關於對於復發和失能性異常的心理治療本質。他早期的研究，在於認出在情感性疾患及復發脆弱性的心理標的。最近，他和他的同事發現正念禪修和認知療法結合使用，可以有效地預防憂鬱症的復發。練習正念的病人，能發展出情感的後設認知覺察，降低對負面情緒的反應性。西格爾的著作包括：《憂鬱症的內觀認知治療》（Mindfulness-Based Cognitive Therapy for Depression）（2002）和《是情緒糟，不是你很糟：穿透憂鬱的內觀力量》（The Mindful Way Through Depression）（2007）。

班奈特・夏皮羅（Bennett M. Shapiro）是生物科技顧問。他是默克製藥公司（Worldwide Licensing and External Research for Merck）前執行副總裁，負責默克和學術界以及生物醫療產業研究界的關係。他在一九九〇年九月加入默克研究實驗室，擔任基礎研究的執行副總裁，負責基礎和前臨床研究。

更早以前，他是華盛頓大學生物化學系的主任和教授，發表超過一百二十篇論文，探討細胞行為的分子規則，以及在受精時整合細胞連鎖反應的生化變化。

夏皮羅大學念的是迪金森學院（Dickinson College）的化學系，之後獲得傑佛遜醫學院（Jefferson Medical College）的藥理博士。他在賓州大學醫學中心實習，接著擔任國立衛生研究院副研究員，之後在巴黎的巴斯德研究院擔任訪問科學家，又再回到國家衛生研究院任職，擔任生物化學研究室，細胞分化部門的主持人，後來再回到華盛頓大學。夏皮羅曾經獲選為古根漢（Guggenheim）院士，也是日本學術振興會（Japan Society for the Promotion of Science）的研究員，以及尼斯大學的訪問教授。

大衛・謝普（David S. Sheps）在一九六九年獲得北卡羅來納大學（University of North Carolina）的醫學博士，一九七二年在西奈山醫院（Mount Sinai Hospital）的內科部門完成住院實習，一九七四年在耶魯大學完成心臟的研究計劃，一九八八年獲得北卡羅來納大學公共衛生和流行病學的碩士。謝普是喬治亞州亞特蘭大艾默瑞大學醫學系的教授。

在研究心理壓力，對於患有冠狀動脈疾病的病人，和患有因壓力造成的心肌缺血的病人來說，謝普是受到大家公認的專家。許多項由國家衛生研究院、健康影響研究所、美國環境保護署、以及藥學團體所補助的研究計劃，他都是首席的調查員。他致力於研究疾病所表現出來的行為、臨床和流行病學的現象，特別是冠狀動脈的疾病。他曾經擔任北加州大學婦女健康中心先前的首席調查員，也持續在輔助研究這個領域持續研究。謝普是增進冠狀心臟疾病復原的介入性研究（ENRICHD Study）的協調中心會員，評估有冠狀動脈疾病的病人憂鬱症治療方式。他現在仍在進行一項國家衛生研究院的計劃，關於正念減壓和心肌缺血，研究對於因心理因素，引起心肌缺血的治療，希望能找出改善不良預後的方式。

約翰・謝里登（John F. Sheridan）是免疫學教授，也是俄亥俄州州立大學口語和顱面科學整合訓練計劃的主任。他是校友研究會（George C. Paffenbarger）主席，也是俄亥俄州立大學行為醫學研究中心的副主任。他在福特漢姆大學（Fordham University）畢業後，於德羅格斯大學的衛克曼生物研究學會（Waksman Institute of Microbiology at Rutgers University）獲得碩士和博士學位，他分別在杜克大學的醫學中心、約翰霍普金斯大學的醫學院，從事微生物學和免疫學的博士後研究。

他是生理神經免疫研究學會的創會會員和前任院長，也是美國科學促進會的研究員，他主要的研究興趣包括：對於發炎和免疫反應，基因表達的神經內分泌調適，對傳染病壓力所引起的易感染性，病毒性感染和宿主免疫力。

沃爾夫・辛格（Wolf Singer）是位於法蘭克福的馬克斯普朗克腦科學研究所（Max Planck Institute for Brain Research）的主任，他參與了法蘭克福高等研究所以及大腦研究學會（Ernst Strüngmann）的創設。他在慕尼黑和巴黎的大學念醫學系，獲得慕尼黑大學的醫學博士學位及慕尼黑科技大學的博士學位。直到一九八〇年，他的研究興趣集中在大腦皮質的經驗依賴性發展模式，以及使用依賴模式的神經突觸可塑性。之後，他的研究集中在起因於大腦皮質的分散式組織的結合問題。沃爾夫教授提出的假設是，無數廣泛的分散式次過程，組成了認知和執行功能的基礎，訊息藉由在精確的時間點上，神經活動的同時性共振，而結合在一起。辛格教授發表超過三百篇文章，刊登在同行審查期刊，超過二百六十本書有他的專文，以及無以數計探討神經科學發現的道德與哲學意涵的論文，也出過五本書。他得獎無數，包括：神經可塑性領域的醫學獎（IPSEN Prize，Ernst Jung Prize for Medicine）、德國研究基金會的全城獎（Communicator Prize）；還有赫布獎（INNS Hebb Award）。奧登堡大學和羅格斯大學都頒發給他榮譽博士學位。他也是國內和國際上許多研究機構的成員，包括：教廷科學研究院。他曾經擔任歐洲神經科學會的院長、馬克斯普朗克研究所董事會主席，也是許多科學組織的顧問和期刊編輯。

拉爾夫・辛德門（Ralph Snyderman）是杜克大學榮譽主席，也是杜克大學醫學院的詹姆斯・杜克（James B. Duke）醫學教授。在一九八九到二〇〇四年七月期間，他擔任杜克大學醫學院院長以及健康事務的主席。這段期間，他督導並執行杜克大學健康系統的發展，成為美國少數有完全整合的健康學術研究的單位。這個健康系統不只提供了頂尖的照護，並且為未來的醫療照護系統建立了發展的模式。

辛德門一向是預期式的健康照護（prospective care）這個新取向的倡導者。預期式的健康照護希望每個人都可以依據個人的風險和需求，接受個人化的健康計劃。這樣可以讓每個人對於自己的健康有更多的決定權，也能更為自己的健康負責。預期式的健康照護整合了科學和科技最好的一面，是一種人道的醫療行為，需要整合醫學作為基礎。

辛德門博士獲得很多獎項，包括關節炎基金會的終生成就獎，這是關節炎研究領域的最高榮譽，他也是首位獲得布萊威爾獎（Bravewell Leadership Award）的得主，以表彰他在整合醫學領域的傑出成就。他是美國國家醫學研究院和美國科學研究院會員，曾經擔任美國全國醫學院聯盟主席以及美國醫師會主席。

以斯帖・史坦伯格（Esther M. Sternberg）在大腦免疫交互作用領域的研究發現，大腦的壓力反應對於健康的影響，身心交互作用的科學……等方面的成就，受到國際公認。史坦伯格博士在加拿大蒙特羅麥吉爾大學，獲得醫學博士學位，學習風濕醫學。他曾經在密蘇里州聖路易斯的華盛頓大學教書，一九八六年加入美國國家衛生研究院。除了在許多頂尖的科學學術期刊，發表無數的論文之外，他也是七本教科書的編者，並且出了二本暢銷書：Healing Spaces: The Science of Place and Well-Being（2009）以及The Balance Within: The Science Connecting Health and Emotions（2000）。史坦伯格博士定期在《科學雜誌》（Science magazine）發表文章，也定期在關節炎基金會的雜誌，《今日關節炎》（Arthritis Today）撰寫專欄。媒體經常報導關於史坦伯格博士的消息，二〇〇九年他將自己的著作為討論內容，在公共電視頻道主持節目。

史坦伯格博士現在是國家精神衛生研究所神經內分泌免疫學和行為學部門的主席；也是國家衛生研究院和國家精神衛生研究所合辦的整合神經免疫計劃的主任；同時是國家衛生研究案、子宮壁內計劃、婦女健康研究的主任。他獲得許多獎，研究成果深獲肯定，包括：大眾健康服務優等獎（Public Health Service's Superior Service Award）；美國食品藥物管理局專員特別獎（FDA Commissioner's Special Citation）以及美國國立衛生研究院的科技挑戰獎（NIH Director's Challenge Award）。他曾經獲得美國臨床調查研究院遴選，擔任美國國家科學院的醫學院委員會成員，曾經在國會提供證詞，也是世界衛生組織的顧問。史坦伯格博士受邀到史密斯森研究中心、斯德哥爾摩卡洛林斯卡研究所的諾貝爾論壇、英國倫敦皇家藥學會演講。他也曾被財富雜誌選入最具影響力的女性高峰會（Most Powerful Women Summit），也在二〇〇八年受聯合國邀請成為九一一專題討論人。美國國家醫學圖書館曾經挑選出三百位「改變醫學界的女醫生」，並為他們展辦一個展覽，史坦伯格博士是其中一位。二〇一一年都柏林大學的聖三醫學院將授予史坦伯格博士榮譽醫學博士的學位（Doctorate Honoris Causa），更多資訊可以參考www.esthersternberg.com。

約翰・蒂斯岱（John Teasdale）是劍橋大學心理學學士，之後他在倫敦大學精神病學院，獲得變態心理學的博士，並且接受臨床心理醫師的訓練，他隨後在此教了幾年書。他後來以國家健康中心臨床心理醫師的身分，到威爾斯大學醫學院工作，獲得英國醫學研究會的支持，展開為期三十年的全職研究，一開始是在哈佛大學醫學系，隨後在劍橋大學的認知與腦科學中心。

他的研究持續關注基本心理學歷程，從這個領域去瞭解，如何解除情緒不穩定的問題，包含：焦慮症行為治療的發展和演變、認知方法的發展，以及對於重度憂鬱症的理解和治療。最近他發展以正念為基礎的認知治療，這個計劃透過運用正念訓練，並整合認知治療，來減低重度憂鬱症病人，日後可能面臨的復發風險，研究證明這個方法是有效的。

蒂斯岱博士發表超過一百篇科學論文和書籍專章，並且與其他人合寫了三本書。他獲頒美國心理學會傑出科學家獎，獲選英國社會科學院和英國醫學科學院院士。他已經退休，目前致力於他個人很有興趣的修行，學習並教導禪修。

亞倫・華勒斯（B. Alan Wallace）是美國聖塔巴巴拉意識研究所院長，他在印度和瑞士的佛教寺廟，接受多年佛教僧侶的訓練。他從一九七六年開始，在美國和歐洲等地教導佛學理論和修行，並且擔任許多西藏的學者和修行者的翻譯，包括達賴喇嘛。他在阿默斯特學院念物理和心理學，以最優秀的成績畢業後，他取得史丹福大學宗教研究的碩士和博士學位。他已經編寫、翻譯、參與超過四十本書籍，內容涵蓋科學與宗教之接合及西藏佛教、醫療、語言和文化。他發表的作品，包括：His published works include Meditations of a Buddhist Skeptic: A Manifesto for the Mind Sciences and Contemplative Practice（2011）；Mind in the Balance: Meditation in Science, Buddhism, and Christianity（2009）；Embracing Mind: The Common Ground of Science and Spirituality（2008）；Hidden Dimensions: The Unification of Physics and Consciousness（2007）；Contemplative Science: Where Buddhism and Neuroscience Converge（2007）；Buddhism and Science: Breaking New Ground（2003）；The Taboo of Subjectivity: Toward a New Science of Consciousness（2000）；The Bridge of Quiescence: Experiencing Buddhist Meditation（1998）；Choosing Reality: A Buddhist View of Physics and the Mind（1996）。更多資訊，請參考他的網頁www.alanwallace.org。

文獻來源

1 G. Synder, The Practice of the Wild (San Francisco: North Point Press, 1990), 61. For the meaning of Snyder's use of the word "empty," see J. Kabat-Zinn, Coming to Our Senses (New York: Hyperion, 2005), 172–183, and B. A. Wallace and B. Hodel, Embracing Mind: The Common Ground of Science and Spirituality (Boston: Shambhala, 2008).

2 F. J. Varela, E. Thompson, and E. Rosch, The Embodied Mind (Cambridge, MA: MIT Press, 1991), 14–33; S. Pinker, How the Mind Works (New York: Norton, 1997), 147–148.

3 A. Harrington and A. Zajonc, The Dalai Lama at MIT (Cambridge, MA: Harvard University Press, 2006), 8.

4 D. Goleman, Destructive Emotions (New York: Bantam, 2003).

5 A. Harrington and A. Zajonc, The Dalai Lama at MIT (Cambridge, MA: Harvard University Press, 2006).

6 J. M. G. Williams and J. Kabat-Zinn, "Mindfulness: Diverse Perspectives on Its Meaning, Origins, and Multiple Applications at the Intersection of Science and Dharma," Contemporary Buddhism 12, no. (2011): 1–18.

7 A. Harrington and A. Zajonc, The Dalai Lama at MIT (Cambridge, MA: Harvard University Press, 2006), 12.

8 A. K. Anderson, A. Jha, and Z. Segal, "Mindfulness Training and Emotion Regulation: Clinical and Neuroscience Perspectives," special section, Emotion 10, no. (2010).

9 S. L. Shapiro (ed.), "Mindfulness," special issue, Journal of Clinical Psychology 65, no. 6 (2009).

10 "Recent Developments in Mindfulness-Based Research," special issue, Journal of Cognitive Psychotherapy 23, no. 3 (2009).

11 J. Kabat-Zinn and M. Williams (eds.), "Mindfulness: Diverse Perspectives on Its Meaning, Origins, and Multiple Applications at the Intersection of Science and Dharma," special issue, Contemporary Buddhism 12, no. (2011).

12 T. Gyatso, HH Dalai Lama, The Universe in a Single Atom: The Convergence of Science and Spirituality (New York: Morgan Road Books, 2005).

13 His Holiness is referring to the great Buddhist university at Nalanda in India, which flourished on and off from the

fifth to the twelfth century CE. (It was destroyed by invaders three times during that period.)

14 D. Bohm, Wholeness and the Implicate Order (London: Routledge and Kegan Paul, 1980).

15 J. Kabat-Zinn, "An Outpatient Program in Behavioral Medicine for Chronic Pain Patients Based on the Practice of Mindfulness Meditation: Theoretical Considerations and Preliminary Results," General Hospital Psychiatry 4, no. (1982): 33–47; J. Kabat-Zinn, L. Lipworth, L. Burney, et al., "Four-Year Follow-Up of a Meditation-Based Program for the Self-Regulation of Chronic Pain: Treatment Outcomes and Compliance," Clinical Journal of Pain 2, no. 3 (1987): 159–173.

16 J. Kabat-Zinn, L. Lipworth, and R. Burney, "The Clinical Use of Mindfulness Meditation for the Self-Regulation of Chronic Pain," Journal of Behavioral Medicine 8, no. 2 (1985): 163–190. 18.

17 For example, J. Kabat-Zinn, L. Lipworth, R. Burney, et al., "Four-Year Follow-Up of a Meditation-Based Program for the Self-Regulation of Chronic Pain: Treatment Outcomes and Compliance," Clinical Journal of Pain 2, no. 3 (1987): 159–173.

18 As of 2011, the number had risen to 46.

19 R. J. Davidson, J. Kabat-Zinn, J. Schumacher, et al., "Alterations in Brain and Immune Function Produced by Mindfulness Meditation," Psychosomatic Medicine 65, no. 4 (2003): 564–570.

20 J. Kabat-Zinn, E. Wheeler, T. Light, et al., "Influence of a Mindfulness-Based Stress Reduction Intervention on Rates of Skin Clearing in Patients with Moderate to Severe Psoriasis Undergoing Phototherapy (UVB) and Photochemotherapy (PUVA)," Psychosomatic Medicine 60, no. 5 (1988): 625–632.

21 D. Kahneman, "Objective Happiness," in Well-Being: The Foundations of Hedonic Psychology, ed. D. Kahneman, E. Diener, and N. Schwarz (New York: Russell Sage Foundation, 1999), 3–25.

22 G. Schlaug, M. Forgeard, L. Zhu, et al., "Training-Induced Neuroplasticity in Young Children," Annals of the New York Academy of Sciences (July 2009): 205–208.

23 J. Driemeyer, J. Boyke, C. Gaser, et al., "Changes in Gray Matter Induced by Learning—Revisited," Public Library of Science One 3, no. 7 (2008): e2669.

24 T. Y. Zhang and M. J. Meaney, "Epigenetics and the Environmental Regulation of the Genome and Its Function,"

Annual Review of Psychology 6(2010): 439–466.

25 H. L. Urry, C. M. van Reekum, T. Johnstone, et al., "Amygdala and Ventromedial Prefrontal Cortex Are Inversely Coupled during Regulation of Negative Affect and Predict the Diurnal Pattern of Cortisol Secretion among Older Adults," Journal of Neuroscience 26, no. 16 (2006): 4415–4425.

26 A. Lutz, L. Greischar, N. B. Rawlings, et al., "Long-Term Meditators Self-Induce High-Amplitude Synchrony during Mental Practice," Proceedings of the National Academy of Sciences 101, no. 46 (2004): 16369–16373.

27 R. J. Davidson, J. Kabat-Zinn, J. Schumacher, et al., "Alterations in Brain and Immune Function Produced by Mindfulness Meditation," Psychosomatic Medicine 65, no. 4 (2003): 564–570.

28 A. Einstein, letter quoted in New York Times, March 29, 1972.

29 "Buddhadharma" here means the foundational teachings of the Buddha. Universal dharma is the same understanding but framed in a non-Buddhist, ore global context and language.

30 See, for example, K. A. MacLean, E. Ferrer, S. R. Aichele, et al., "Intensive Meditation Training Improves Perceptual Discrimination and Sustained Attention," Psychological Science 21, no. 6 (2010): 829–839.

31 W. Singer, "Synchronization of Cortical Activity and Its Putative Role in Information Processing and Learning," Annual Review of Physiology 55 (1993): 349–374.

32 W. Singer, "Neuronal Synchrony: A Versatile Code for the Definition of Relations?" Neuron 24, no. (1999): 49–65.

33 P. Fries, D. Nikolic, and W. Singer, "The Gamma Cycle," Trends in Neurosciences 30, no. 7 (2007): 309–316.

34 W. Singer, "Synchronous Oscillations and Memory Formation," in Learning and Memory: A Comprehensive Reference, vol. 1, Learning Theory and Behavior, ed. J. Byrne (Oxford: Elsevier, 2008), 721–728.

35 L. Melloni and W. Singer, "Distinct Characteristics of Conscious Experience Are Met by Large-Scale Neuronal Synchronization," in New Horizons in the Neuroscience of Consciousness, ed. E. Perry, D. Collerton, F. LeBeau, et al. (Amsterdam: John Benjamins, 2010), 17–28.

36 L. Melloni, C. Molina, M. Pena, et al., "Synchronization of Neural Activity across Cortical Areas Correlates with Conscious Perception," Journal of Neuroscience 27, no. 1(2007): 2858–2865.

37 J. Weiss, "Psychological Factors in Stress and Disease," Scientific American 226 (June, 1972): 104–113.

38 R. Sapolsky, "Stress and Cognition," in The Cognitive Neurosciences (Cambridge, MA: MIT Press, 2004), 1031–1042.

39 C. Gambarana, F. Masi, A. Tagliamonte, et al., "A Chronic Stress That Impairs Reactivity in Rats Also Decreases Dopaminergic Transmission in the Nucleus Accumbens: A Microdialysis Study," Journal of Neurochemistry 72, no. 5 (1999), 2039–2046.

40 A. Vyas, R. Mitra, B. Rao, et al., "Chronic Stress Induces Contrasting Patterns of Dendritic Remodeling in Hippocampal and Amygdaloid Neurons," Journal of Neuroscience 22, no. 15 (2002): 6810–6818.

41 J. J. Radley, H. M. Sisti, J. Hao, et al., "Chronic Behavior Stress Induces Apical Dendrite Reorganization in Pyramidal Neurons of the Medial Prefrontal Cortex," Neuroscience 125, no. (2004): 1–6.

42 C. D. Fiorillo, P. N. Tobler, and W. Schultz, "Discrete Coding of Reward Probability and Uncertainty by Dopamine Neurons," Science 299, no. 5614 (2003): 1898–1902.

43 T. Gyatso, HH Dalai Lama, The Universe in a Single Atom: The Convergence of Science and Spirituality (New York: Morgan Road Books, 2005).

44 R. J. Sapolsky and L. J. Share, "A Pacific Culture among Wild Baboons: Its Emergence and Transmission," Public Library of Science Biology 2, no. 4 (2004): e106.

45 Rainer Goebel, personal communication.

46 M. Friedman and R. Rosenman, Type A Behavior and Your Heart (New York: Knopf, 1974).

47 M. E. Kemeny, L. J. Rosenwasser, R. A. Panettieri, et al., "Placebo Response in Asthma: A Robust and Objective Phenomenon," Journal of Allergy and Clinical Immunology 119, no. 6: 1375–1381.

48 A. Einstein, letter quoted in New York Times, March 29, 1972.

49 N. S. Nye, "Kindness," in Words Under Words: Selected Poems (Portland, OR: Eighth Mountain Press, 1995), 42.

50 "An Estimated in 10 U.S. Adults Report Depression," Centers for Disease Control and Prevention, www.cdc.gov/Features/dsDepression.

51 "Depression," World Health Organization, Mental Health Programmes and Projects, www.who.int/mental_health/

management/depression/definition/en.

52 T. I. Mueller, A. C. Leon, M. B. Keller, et al., "Recurrence after Recovery from Major Depressive Disorder during 15 Years of Observational Follow-Up," American Journal of Psychiatry 156, no. 7 (1999): 1000–1006.

53 W. James, The Principles of Psychology (New York: Henry Holt, 1890), vol. 1, 575.

54 S. Lyubomirsky and J. Nolen-Hoeksema, "Effects of Self-Focused Rumination on Negative Thinking and Interpersonal Problem Solving," Journal of Personality and Social Psychology 69, no. (1995): 176–190.

55 S. D. Hollon, R. J. DeRubeis, and R. C. Shelton, "Prevention of Relapse Following Cognitive Therapy vs. Medications in Moderate to Severe Depression," Archives of General Psychiatry 62, no. 4 (2005): 417–422.

56 Z. V. Segal., M. G. Williams, and J. D. Teasdale, Mindfulness-Based Cognitive Therapy for Depression: A New Approach to Preventing Relapse (New York: Guilford Press, 2002).

57 J. D. Teasdale, Z. V. Segal, J. M. Williams, et al., "Prevention of Relapse/Recurrence in Major Depression by Mindfulness-Based Cognitive Therapy," Journal of Consulting and Clinical Psychology 58, no. 4 (2000): 615–623.

58 S. H. Ma and J. D. Teasdale, "Mindfulness-Based Cognitive Therapy for Depression: Replication and Exploration of Differential Relapse Prevention Effects," Journal of Consulting and Clinical Psychology 72, no. (2004): 31–40.

59 J. Piet and E. Hougaard, "The Effect of Mindfulness-Based Cognitive Therapy for Prevention of Relapse in Recurrent Major Depressive Disorder: A Systematic Review and Meta-Analysis," Clinical Psychology Review (in press).

60 W. James, The Varieties of Religious Experience (New York: Longmans, Green, and Co., 1902), 147.

61 H. S. Mayberg, S. K. Brannan, R. K. Mahurin, et al., "Regional Metabolic Effects of Fluoxetine in Major Depression: Serial Changes and Relationship to Clinical Response," Biological Psychiatry 48, no. 8 (2000): 830–843.

62 K. Goldapple, Z. Segal, C. Garson, et al., "Modulation of Cortical-Limbic Pathways in Major Depression: Treatment Specific Effects of Cognitive Behavior Therapy Compared to Paroxetine," Archives of General Psychiatry 61, no. (2004): 34–41.

63 H. S. Mayberg, A. Lozano, V. Voon, et al., "Deep Brain Stimulation for Treatment-Resistant Depression," Neuron

45, no. 5 (2005): 651–660.

64 H. S. Mayberg, M. Liotti, S. K. Brannan, et al., "Reciprocal Limbic-Cortical Function and Negative Mood: Converging PET Findings in Depression and Normal Sadness," American Journal of Psychiatry 156, no. 5 (1999): 675–682.

65 K. Goldapple, Z. Segal, C. Garson, et al., "Modulation of Cortical-Limbic Pathways in Major Depression: Treatment-Specific Effects of Cognitive Behavior Therapy Compared to Paroxetine," Archives of General Psychiatry 61, no. (2004): 34–41.

66 H. S. Mayberg, "Limbic-Cortical Dysregulation: A Proposed Model of Depression," Journal of Neuropsychiatry and Clinical Neurosciences 9, no. 3 (1997): 471–481.

67 H. S. Mayberg, A. Lozano, V. Voon, et al., "Deep Brain Stimulation for Treatment-Resistant Depression," Neuron 45, no. 5 (2005): 651–660.

68 J. D. Teasdale, Z. V. Segal, J. M. G. Williams, et al., "Prevention of Relapse/Recurrence in Major Depression by Mindfulness-Based Cognitive Therapy," Journal of Consulting and Clinical Psychology 68, no. 4 (2000): 615–623; and S. H. Ma and J. D. Teasdale, "Mindfulness-Based Cognitive Therapy for Depression: Replication and Exploration of Differential Relapse Prevention Effects," Journal of Consulting and The Mind's Own Physician Clinical Psychology 72, no. (2004), 31–40. Also see J. Piet and E. Hougaard, "The Effect of Mindfulness-Based Cognitive Therapy for Prevention of Relapse in Recurrent Major Depressive Disorder: A Systematic Review and Meta-Analysis," Clinical Psychology Review (in press) for a recent meta-analytic review of all available studies.

69 W. Kuyken, E. Watkins, E. Holden, et al., "How Does Mindfulness-Based Cognitive Therapy Work?" Behaviour Research and Therapy 48, no. 1(2010): 1105–1112.

70 W. James and J. McDermott, The Writings of William James: A Comprehensive Edition (Chicago: University of Chicago Press, 1977), 6–8.

71 American Psychiatric Association, Diagnostic and Statistical Manual of Mental Disorders (Washington, DC: American Psychiatric Association, 2000).

72 H. S. Mayberg, "Modulating Dysfunctional Limbic-Cortical Circuits in Depression: Towards Development of

Brain-Based Algorithms for Diagnosis and Optimised Treatment," British Medical Bulletin 65, no. (2003): 193–207.

73 P. Kramer, Listening to Prozac: The Landmark Book about Antidepressants and the Remaking of the Self (New York: Viking Penguin, 1993).

74 T. Gyatso, HH Dalai Lama, The Art of Happiness (New York: Riverhead Books, 2009), 13.

75 T. Gyatso, HH Dalai Lama, Ethics for the New Millennium (New York: Riverhead Books, 2009).

76 N. Birbaumer, N. Ghanayim, T. Hinterberger, et al., "A Spelling Device for the Paralysed," Nature 398, no. 6725 (1999): 297–298.

77 S. Yusuf, S. Hawken, S. Ounpuu, et al., "Effect of Potentially Modifiable Risk Factors Associated with Myocardial Infarction in 52 Countries (the INTERHEART study): Case-Control Study," Lancet 364, no. 9438 (2004): 937–952.

78 V. Papademetriou, J. S. Gottdiener, W. J. Kop, et al., "Transient Coronary Occlusion with Mental Stress," American Heart Journal 132, no. 6 (1996): 1299–1301.

79 M. M. Burg, A. Vashist, and R. Soufer, "Mental Stress Ischemia: Present Status and Future Goals," Journal of Nuclear Cardiology 12, no. 5 (2005): 523–529.

80 P. G. Kaufmann, R. P. McMahon, L. C. Becker, et al., "The Psychophysiological Investigations of Myocardial Ischemia (PIMI) Study: Objective, Methods, and Variability of Measures," Psychosomatic Medicine 60, no. (1998): 56–63.

81 J. K. Kiecolt-Glaser, R. Glaser, S. Gravenstein, et al., "Chronic Stress Alters the Immune Response to Influenza Vaccine in Older Adults," Proceedings of the National Academy of Sciences 93, no. 7: 3043–3407.

82 R. Glaser, J. K. Kiecolt-Glaser, W. B. Malarkey, et al., "The Influence of Psychological Stress on the Immune Response to Vaccines," Annals of the New York Academy of Sciences 840 (May 1998): 649–655.

83 R. Glaser, J. K. Kiecolt-Glaser, R. H. Bonneau, et al., "Stress-Induced Modulation of the Immune Response to Recombinant Hepatitis B Vaccine," Psychosomatic Medicine 54, no. (1992): 22–29.

84 R. Glaser, J. Sheridan, J. Malarkey, et al., "Chronic Stress Modulates the Immune Response to a Pneumococcal Pneumonia Vaccine," Psychosomatic Medicine 62, no. 6: 804–807.

85 R. J. Davidson, J. Kabat-Zinn, J. Schumacher, et al., “Alterations in Brain and Immune Function Produced by Mindfulness Meditation,” Psychosomatic Medicine 65, no. 4 (2003): 564–570.

86 R. J. Tseng, D. A. Padgett, F. S. Dhabhar, et al., “Stress-Induced Modulation of NK Activity during Influenza Viral Infection: Role of Glucocorticoids and Opioids,” Brain, Behavior, and Immunity 19, no. 2 (2005): 153–164.

87 M. T. Bailey, H. Engler, N. D. Powell, et al., “Repeated Social Defeat Increases the Bactericidal Activity of Splenic Macrophages through a Toll-like Receptor-Dependent Pathway,” American Journal of Physiology: Regulatory, Integrative, and Comparative Physiology 293, no. 3 (2007): 1180–1190.

88 T. Gyatso, HH Dalai Lama, The Universe in a Single Atom: The Convergence of Science and Spirituality (New York: Morgan Road Books, 2005).

89 D. Boorstin, The Discoverers (New York: Random House Books, 1983).

90 W. James, A Pluralistic Universe (Cambridge, MA: Harvard University Press, 1977), 142.

91 W. Wordsworth, “Prelude,” in The Poetical Works of William Wordsworth, ed. T. Hutchinson (London: Oxford University Press, 1910), 637.

92 A. Chiesa, R. Calati, and A. Serretti, “Does Mindfulness Training Improve Cognitive Abilities? A Systematic Review of Neuropsychological Findings,” Clinical Psychology Review 31, no. 3 (2010): 449–464; T. Krisanaprakornkit, C. Ngamjarus, C. Witoonchart, et al., “Meditation Therapies for Attention-Deficit/Hyperactivity Disorder (ADHD),” Cochrane Database of Systematic Reviews 6 (June 16, 2010): CD006507; A. Chiesa and A. Serretti, “A Systematic Review of Neurobiological and Clinical Features of Mindfulness Meditations,” Psychological Medicine 40, no. 8 (2010): 1239–1252; A. Zgierska, D. Rabago, N. Chawla, et al., “Mindfulness Meditation for Substance Use Disorders: A Systematic Review,” Substance Abuse 30, no. 4 (2009): 266–294; D. S. Black, J. Milam, and S. Sussman, “Sitting-Meditation Interventions among Youth: A Review of Treatment Efficacy,” Pediatrics 124, no. 3 (2009): e532–541; K. Rubia, “The Neurobiology of Meditation and Its Clinical Effectiveness in Psychiatric Disorders,” Biological Psychology 82, no. (2009): 1–11; A. Lutz, J. A. Brefczynski-Lewis, T. Johnstone, et al., “Regulation of the Neural Circuitry of Emotion by Compassion Meditation: Effects of Expertise,” Public Library of Science One 3, no. 3 (2008): e1897; A. Lutz, H. A. Slagter, J. Dunne, et al., “Attention

Regulation and Monitoring in Meditation," Trends in Cognitive Sciences 12, no. 4 (2008): 163–169; B. R. Cahn and J. Polich, "Meditation States and Traits: EEG, ERP, and Neuroimaging Studies," Psychological Bulletin 132, no. 2 (2006): 180–211; and T. Krisanaprakornkit, W. Krisanaprakornkit, N. Piyavhatkul, et al., "Meditation Therapy for Anxiety Disorders," Cochrane Database of Systematic Reviews 1, (January 25, 2006): CD004998.

93 H. A. Slagter, A. Lutz, L. L. Greischar, et al., "Mental Training Affects Distribution of Limited Brain Resources," Public Library of Science Biology 5, no. 6 (2007): e138.

94 A. Lutz, H. Slagter, N. Rawling, et al., "Mental Training Enhances Attentional Stability: Neural and Behavioral Evidence," Journal of Neuroscience 29, no. 42 (2009): 13418–13427.

95 K. A. MacLean, E. Ferrer, S. R. Aichele, et al., "Intensive Meditation Training Improves Perceptual Discrimination and Sustained Attention," Psychological Science 21, no. 6 (2010): 829–839.

96 F. Zeidan, S. K. Johnson, B. J. Diamond, et al., "Mindfulness Meditation Improves Cognition: Evidence of Brief Mental Training," Consciousness and Cognition 19, no. 2 (2010): 597–605.

97 A. Wallace, The Attention Revolution: Unlocking the Power of the Focused Mind (Boston: Wisdom Publications, 2006).

98 M. Kozhevnikov, O. Louchakova, Z. Josipovic, et al., "The Enhancement of Visuospatial Processing Efficiency through Buddhist Deity Meditation," Psychological Science 20, no. 5 (2009): 645–653.

99 J. A. Grant, J. Courtemanche, E. G. Duerden, et al., "Cortical Thickness and Pain Sensitivity in Zen Meditators," Emotion 10, no. (2010): 43–53.

100 J. Kabat-Zinn, "An Outpatient Program in Behavioral Medicine for Chronic Pain Patients Based on the Practice of Mindfulness Meditation: Theoretical Considerations and Preliminary Results," General Hospital Psychiatry 4, no. (1982): 33–47.

101 A. S. Farb, Z. V. Segal, H. Mayberg, et al., "Attending to the Present: Mindfulness Meditation Reveals Distinct Neural Modes of Self-Reference," Social Cognitive and Affective Neuroscience 2, no. 4 (2007): 313–322.

102 M. E. Raichle, A. M. MacLeod, A. Z. Snyder, et al., "A Default Mode of Brain Function," Proceedings of the National Academy of Sciences 98, no. 2 (2001): 676–682.

103 M. F. Mason, M. I. Norton, J. D. Van Horn, et al., "Wandering Minds: The Default Network and Stimulus-Independent Thought," Science 315, no. 5810 (2007): 393–395.

104 J. M. G. Williams, "Mindfulness, Depression, and Modes of Mind," Cognitive Therapy and Research 32, no. 6 (2008): 721–733; J. Kabat-Zinn, Full Catastrophe Living (New York: Dell, 1990), 96–97; and J. Kabat-Zinn, Wherever You Go, There You Are (New York: Hyperion, 1994), 14.

105 N. A. Farb, A. K. Anderson, H. Mayberg, et al., "Minding One's Emotions: Mindfulness Training Alters the Neural Expression of Sadness," Emotion 10, no. (2010): 25–33.

106 C. E. Kerr, S. R. Jones, Q. Wan, et al., "Effects of Mindfulness Meditation Training on Anticipatory Alpha Modulation in Primary Somatosensory Cortex," Brain Research Bulletin (April 8, 2011): epub ahead of print.

107 B. K. Hölzel, J. Carmody, M. Vangel, et al., "Mindfulness Practice Leads to Increases in Regional Brain Gray Matter Density," Psychiatry Research 191, no. (2011): 36–43.

108 B. K. Hölzel, J. Carmody, K. C. Evans, et al., "Stress Reduction Correlates with Structural Changes in the Amygdala," Social Cognitive and Affective Neuroscience 5, no. (2010): 11–17.

109 B. Ditto, M. Eclache, and N. Goldman, "Short-Term Autonomic and Cardiovascular Effects of Mindfulness Body Scan Meditation," Annals of Behavioral Medicine 32, no. 3 (2006): 227–234.

110 T. L. Jacobs, E. S. Epel, J. Lin, et al., "Intensive Meditation Training, Immune Cell Telomerase Activity, and Psychological Mediators," Psychoneuroendocrinology 36, no. 5 (2010): 664–681.

111 E. S. Epel, E. H. Blackburn, J. Lin, et al., "Accelerated Telomere Shortening in Response to Life Stress," Proceedings of the National Academy of Sciences 101, no. 49 (2004): 17312–17315.

112 H. D. Critchley, S. Wiens, P. Rotshtein, et al., "Neural Systems Supporting Interoceptive Awareness," Nature Neuroscience 7, no. 2 (2004): 189–195.

113 S. S. Khalsa, D. Rudrauf, A. R. Damasio, et al., "Interoceptive Awareness in Experienced Meditators," Psychophysiology 45, no. 4 (2008): 671–677.

114 For a detailed description of this practice, see A. Lutz, H. A. Slagter, J. Dunne, et al., "Attention Regulation and Monitoring in Meditation," Trends in Cognitive Sciences 12, no. 4 (2008): 163–169.

115 National Institute for Clinical Excellence, Depression: Management of Depression in Primary and Secondary Care, National Clinical Practice Guidelines, no. 23 (London: HMSO, 2004; updated 2009).

116 J. D. Teasdale, Z. V. Segal, J. M. G. Williams, et al., "Prevention of Relapse/Recurrence in Major Depression by Mindfulness-Based Cognitive Therapy," Journal of Consulting and Clinical Psychology 68, no. 4 (2000): 615–623; and Z. V. Segal, J. M. G. Williams, and J. D. Teasdale, Mindfulness-Based Cognitive Therapy for Depression: A New Approach to Preventing Relapse (New York: Guilford Press, 2002).

117 Z. V. Segal, P. Bieling, T. Young, et al., "Antidepressant Monotherapy vs. Sequential Pharmacotherapy and Mindfulness-Based Cognitive Therapy, or Placebo, for Relapse Prophylaxis in Recurrent Depression," Archives of General Psychiatry 67, no. 12 (2010): 1256–1264.

118 P. R. Goldin and J. J. Gross, "Effects of Mindfulness-Based Stress Reduction (MBSR) on Emotion Regulation in Social Anxiety Disorder," Emotion 10, no. (2010): 83–91.

119 S. Bowen, N. Chawla, S. E. Collins, et al., "Mindfulness-Based Relapse Prevention for Substance Use Disorders: A Pilot Efficacy Trial," Substance Abuse 30, no. 4 (2009): 295–305.

120 K. Witkiewitz and S. Bowen, "Depression, Craving, and Substance Use Following a Randomized Trial of Mindfulness-Based Relapse Prevention," Journal of Consulting and Clinical Psychology 78, no. 3 (2010): 362–374.

121 J. A. Brewer, S. Mallik, T. A. Babuscio, et al., "Mindfulness Training for Smoking Cessation: Results from a Randomized Controlled Trial," Drug and Alcohol Dependence (June 30, 2011): epub ahead of print.

122 M. B. Ospina, T. K. Bond, M. Karkhaneh, et al., Meditation Practices for Health: State of the Research, Evidence Report/Technology Assessment 155 (Rockville, MD: Agency for Healthcare Research and Quality, 2007), v.

123 D. MacCoon, Z. Imel, M. Rosenkranz, et al., "The Validation of a Bona Fide Control Intervention for Mindfulness-Based Stress Reduction (MBSR)," under review.

124 See P. Grossman and N. T. Van Dam, "Mindfulness, by Any Other Name . . . : Trials and Tribulations of Satî in Western Psychology and Science," Contemporary Buddhism 12, no. (2011): 219–240; and R. A. Baer, "Measuring Mindfulness," Contemporary Buddhism 12, no. (2011): 241–262.

125 See, for example, M. A. Rosenkranz, W. W. Busse, T. Johnstone, et al., "Neural Circuitry Underlying the Interaction

between Emotion and Asthma Symptom Exacerbation," Proceedings of the National Academy of Sciences 102, no. 37 (2005): 13319–13324.

126 D. S. Black, J. Milam, and S. Sussman, "Sitting-Meditation Interventions among Youth: A Review of Treatment Efficacy," Pediatrics 124, no. 3 (2009): e532–541.

127 L. Zylowska, D. L. Ackerman, M. H. Yang, et al., "Mindfulness Meditation Training in Adults and Adolescents with ADHD: A Feasibility Study," Attention Disorders 11, no. 6 (2008): 737–746.

128 National Center for Health Statistics.

129 T. Y. Zhang and M. J. Meaney, "Epigenetics and the Environmental Regulation of the Genome and Its Function," Annual Review of Psychology 6(2010): 439–466.

130 J. A. Dusek, H. H. Out, A. L. Wohlhueter, et al., "Genomic Counter-Stress Changes Induced by the Relaxation Response," Public Library of Science One 3, no. 7 (2008): e2576.

131 T. Y. Zhang and M. J. Meaney, "Epigenetics and the Environmental Regulation of the Genome and Its Function," Annual Review of Psychology 6(2010): 439–466.

132 O. Sporns, G. Tononi, and R. Kötter, "The Human Connectome: A Structural Description of the Human Brain," Public Library of Science Computational Biology 1, no. 4 (2005): e42. ◦

勁草叢書 340

禪修的療癒力量：達賴喇嘛與西方科學大師的對話

作者　喬・卡巴金（Jon Kabat-Zinn）、理察・戴衛森（Richard J. Davidson）、薩拉・豪斯曼（Zara Houshmand）等
譯者　石世明
編輯　潘姵儒、陳巧凝
美術設計　許芷婷
封面設計　陳其煇
排版　黃寶慧
校對　陳玟蓁、曾曉玲

負責人　陳銘民
發行所　晨星出版有限公司
台中市 407 工業區 30 路 1 號
TEL:(04)23595820　FAX:(04)23550581
E-mail:morning@morningstar.com.tw
http://www.morningstar.com.tw
行政院新聞局局版台業字第 2500 號
法律顧問　甘龍強律師
承製　知己圖書股份有限公司　TEL：(04)23581803
初版　西元 2012 年 6 月 1 日

總經銷　知己圖書股份有限公司
郵政劃撥：15060393
（台北公司）台北市 106 羅斯福路二段 95 號 4F 之 3
TEL:(02)23672044　FAX:(02)23635741
（台中公司）台中市 407 工業區 30 路 1 號
TEL:(04)23595819　FAX:(04)23597123

定價 350 元
（缺頁或破損的書，請寄回更換）
ISBN 978-986-177-578-4

THE MIND'S OWN PHYSICIAN: A SCIENTIFIC DIALOGUE WITH THE DALAI LAMA ON THE HEALING POWER OF MEDITATION by JON KABAT-ZINN, RICHARD J. DAVIDSON, ZARA HOUSHMAND, FORWARD BY HIS HOLINESS THE DALAI LAMA

國家圖書館出版品預行編目資料

禪修的療癒力量：達賴喇嘛與西方科學大師的對話／喬・卡巴金(Jon Kabat-Zinn)、理察・戴衛森(Richard J. Davidson)、薩拉・豪斯曼（Zara Houshmand）等合著；石世明譯. —— 初版. —— 臺中市：晨星，2012.06

面；　公分. ——（勁草叢書；340）

譯自：The Mind's Own Physician : A scientific Dialogue with the Dalai Lama on the Healing Power of Meditation

ISBN 978-986-177-578-4（平裝）

1.佛教心理學　2.心靈療法

220.14　　101001869

◆讀者回函卡◆

以下資料或許太過繁瑣，但卻是我們瞭解您的唯一途徑
誠摯期待能與您在下一本書中相逢，讓我們一起從閱讀中尋找樂趣吧！

姓名：＿＿＿＿＿＿＿＿　性別：□男　□女　生日：　／　／

教育程度：＿＿＿＿＿＿＿＿

職業：□學生　□教師　□內勤職員　□家庭主婦
□SOHO族　□企業主管　□服務業　□製造業
□醫藥護理　□軍警　□資訊業　□銷售業務
□其他＿＿＿＿＿＿＿＿

E-mail：＿＿＿＿＿＿＿＿＿＿＿＿＿＿　聯絡電話：＿＿＿＿＿＿＿＿＿

聯絡地址：□□□＿＿＿＿＿＿＿＿＿＿＿＿＿＿＿＿＿＿＿＿＿＿

購買書名：禪修的療癒力量：達賴喇嘛與西方科學大師的對話

晨星出版社預計舉辦「一段知識與信仰的旅程」講座

我們特別邀請了李燕蕙、黎士鳴老師，為各位親愛的讀者說明禪修在生活中的實際運用，我們將進一步瞭解禪修對我們的身心靈有莫大的助益！

機會千載難逢，請您在此預約報名，以免向隅！

・活動期間預計至2012年7月31日止，請填寫您可以參加的時間：

□平日＿＿＿＿　□週六　□週日

□上午（09:00-12:00）　□下午（13:00-18:00）　□晚上（18:00-21:00）

□其他＿＿＿＿＿＿＿＿＿＿＿＿＿＿＿＿＿＿＿＿

・若需酌收場地費，您的參加意願：

（根據活動場地及主辦單位的不同，可能有部分場次需要付費參與。）

□是，我願意付費參與　□否　□其他：若收費＿＿＿＿以內願意參與

預先報名的讀者，我們會主動告知您講座的場次並幫您預訂，請把握機會喔！

另外，我們也歡迎社區團體或單位主動邀請講師，請致電晨星出版社（04）2359-5820

謝謝您！

以上問題想必耗去您不少心力，為免這份心血白費

請務必將此回函郵寄回本社，或傳真至（04）2355-0581，感謝！

若行有餘力，也請不吝賜教，好讓我們可以出版更多更好的書！

・其他意見：

晨星出版有限公司 編輯群，感謝您！

請填妥後對折裝訂，直接投郵即可，免貼郵票。

407
台中市工業區30路1號
晨星出版有限公司

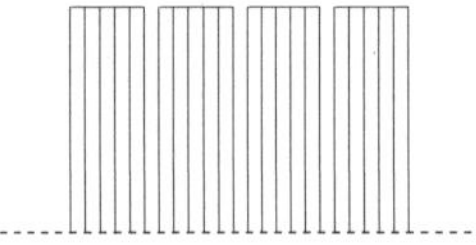

請沿虛線摺下裝訂，謝謝！

填問卷，送好書

凡詳填《禪修的療癒力量：達賴喇嘛與西方科學大師的對話》回函，

並加附40元回郵(寄書郵資)，馬上送好書！

《生活啟發大智慧》

數量有限，送完為止

原價：250元